木南漫记

潘晓楠 著

上海人民出版社　学林出版社

图书在版编目(CIP)数据

木南漫记/潘晓楠著. —上海:学林出版社,
2022
ISBN 978-7-5486-1842-3

Ⅰ.①木… Ⅱ.①潘… Ⅲ.①散文集-中国-当代
Ⅳ.①I267

中国版本图书馆 CIP 数据核字(2022)第 111711 号

责任编辑 吴耀根　王思媛
装帧设计 海未来

木南漫记
潘晓楠 著

出　　版	学林出版社	
	(201101　上海市闵行区号景路 159 弄 C 座)	
发　　行	上海人民出版社发行中心	
	(201101　上海市闵行区号景路 159 弄 C 座)	
印　　刷	上海商务联西印刷有限公司	
开　　本	890×1240　1/32	
印　　张	11.75	
字　　数	22 万	
版　　次	2022 年 9 月第 1 版	
印　　次	2022 年 9 月第 1 次印刷	
ISBN 978-7-5486-1842-3/G·688		
定　　价	78.00 元	

目　录

上辑

籸子里拣出的一粒米 {001}

小雨的童年 {075}

女人如花 {127}

下辑

我的英语启蒙老师 {167}

南大"陪读"记 {211}

上海印象之房东 {263}

上海印象之漫画 {323}

后记 {371}

上辑

粞子里拣出的一粒米

粞子里拣出的一粒米

一

我父母生了四个孩子：大姐、哥哥、二姐，还有我。哥是我们兄弟姐妹中唯一的男丁，用我外婆话说，是"粞子里拣出的一粒米"。外婆说的"粞子"，是苏中一带的特产"元麦"，大麦的变种，也叫裸大麦，有人想让它沾沾"洋"味道，称它"土咖啡"。元麦磨成细粉，呈灰白色，熬成粞子粥，是从前苏中地区家家户户几乎天天吃的一种家常便饭。

因为是天天吃的，粞子粥和河南烩面、兰州拉面、北京炸酱面、武汉热干面一样，去掉了那些虚头巴脑花里胡哨，反而考验煮妇煮夫的功力，比出段位。这不，煮粞子粥有讲究的。先在锅里加水，冷的热的均可，再放入少许米粒（可生可熟）打底，文火慢煮，待水烧开、生米煮熟后，将凉拌调成糊状的粞子粉倒入锅中，搅拌，煮至粞子散发出浓郁的"土咖啡"香味。红色或浅褐色粞子粥煮好，热粥养胃补气，凉粥清火去躁，打底的米粒因其金贵，成了粥里的点缀。

如果你经历过、或者听说过20世纪60年代初的困难时期，那北京炸酱面里的肉末，兰州拉面里的肉丁，经不起拨拉，只是个点缀，就多多少少明白了我外婆所言"粞子里拣出的一粒米"，其实是稀罕，是金贵的意思。米的金贵和诱人，是我儿时跟着我大姐、二姐去碾米，在碾坊里切身感受到的。

　　从来没看清楚碾坊师傅到底长什么样？头套、口罩、围裙、袖套，白白的粉末、黄黄的谷屑、灰灰的尘埃，将他裹得严严实实。黄澄澄的稻谷倒进大漏斗里，师傅像戏曲里的老生走"撤步"，就是，往后退一步移动身体，两腿并拢，立定；再往后退一步移动身体，再立定；然后拍拍手掌：开——轰隆隆的机器声顷刻响起，大米像一道瀑布飞流直下。

　　米从漏斗的出口处流出，我忍不住用手去摸，哟——手又缩了回去，像有千百只小蚂蚁在手指上爬。像舞台上的演员沉浸在自己的角色里，师傅用一把短柄小笤帚横过来、竖过去地清理大漏斗。大米被送回清理后的大漏斗又碾一回，这才容光焕发精神抖擞，个个像旧时上海滩太太小姐们脖子上的珍珠晶莹剔透，散发出幽幽清香。一旦你闻过这种清香，就再也忘不掉了。

　　碾米机旁，挤挤挨挨地立了几只布袋鼓鼓囊囊，布袋里是稻谷加工后分离出的稻谷壳——糠。我大姐让我和二姐蹲地上，用一只破盆舀出糠，仔细挑拣有没有"漏网之米"，古人说过，谁知盘中餐，粒粒皆辛苦。无奈，几只布袋拣下来，只拣出几粒米，其难度，仅次于大海里捞针，比沙里淘金的概率还低，可想而知，那时候的米有多金贵？

　　说来，我哥这粒金贵的"米"，产自民国时期的一幢二层小楼：斜坡顶、白粉墙、木长廊、藤蔓攀缘、绿树环绕。粉墙上挂满了刺梅花，枝干纤柔而紧密韧长，花朵细碎而繁盛鲜活，应季而发，虽不如牡丹姹紫嫣红开遍那般艳丽，却别有一番情调。这小楼，是潘家从扬州搬到南通的第一个住处。扬州之前是镇江，镇江之前是南京，南京之前是盐城……大江南北，只要组织一声令下，我父母打起背包就搬家——到组织最需要的地方。

搬进这小楼时，恰好是我父亲的"而立之年"，以为和瘦西湖、甘露寺、玄武湖似的，只是他革命旅程中的又一匆匆驿站。正值烈日炎炎似火烧，我大姐才几个月大，托在一把蒲葵树叶做的大蒲扇上，俗称"芭蕉扇"。我母亲穿一件白色细罗纹绸衫，配黑色香云纱半裙。香云纱是唯一用纯植物染料经过特殊加工制成的丝绸面料，至今记得母亲穿香云纱裙子走路有沙沙的响声，所以香云纱也叫"响云纱"。母亲小父亲三岁，两人一头浓密黑发，因为战争的锤炼而显得英姿勃勃成熟稳健。

第二年，潘家金贵的"米"我哥在小楼里出生。

那天，几只燕子飞到楼前，叽叽喳喳地叫个不停。父亲的眼睛追着翩然飞翔的燕子，发现那几个轻盈灵动的小家伙，左盘旋、右转弯，最后落在屋檐下那处泥巴垒筑的窝巢边。它们唤醒窝巢里的几只雏燕，张大了黄色嘴巴，放任雏燕在它们嘴巴里一啄一啄，掏小虫吃。

照旧式习俗，男孩子的"胎衣罐"应该埋在屋里，在

我哥"米"和我大姐二姐

床下泥土里,将来好撑门立户,女孩子的"胎衣罐"则埋于户外,利于出嫁。潘家卧室在二楼,床底下是硬邦邦的高档实木地板,哪里好安置"胎衣罐"?外婆不得已,将我哥的"胎衣罐"屈尊移步,埋到小楼前的桂花树下,好歹沾点"贵气"。后来,接二连三,我二姐和我的"胎衣罐"也埋到了桂花树下,这里便成了我们兄妹仨的"衣胞地",我大姐的"衣胞地"在扬州瘦西湖。

我哥小时候呀,与其说是一粒金贵的米,嘿嘿,不如说是一颗硌牙的石子,或者干脆就是高密度、难辨认的某个战乱地区混合雷场上的各种地雷,不晓得什么时候在什么地点"砰"的一声巨响,炸得天翻地覆人仰马翻!

那时候的干部生活单一,出差不多,应酬寥寥,所以父亲在家吃饭是天经地义的,是寻常事,用不着提前给母亲打电话，当然那时母亲也没有电话。同样寻常的是，推门而入的来访者，大概掐准了父亲的作息钟点，几乎都在开饭前，常常是，我们正准备端起碗来喝粥。

来访者主要有两类。

一类为自己而来。或和风细雨，或慷慨激昂，或痛哭流涕，如同夏日的天气孩子的脸，瞬息万变。因为是家中四个孩子的句号，我常坐在父亲膝上旁听，瞪一双好奇的大眼睛，久久地，像两个定位高清摄像头，将各种表情摄了下来存储在记忆库里。

多数时候，父亲只是静静地听，偶尔说几句，简明扼要，从不拖泥带水，战争年代脑袋别裤腰袋上，哪有功夫扯闲篇。虽然十几岁起就在枪林弹雨下，父亲依然白皙清秀平静淡定。父亲离休后最喜欢听两首歌，一首是《大海啊故乡》：小时候妈妈对我讲，大海就是我故乡，海边出生海里成长，大海啊大海，是我生活的地方，海风吹海浪涌，随我漂流四方……还有一首是陈毅作词的新四军军歌《东进，东进！》：东进，东进！我们是铁的新四军！扬子江头淮海之滨，任我们纵横的驰骋。深入敌后百战百胜，汹涌着杀敌的呼声。要英勇冲锋，歼灭敌寇！要大声呐喊，唤起人民……父亲生于黄海边，后来征战于炮火硝烟，这两首歌，可以说，概括了父亲的童年、少年和青年时期。

另一类来访者则为孩子而来。

跟在家长身后那些战战兢兢哆哆嗦嗦的孩子，或衣服扯成门帘，或头上缠着绷带，或走路一瘸一拐，毋庸多言，准是潘家"二小"这粒金贵的米，或者说硌牙的石子又闯祸引爆了什么响雷。转眼间，战马嘶鸣，冲锋号吹响，平静淡定的父亲像是变了一个人，立刻回到青纱帐，回到硝烟烽火的战场，两眼喷出愤怒的火焰。他迅速从门边抄起一根棍棒，一根又短又粗的木棍，已经被磨得油光发亮。啪！啪！啪！一下、一下、又一下——狠命地抽打我哥。就像曹雪芹笔下《红楼梦》三十三回，贾政气得面如金纸，喝令捆拿宝玉，关门，禁人往里头送信。小厮们按打宝玉，贾政嫌太轻了，抄起掌板，狠命抽下去，发出惊心动魄的声响。

　　和平静淡定的父亲不同，母亲是那种热情活跃的文艺青年。和电影里的情节相似，父亲母亲相识于解放区"五四青年节"联欢会，母亲在台上演，诗朗诵《解放区的天》，还有新剧。"这位女同志好神气！"坐台下一向平静淡定的"潘政委"心头一热。不久，某个会议间隙，"潘政委"突然和"文艺青年"说："施同志，革命胜利了，希望你找个革命丈夫组成革命家庭。"目光热烈而直接。"潘政委，你这是说的什么话！"母亲满脸通红跑开了。

　　坊间传说，母亲之所以在若干追求者中接受"潘政委"，一是因为面孔，就是现在人们常说的"颜值"呀！我父亲虽然海边出生、海里成长，战争时期又常常风餐露宿，让人想破天百思不得其解的是，他却依然皮肤白皙五官俊朗，被革命队伍里的战友们称为"小标品"，意思是，长得帅呗。这么说吧，父亲的眉毛、眼睛、鼻梁、唇形，甚至神态气质，和电影《英雄儿女》里的"王政委"有几分相似。

二是父亲的一手好字。父亲的字，是典型的"颜体"，也就是，秉承唐代书法家颜真卿所创的楷书：结构方正严密，笔画横轻竖重，笔力雄强圆厚，气势庄严雄浑。父亲和母亲不同，儿时没念过什么洋学堂，只是被他母亲我奶奶送去"私塾"重点培养，用我父亲他哥哥弟弟的话说，这孩子（指我父亲）不用干活，是"养在家里准备烧了吃的"，虽然"科举"早已废除，我奶奶依然希望她最喜爱的小儿子能够通过读书建立功名。靠"私塾"打下的底子，加上持之以恒地苦学，父亲成了革命队伍里的"文化人"。

不得不佩服"潘政委"的好眼力，追到一位热情活泼的文艺青年，也娶了一台高效能洗衣机、编织机、厨师、园艺师、家庭教师。当战马嘶鸣、冲锋号吹响，上得了厅堂、下得了厨房的全能型女人——我们的母亲，在父亲旁边通常念三段台词，我们已经耳熟能详，随时准备在恰当的时候默默附和。

第一段：二小（我哥小名），认错！快认错！

第二段：打！该打！别打头，打坏了脑子谁养呀！

第三段：别打了！别打了！再打就要送医院了！

母亲用身体护着我哥，直视父亲的目光柔中带刚，父亲挥舞的棍棒这才停下来，母亲乘势推开我哥，用一条蓝条、或绿条毛巾给父亲擦汗。父亲像喝了一斤度数很高的白酒，洋河大曲还是双沟大曲之类的，白皙清秀的脸通红通红。剧情每每进展到这个节点，该是"米"的姐姐妹妹——这些"粞子"们上场了。我们赶紧上前围住我哥，之后的情景，可以参看《红楼梦》里宝玉挨打之后，贾母喘吁吁走来，呵斥贾政，令人备轿马上回南京。贾母抱宝玉哭，王夫人和凤姐劝解、丫鬟擦药、黛玉落泪、宝钗相劝，上上下下、里里外外忙得团团转。

之后用餐席间无语。

尽管气氛可用"黑云压城城欲摧"来形容，我哥倒像是没事人似的，照常吃下一大碗黄澄澄的鸡蛋炒饭，然后用袖口抹一抹嘴角米粒，趁我母亲不注意的当口，又冲出去舞刀弄棍了。男孩子顽皮，没啥，男孩子就怕不顽皮，可是，像潘家"二小"这么顽皮的男孩子实在少有！潘家熟人边说边摇头。

之后若是喝粥，唯有此起彼伏的喝粥声，像是给静默场景来点音效，毕竟有声胜无声。潘家喝粥带声的习性一直延续很久以后，如果没有外人在场，如果不在"涉外"场合。元麦粞子粥、玉米粞子粥、赤豆粥、绿豆粥、大米粥……早晚喝的"黏糊粥"，又黏又稠又香，连同清脆的萝卜皮，香甜的萝卜干，粘在儿时记忆里。对我们兄妹而言，某种意义上，"黏糊粥"的味道便是宗庙的味道，祖先的味道，是残留在记忆中的老家味道。

每天"两稀一干"，是外婆娘家三餐习惯。外婆娘家江苏如皋，就是那个被国际自然学会列为世界六大长寿乡之一的古城如皋。那里80岁是身强力壮"年轻猴"，90岁割麦挑担随便走，100岁还蹦蹦哒哒洗衣做饭乐呵呵，传说"黏糊粥"是功力之一。另外五个长寿乡，有前苏联的高加索地区、巴基斯坦的罕萨、厄瓜多尔的比尔卡班巴、中国新疆的南疆，还有广西的巴马。

中午那顿饭，大多从食堂打回家，通常一荤两素。荤菜，孩子不可以自己夹，只能由母亲来夹，基本是父亲和外婆的专用菜。父亲工作辛苦，外婆年岁大了，母亲解释。素菜，也只能夹靠近自己这边的，不可以夹别人那边的"过河菜"，不礼貌。用我父亲的话说，施家"四小姐"（我母亲）虽然投身革命洪流，依然顽强地用地主资产阶级的那一套教育革命后代，倒是不记得母亲自己吃什么菜。过节、过礼拜天、过生日，我们才能放开肚子尽情吃，吃得肚子像个小西瓜，敲得咚咚响。记得有个年初一，清晨半睡半醒状态，我刚说"出来了！出来了！"隔夜的一肚子年夜饭便吐在床上，吃得实在太多了。母亲赶紧起来收拾，换上干净的被褥，一句责备话没有。

饭桌上，我哥属于另类。

他荤菜只吃鸡蛋，其他一概不沾。我日思夜想的那些红烧肉、炖猪蹄、炸排骨之类，是他上辈子的仇人，他与它们势不两立，零容忍。所以，他每天吃一只鸡蛋。外婆养了两只生蛋鸡，每天盯着鸡屁股，等着拾蛋。外婆像个魔术师，变着花样给我哥做鸡蛋：油煎蛋、小葱炒蛋、麻油蒸蛋、小火煮蛋，当然，还有黄澄澄的鸡蛋炒饭。

外婆属于那种旧式女人：身材娇小，脑后盘个髻，上面插根漂亮簪子，金的，或银的。一年四季，春夏秋冬，外婆衣服在四种颜色里打转：黑的、灰的、蓝的、白的。一年四季，冬去春来，外婆总在下午某个时段收拾自己。她用一个擦得锃亮的铜盆，一块白纱布，一遍遍地，仔仔细细地洗脸、洗脖子。她散开头发，先用一把宽缝梳子把头发梳梳松，再用一把可以握在手掌心里的小梳子刮头皮，然后用一个细长梳子盘头发，最后，终于插上一根漂亮的簪子，金的，或银的。

其余时间，外婆属于我哥。她像是我哥的忠实勤务兵，我这样说，恐怕要遭天打雷劈，请外婆在天之灵原谅。只要我哥喊一声："婆婆——"许是渴了、许是饿了、许是无聊了，总之，只要我哥喊一声，外婆赶紧抬起三寸小脚，慌忙冲向我哥，当然只是做出向前冲的样子。如果我哥说要解手，如果痰盂恰好被姐姐妹妹用着，外婆会不由分说地拉起其中一位，不管进程如何，必须把痰盂让给我哥。于是，母亲请人做了四只木头痰盂，外婆唤作"马儿"，1、2、3、4编上号，一溜边排在民国时期博物苑"苑总办"小楼门廊前，成为潘家一道最别样的风景。

我哥尽情吃他五花八门的鸡蛋。

多数时候,我和我大姐二姐一样,气定神闲,佯装啥都没看见,埋在自己饭菜里,这时,我哥很快把鸡蛋吃掉。可是,人吃五谷杂粮,保不定有神散气漏的时候,我眼睛会情不自禁地盯着我哥正在嚼动的嘴巴,目不转睛。这时,我哥就会故意鼓起两个腮帮,好像里面装着十个八个鸡蛋,腮帮子快要撑破了,蛋黄快要流出来了。而且,我哥还会换成慢镜头,时间一分一秒地过去,好半天他才咽一下。我哥咽下鸡蛋,我咽下口水,我必须使劲抿紧嘴,不然口水就要掉进我哥碗里了。

大姐二姐看到此处强忍不让饭菜喷出来,母亲和父亲交换了一个眼神,"小四,张口!"父亲夹起一块五花肉。我转过头,缓过神,迅速张开嘴巴,张得大大的,比在医院查扁桃体时还要大,还要夸张,俨然是位训练有素的歌剧演员:软腭抬起,口腔打开,然后,稳稳接住一块红艳艳的五花肉。我哥鼓起的腮帮消失了,从里面冲出熟悉的高八度童声:"婆婆——"

二

我哥上小学了。

家里突然间空旷了许多,也似乎安静了许多。此时潘家已从我哥、我二姐和我的出生地——民国时期的那幢

"苑总办"小楼,搬至一处类似军营的联体平房,总共六排,清一色水墨画似的白墙黑瓦,我们家在第5排最东头。

走廊很宽,摆张八仙桌还有富余,而且很高,高出地面大概两三尺。走廊底下,有条水泥砌成的半圆形小排水沟,叫做"阴沟",雨水顺着屋檐滴到阴沟里,滴滴答答溅起一朵朵的小水花。母亲说,雨水是天水,从前外公在世时,讲究用收集的天水冲泡"明前茶"(清明之前采摘的茶叶),喝一口,唇齿留香。而外公的外孙我哥,则喜欢立在走廊边,翘起一条满是疤痕的二郎腿,用冲泡明前茶的天水冲洗他脏兮兮的大脚丫,可能想沾点天水的仙气,成"天仙男"吧。

屋前有条宽宽的青砖路,跨过青砖路,便是花花草草这树那树了。天好出太阳,树丛里挂满衣服、被单、尿布,空气里飘浮着肥皂水的味道。若是盛夏,出黄梅天后入伏,家家户户赶紧出来"曝伏",家底厚的展示绫罗绸缎皮袄字画,家底薄的帽子几顶鞋子几双总归是有的。那青砖路,既是公用通道,也是夏天家家户户摆放桌子、躺椅、门板的吃饭纳凉地。张家萝卜干,李家咸菜炒毛豆,王家高邮咸鸭蛋出油多,不用麻烦都市小报八卦栏目,也不用分享朋友圈,便广为传播、无人不晓了。

我们家有块门板,长六尺、宽三尺许。像从前北方人睡大炕似的,我们四个孩子头挨头、脚并脚,一起躺在这门板"炕"上纳凉。我哥和我大姐各守一边,以防我二姐和我掉地上。大概怕我和二姐睡迷糊了有掉下"炕"的危险，我哥一会拽拽这个辫子，一会挠挠那个脚丫；一会又说要尿尿，好半天了不回来。"哥是不是掉厕所里了?"我二姐有些担心。我大姐却哈哈大笑，一点不着急的样。

那时的天空真干净。金星、木星、火星、天狼星、织女星……无数的星星撑破夜幕探出来，笑吟吟地望着躺在门板"炕"上纳凉的我们。看那——一颗流星在蓝幽幽的夜空划过，转瞬即逝，草丛里的青蛙"呱呱呱"地叫个不停，夜晚的凉风轻轻拂过。仰望满天的星星，我们默默地数着、遐想着……在门板"炕"上很快入睡。睡前，朦胧的眼睛里总会留下这一幕：父亲在房间灯下看报纸、看材料，那些报纸材料好像永远看不完。母亲则坐在小板凳上，用搓衣板洗衣服，那些衣服好像也永远洗不完。外婆早早睡了，她从不纳凉。第二天，当我们醒来时，揉揉眼睛，又都神奇地躺在各自床上的蚊帐里。母亲告诉我们，夜里，父亲像是扛"死狗"那样将我们一个个扛回屋里。

院子整个东面加上西北面，与偌大的人民公园相邻。大雁从我们头顶飞过，齐刷刷落在公园的草地湖边。公园门票5分钱，那时5分钱可是一笔不小的资产呀，可以买两块"缸爿"——南通人喜爱的面食早点。先用擀面杖擀出一块拉长的菱形，刷上红红的酱汁，撒上细细的黑白芝麻，用手贴到炉膛壁上，炉里烧着炭。待烤熟，师傅拿一把长长的夹子，穿过圆圆的炉膛口将"缸爿"夹出，"缸爿"夹油条是我们儿时心心念念的美食哟。

又或者，5分钱可以买一只香喷喷的烧饼，里面塞着那时珍贵的油渣拌香葱。外婆生日，母亲不让外婆喝"黏糊粥"了，让她去买几只烧饼。烧饼买好，外婆舍不得自己吃，小脚一摇一摆挽着我进了"附小"，那时学校的门卫好像没现在这么严格，正是上课时间，操场上空荡荡的。

外婆带我走到我哥一年级教室窗外。好不容易找到一扇开着的窗子，我踮起脚，举起烧饼，像是电影里的义士就义前大声呼喊："小民吃大饼——"注意，我喊的既不是普通话，也不是南通话，而是盐城老家方言！全班同学齐刷刷地看向窗口的我，继而哄堂大笑，笑声如同精彩演出谢幕时的掌声经久不息。老师开门出来，接过我手里牛皮纸包着的烧饼，说放学时给小民同学，让我和外婆回家。之后很长一段时间，盐城方言"小民吃大饼"成了我哥同学间的问候语，相当于"你好！吃过了吗？"类似于南斯拉夫电影里游击队员的见面语："消灭法西斯！""自由属于人民！"

在我哥看来，可以买一个烧饼的5分钱用来买公园门票岂不花得冤枉？再说了，高高的围墙挡不住南来北往的大雁，当然也挡不住我哥。于是，他如猎豹般蹲下，猫腰，在平地上快速奔跑，蹭、蹭、蹭，一个飞跃的身影，瞬间就上了墙头。他小心地避开那些嵌在墙头上密密麻麻的玻璃碎片，敏捷地跨过墙上带刺的铁丝网，就在我战战兢兢、张大嘴巴、目瞪口呆之时，只见我哥的身体腾空跃起，他单手抓住一根树枝，像一只灵巧的黑叶尾猴，借着那根树枝荡进了公园。一传十、十传百，公园外的许多孩子都学会了这一招，一个个从天而降，仿佛比天上飞来的大雁还多呢。

卡夫卡小说中，一位表演空中飞人的杂技演员，不分白天黑夜待在高空秋千上，起初是出于对完美的追求，后来则是习惯不容劝说。如果乘火车，这位空中飞人就在车厢行李架上度过整个行程。和卡夫卡小说里的空中飞人相比，我哥或许没那么夸张，没那么执着，但他同样喜欢待在高处：墙头、屋顶、树上。也许，在我哥看来，高处空气清新，有益健康，更有利于捕获猎物。再者，只有坚持不懈地在高处练习，才能保持敏捷的身体状态，保持完美高超的攀爬技艺。

就在我哥表演"飞跃公园"的墙边，有一座被弃置的小球藻池，长宽二三十米，高度落差由浅到深。小球藻池原先是个蓄水池，20世纪60年代初粮食紧缺，用蓄水池做小球藻培植食用实验。球藻是一种淡水性绿藻，只分布在北半球高纬度地区的少数几个湖泊中，细丝状的个体有时会形成绿色球状集合体，看起来就像是一团绿色的毛线球。结果实验失败，小球藻既没培植成功也无食用价值，但因此而留下了池名。

废置后的小球藻池白天归我哥，成了他的训练场，和

作者（儿时）

一帮男孩子在那里舞刀弄棍。有一天，乘我外婆不注意，我哥悄悄将我带到小球藻池，在两尺宽的池边练习"飞奔"。他前边跑，我后面追，追到拐弯处，我有些害怕，腿一软，稀里糊涂跌进池里——脑袋碰到池底昏了过去。"四儿，醒醒！四儿，醒醒！"我哥大声喊叫，从未有过的惊慌和恐惧。母亲急忙送我去"附院"急救室，"这可怎么得了，这可怎么得了！"好在我很快就苏醒过来，只是轻微脑震荡，看上去并无大碍。"混账东西！三天不打身上就痒！"父亲话音刚落，我哥主动递上那根棍棒……

小球藻池晚上归朱某。朱某是专门养牛养马养狗的"工友"，中等个子，全身筋骨壮实有力，加上黑皮肤、大眼睛、厚嘴唇、白牙齿，活脱脱一个赤道边上的"非洲兄弟"。晚上，如果哪家孩子不听话，不好好呆着，不好好睡觉，家长说一声：朱某来了！立刻就消停了，该干嘛干嘛。朱某睡在小球藻池池边，身上只有一条大裤衩，随树叶摇曳，像一幅剪影时隐时现在自然之手搭建起的夏日夜幕里。不管飞虫蚂蚁，还是我哥用小叶子捅他鼻孔，都无妨。鼾声如雷贯耳，间或，穿插隔壁公园老虎的吼叫声。

"非洲兄弟"朱某住小球藻池旁的一排简易房里，和那时的许多"工友"一样，他老婆孩子在乡下，好像从来没来过，屋里也从来不让人进，除了我哥"二小"可以自由出入。有时朱某带点乡下的蚕豆、芦萁给"二小"，朱某夸我哥"像个男孩子！"大概他们属于"另类"的惺惺相惜。

"附小"放寒假了。

母亲把我们几个孩子叫到一起，问：《小兵张嘎》看过吗？看过！《鸡毛信》看过吗？看过！这些儿童团员小英雄，小小年纪就帮大人做事情，应该学吧？应该！我大姐和我哥使劲点头，身子挺得笔直，和电影里的儿童团员一模一样。好！母亲宣布：今天起，姐姐负责刷碗、扫地，哥哥负责照顾两个妹妹。"啊！"他俩目瞪口呆，好像是被天上的雷公公电到似的，好半天没缓过神来。那年，我大姐的年龄是个位数，我哥比日本电视连续剧《阿信》里的女主角童年阿信还小。

阿信 7 岁去做小保姆：生火、做饭、擦地、搬东西，跑进跑出,身后总背着一个孩子。眼下,我哥呀,成了那可怜的童年阿信,他穿一件打补丁的蓝布褂,背上背着我,手上牵着我二姐,拖一双露出脚趾的大球鞋,一路噼里啪啦响过邻居门口的青砖路,又呼哧呼哧踏上混凝土人行道。目送这"兄妹三人组",望着这电影里才有的景象,邻居们忍不住哈哈大笑,说我母亲是个治家"奇才"。

哼!"奇才"的儿子——那粒"粞子里拣出的米",如果就此罢休恐怕就是赝品了!我哥皱着眉头苦思冥想几日,一号"拯救"计划横空出世。具体说,就是把两个包袱,两个只会玩娃娃过家家的妹妹——我二姐和我训练成他理想的"女兵"。请注意,不是那种唱歌跳舞说快板相声的文艺兵,而是那种冲得上、打得响的钢铁女战士!这样,变负数为正数,变不利条件为有利因素,既卸下了包袱又增加了兵力,岂不妙哉?哈哈!我哥为自己的脑洞大开恨不得点上无数个赞。

于是,噼里啪啦呼哧呼哧"兄妹三人组"来到院子大门口,来到我哥的训练场。时光流逝,石阶两旁斜坡式扶手上面的雕花已经磨损得七零八落,但院子大门口的一对石狮子依然威风凛凛,镇守着两扇又高又厚又重的大庙门。假如能够穿越到清朝末年,也许,这里更适合我哥和朱某这样的"另类"。

1905年,中国早期现代化的先驱、晚清状元张謇在这里(连同隔壁的人民公园和图书馆),创办了第一座由中国人独立创办的公共博物苑,张謇自为"苑总理"。珍禽鸟兽、花草树木、珍贵藏品、文物标本,其量之多,其类之杂,是当时许多博物苑、珍宝馆所无法企及的。苑中"南馆"——动矿物陈列室楼,一座漂亮的米黄色建筑,建于1906年。二楼半圆形月台曾悬挂张謇手书对联:"设为庠序学校以教,多识鸟兽草木之名。"道出张謇创办博物苑的宗旨。记得儿时我曾在那月台上练习小提琴,下巴和左肩托琴,右手运弓,最初拉出杀猪般的嚎叫,希望没有惊扰那些鸟兽草木之灵。民国时期的"苑总办"——我们曾经的家,紧挨这个有着半圆形月台的"南馆"。潘家搬到联体平房"5排"后,我父亲依然每天进出"苑总办","苑总办"二楼成了我父亲的办公室和秘书机要室。

我哥开发的女兵入门训练大致可以分为三个模块。

模块一:走石阶、跳石阶、跨石阶。走是基础里的基础,走都走不好还谈别的?"走!"教官下命令。我们一遍遍气喘吁吁上上下下,走得倒是越来越快。"这是练腿力!"我哥用大袖口擦了擦涌出的鼻涕。

模块二:爬上走下。从石扶手底部爬到顶部,再从顶部踩着石扶手摇摇晃晃走到底部,我们一趟趟心惊肉跳爬上去走下来,貌似越来越收放自如越来越从容淡定。如今想来,自古华山天险一条路,那石扶手分明就是人生要攀越的华山山脊天险一条路呀。

模块三:跳上滑下。从镇守大庙门的石狮子底座猛地跳到狮头，再从狮头一骨碌滑到底座。想起日后，我被临时抓差参加中学生运动会，没经过任何专业训练，跳高竟越过130公分栏杆，还拿到了名次！追根溯源，不知道是不是缘于我哥这三个模块的高强度训练。

我们一遍遍地跳上滑下，眼花缭乱，两眼直冒金花。"摔了，不能告诉妈妈。衣服破了，也不能告诉妈妈。钢铁是这样炼成的，女兵也是这样练成的！"教官说得斩钉截铁，顺手用大袖口擦擦女兵流出的汗和涌出的鼻涕。大袖口来去甩了几下，两个女兵成了演"花魁"的大花脸。教官把他的两个女兵领到水井边："瞧一瞧、看一看呀！"井水清澈得像面镜子，镜子里探出三张大花脸，把蓝天白云挤成碎片。三张大花脸轮番做着喜、怒、哀、乐状，飘飘然腾云驾雾，浑然不觉脚下就是几丈深的无情水，那井沿，纯粹是个摆设，只有象征性的一砖高。说时迟那时快，幸好门房的"季爹爹"及时揽住三张大花脸，晚一步，留守在家的我大姐就成"独生女"，肯定不用刷碗扫地啦！

"水井门"事件后，我哥的"训练场"不得不迁至食堂，那里空间够大，刮风下雨就是下大雪也无妨。备战、备荒、为人民，新中国成立后大批军工企业迁至中西部"三线"，抗战时期沿海工业内迁，都是这个思路嘛。再者，物以类聚、人以群分，食堂那帮"舞刀弄棍"的大师傅很对我哥气场。

大师傅们收了工，边抽烟边闲聊，聊着聊着，聊到一位皮叔叔。皮叔叔戴副白边眼镜，乍看文质彬彬一脸斯文相，其实老皮家的生意，说出来和"斯文"稍稍有点远——开棺材铺子。不仅活人非要分出高低贵贱来，棺材铺子也分三六九等，老皮家做的都是上等好棺材，专做有钱人。斯斯文文的皮叔叔有个嗜好：吃肉挑里脊，吃鱼挑肚皮，吃鸡挑两腿，吃菜挑菜心。虽然大师傅们非常看不惯皮叔叔，但也没辙呀，俗话说县官不如现管，他屁股底下的那把椅子恰好管着食堂呢。

当食堂大师傅们聊皮叔叔的嗜好，例子一个接一个讲得热火朝天时，我哥弓腿弯腰，在一排排餐桌底下来回穿梭，就像舞台剧里的男主，独自穿梭在茫茫无边的青纱帐里。等食堂大师傅们聊完皮家生意和皮叔叔嗜好准备散会，在旁一直做潜伏状的我哥突然蹦出三个字："二皮脸！"

"二皮脸？"

大师傅们狂笑不止，没想到潘家"二小"给皮叔叔这么一个"雅号"，到底是小学生了！哈哈！兰姆说过，俏皮话刚一脱口而出，与此同时必须要有会心的开怀大笑，一个如闪电，一个好比迅雷，稍有间隙，二者就被割裂开来。俏皮话一出口，听众的脸就得像一面镜子似的，立刻有所反应。倘若一个人想端详自己那可爱的面孔，可那光洁平滑的镜子得过个三两分钟才能呈现他的脸庞，想想，谁还有那个耐心呢？

和往常一样，皮叔叔端着满满一盘菜心坐下，笃悠悠地跷起二郎腿。他夹起一棵菜心,惬意地咬了一口,嘴巴刚嚼动两下,那面部表情便定了格,只听到一声"哇——"皮叔叔已经起身冲到门外吐了起来。"怎么回事?怎么回事?"人们围了过去,桌上那棵被咬开的菜心,露出敏感的黄色。"不就塞了几片草纸嘛,有啥大惊小怪的!"我哥一副若无其事的高冷与不屑,继续在餐桌底下练习他的"青纱帐"里"穿梭功",皮叔叔因此倒是戒了他的"菜心"瘾。

年根到了。

食堂正上演最惊心动魄的年度大戏:杀猪!

那时正值三年困难时期,父亲就像当年在革命老区"反围剿",革命生产两不误,千方百计找补给,"拍板"同意在联体平房第六排的边上,砌了一排猪圈,养了许多猪。这些猪圈和人民公园的动物园隔一道墙,物以类聚,也算是动物园的"外围"吧。食堂的那些大师傅们——陈师傅、徐师傅、顾师傅、王师傅、丁师傅、吴师傅……个个是养猪能手好手高手,说:"只要大家有肉吃,苦点、累点、脏点算什么!"

"闪开!闪开!"走出几个膀大腰粗的师傅。他们先是用力将猪掀翻,然后用绳子捆紧猪的前后脚,把猪抬到两条长凳上,其间,我哥奔前奔后,忙着传令、递绳、搬凳。围观人群里三层外三层,外面好像又加了三层,挤得那是层层叠叠密不透风,大概意识到大限将至、末日来临,猪凄惨的嚎叫声响彻整个院子。

老王出场了。

是食堂大师傅老王，手持一把尖刀，太阳照得刃口闪亮晃眼。大家还记得《水浒传》里的操刀鬼曹正吧？开封府人氏，东京八十万禁军枪棒教头林冲的徒弟："小人杀的好牲口，挑筋剔骨，只此被人唤作操刀鬼曹正。"人们私下里议论，说，这老王绝对是操刀鬼曹正转世投胎，活脱脱真人版操刀鬼曹正！

"操刀鬼"老王先用目光环顾四周，唰唰唰——道道寒光雷射，逼迫围观者后退数步。然后，休止符，静默无声。再然后，如同闪电划过，说时迟、那时快，他手中尖刀一下子扎进猪脖子的要命处：稳、准、狠。猪的凄惨嚎叫声戛然而止，正所谓气断、声绝。只见，那鲜红的血顺着刀口流到大澡盆里，激起了里三层、外三层、还有外面三层看客们的尖叫欢呼。人群里有人很在行地做现场解说：如果"操刀鬼"老王的那一刀扎得不准，猪的嚎叫声会持续很久。

隔日，我哥的练习项目是"飞檐走壁"，就是在屋顶上飞奔呗。屋顶，通常都是蝙蝠侠、蜘蛛侠、闪电侠、超人、绿巨人……这些超级英雄的道场。许是前一天看杀猪溅着猪血了，不吉利，我哥从屋顶摔下来，骨折。光靠正骨打石膏还不成，得增加营养，骨头才能长得快，每天一个鸡蛋的营养不够的，医生叮嘱。可是我哥宁死不喝排骨汤，更不碰那些令小四我垂涎欲滴的排骨肉！母亲急得到处想办法。

　　傍晚，操刀鬼老王左手挽一圈麻绳、右手握一把尖刀，出现在我们家门口，家里弥漫着的排骨汤浓浓香味已经飘到家门外。"老王你这是干嘛，去杀猪吗？"母亲明知故问。"刚才出去帮忙，听说'二小'摔了，过来看看！"老王抬腿进了屋。"医生说喝排骨汤增加营养，'二小'不喜欢喝也得喝呀！"母亲和老王唱双簧。面对操刀鬼老王的那圈绳子，还有那把亮闪闪的尖刀，我哥像变了个人似的，一声不吭喝下半锅骨头汤，破天荒吃了几块与他势不两立的排骨肉，委屈和怨愤的眼泪在他眼眶里打转，愣是没掉下来。

　　伤筋动骨一百天，无话。

　　风高月黑，老王喝了几杯，跟跟跄跄走过每天必定经过的那棵大白果树，不知怎地，脚底一滑，重重地跌倒在水泥台阶上。好事者侦案查明：地上有几块瓜果皮，好像还抹过蜡。"操刀鬼"老王右手骨折，由此造成的后果更让人难以想象：到了年根杀猪，猪的嚎叫声更凄惨更嘹亮，且经久不息，令人毛骨悚然。

三

　　母亲陪外婆去上海看亲戚。

　　几天后母亲独自返回。"外婆回老家办要紧事，外婆要修理老房子，外婆还会回来的！"母亲一遍遍地和我哥解释,目光却看向搁在墙角的"摇窝"———一种老式的木制婴儿床,乍看,是那种暗暗的深紫色,擦拭后显出隐隐金光。本来母亲不想从老家运过来,因为这个"封建摇窝"是她父亲我外公特意给她做的,既然投身革命和"封建老子"一刀两断,便要断得彻底才是。后来拗不过外婆哭哭啼啼,说是用惯了那个"摇窝",说你老子终究还是你老子,不管是"封建老子"还是"革命老子"。

许是"摇窝"带来的好运,外婆的外孙我哥来到人世。他出生时将近9斤重,头顶上的"两个棱角"卡住产道,导致我母亲大出血差点要了她的命,外婆坚信是菩萨保佑才母子平安,便开始吃素。尽管外婆的孙辈们加起来有一个排的兵力,可明摆着外婆最宠我哥。为啥?嘿嘿,这里有个不能让外婆的"革命女婿"我父亲知道的秘密——外婆说我哥长得像外公,就是我母亲已经划清界限的那个"封建老子","这五官,这眉眼,嗨,简直一式一样!"

我哥之后,我二姐和我也来投胎。潘家越来越热闹了,一个个"强巴小"轮番睡在这"摇窝"里,夏天支起薄薄的纱帐挡蚊虫,冬天铺上厚厚的棉褥很暖和。有时,我母亲守在"摇窝"旁,嘴里哼着儿歌"小兔子乖乖",腿在轻轻地摇,手里麻利地纳着鞋底,那时全家人一年四季的鞋,都靠母亲一针一线纳出来,许多人说,不知道"施先生"什么时候睡觉。

有时，我外婆守在"摇窝"旁，可能是裹小脚的缘故，外婆腿的力气小，只能用手摇，力气小就力气小，只要能让她守在这里就踏实，就放心。不说别的，就说我哥的几个奶妈，第一个怀孕了，悄悄跑到墙脚跟去吐，被我外婆发现了，"这孕妇的奶水哪能吃呢！"第二个模样挺俊俏的，我母亲带她去医院检查才晓得有"梅毒"，原来是青楼女子从良的，想想都后怕！第三个倒是一脸老实敦厚样，可是眼睛斜视，俗话说，近朱者赤近墨者黑，几个月后，我哥的眼睛开始出现斜视嫌疑，于是，外婆当机立断，给我哥提前断奶。摇着、摇着，外婆有些恍惚，不知道是摇她的小女儿我母亲，还是摇她的外孙、外孙女。

天黑了，母亲让我喊我哥回家吃饭。

"小民，家去吃饭！"

我用盐城老家方言喊我哥。那时仿佛有个不成文的约定俗成，我们家庭成员间说盐城老家方言，和同学小伙伴说外地人难以破译的南通话，转换自如灵活速变，没有任何障碍。上课演出搞活动则讲普通话，不是带南通口音的"狼山牌"普通话，而是近似于收音机里播音员字正腔圆的普通话哦。

我哥耷拉着脑袋，像东墙头缺水的蔫瓜藤，缠在那棵高高的白果树上。这大白果树植于明朝，有四百多年树龄，远看以为是山丘，近看叶子像是蒲扇，枝叶层层叠叠又浓又密，在长枝上散开，短枝上相拥。大白果树见证过中国历史上最后一个由汉族建立的大一统封建王朝——明朝的落幕,也亲历中国最后一个封建王朝——清朝的永久性关张,作为前朝的"遗老遗少"曾翩翩立于张謇先生创办的"博物苑"。抗战时期,日本宪兵司令部将"博物苑"改为"马场",古老的白果树亲眼目睹侵略者的马蹄对中华大地的践踏蹂躏,又目击那些被我外婆称为"畜生不如的鬼子"葬身于我父母那辈仁人志士的愤怒火焰之中。再后来,迎来了新中国,更迎来了我们这些新中国的花花和草草们。

白果树生长较慢,寿命极长,自然条件下从栽种到开始结果需要二十多年,四十年后才能大量结果,因此又叫"公孙树"。"白果树比婆婆活得长,以后想婆婆了,就去看看白果树。"外婆和我哥念叨过。从住进民国时期的"苑总办"小楼,到搬至军营式的联排平房,十多年来外婆一直在这个家帮衬母亲照料我们,特别是她最宠爱的外孙我哥。我哥以为外婆会一直和我们在一起到天涯海角,外婆也以为她会在这个家到地老天荒,所以老家房子荒就荒着吧!她把"老衣"(寿衣)也从老家带过来,藏在我母亲加锁的大壁橱里。

会不会是因为有外婆在旁边给自己撑腰,爸妈不能好好管教他儿子?唉!我哥越想越觉得是自己把外婆给"连累"了。其实,外婆回老家另有原因,只是我们几个小孩子不明白而已。"四清运动"后,"阶级斗争"仿佛越来越严重,背叛封建家庭投身革命洪流,一向无所畏惧的我母亲开始失眠：外婆的身份是"地主婆"，会不会被揪出来"遣送"？如果被"遣送"，会不会影响我父亲的革命生涯？

后来，风声更紧，有时听到父亲母亲在房里压低声的争吵，父亲的表情越来越凝重，一支接一支抽烟，烟劲儿大，味道猛，呛得本来就心烦气躁的母亲频频发脾气："这个劳什子不抽会死呀！"父亲一言不发掐了香烟又去搓麻绳。要说这搓麻绳是我们老潘家的祖传手艺，我爷爷奶奶大伯二伯大姑二姑三姑四姑都是搓绳高手，黄海边，借着月光，就着油灯比赛搓麻绳，可惜到了我们这代失传了。父亲不管是做舞文弄墨的"三先生"，握有生杀大权的"潘政委"，还是后来的……每当他想事情或者思考问题，习惯性地想要搓麻绳。

1966年3月，河北邢台地震，最严重一次7.2级，三十余万人受灾。"阿弥陀佛！阿弥陀佛！"外婆背着我父亲不停地祷告。外婆信佛，有一个小巧精美的铜香炉，藏在她的"包袱"里，隔三岔五拿出来烧香拜佛拜祖宗，当然都是乘我们父亲不在家的时候"搞封建迷信那一套"，后来铜香炉被院里孩子骗去跟货郎担换了一条"年糕糖"。外婆跟我母亲嘀咕：邢台地震是天老爷提醒我们要出大事了，天老爷保佑，天老爷保佑，阿弥陀佛。

那年，夏初，外婆突然从我们这个家消失了。

那年，夏初，我哥带我去医学院。

草坪上散落着许多密封玻璃瓶，瓶里的那些婴儿标本，有的未出生便夭折，有的出生不久就离世，他们浸泡在福尔马林防腐液中，静静地，悄无声息，全然不知外面的世界……这些人体塑化标本本来是用作教学的，却被当成资产阶级摧残生命的罪证被扔弃。从标本旁走过，孩子们大多惊恐一瞥拔腿而逃，惟有"天不怕地不怕"的我哥，瞪一双好奇眼睛，恭恭敬敬、认认真真地琢磨那些标本：原来孩子在妈妈肚子里是这个模样，原来人体有206块骨骼，原来大脑和颈椎连在一起，原来人的肺像珊瑚，人的肾像蚕豆，人的心脏是倒锥形……这便是，日后走上医学之路的我哥"潘教授"和人体塑化标本的第一次近距离接触和对话。

外面的气氛越来越令我父母担忧。

母亲压低声音一遍遍地嘱咐："小#（我大姐）要领好弟弟妹妹，小民（我哥）不能再在外面惹事了！"我们照往常那样点头如捣蒜其实似懂非懂，"不能再在外面惹事？为啥？"我哥依然是一脸不屑。

外面的气氛也越来越令我们这些孩子惊疑，那些写满大字小字的花花绿绿的纸片揭批我父亲和我母亲，还挖出我外婆是"地主婆"。这时，我哥猛然发现，父亲母亲送外婆离开这里，无论如何都是英明之举。假如外婆还在这里，尽管她不识字，见了这架势，又不能烧香拜佛求神求菩萨保佑，肯定是急得要死，吓得够呛。母亲曾让我哥悄悄去老家看外婆，我哥回来说，老家街上有小孩追在外婆后面喊"地主婆",有家长把小孩捉回去痛揍,说从前受了施老爷施大奶奶(我外公外婆)多少恩惠,不能忘恩负义。

早饭后,我哥说吃多了要出去遛一遛。沿门前的青砖地,他从东往西走,熟门熟道。有的大门紧闭,有的原本开着门的,见了我哥像是见到妖魔鬼怪,啪的一声紧紧关上了。母亲吩咐,不要在意别人的脸色,他们只是想表示和靠边站的划清界限,没什么,不要怕,只管挺直腰板往前走。我哥挺直腰板,从5排走到6排西头,W家小儿子正在门廊前低头刷牙,他和我哥同年,是我哥打小起打打杀杀的玩伴和冤家,常常是哪儿有我哥舞刀弄棍,哪儿就有W家孩子的身影。

虽同龄,W家孩子站我哥身边,只够着我哥的肩膀,W家伙食不差的,大概是遗传了他父亲。W家孩子特别羡慕我哥有个大眼睛的小妹妹,说,我有潘家四儿这样的妹妹就好了。那时潘家四儿的眼睛像"毛虎",乌黑闪亮,如歌词里说的,比葡萄还要晶亮,转动起来如闪电划过,有些叔叔阿姨不远十里百里来看潘家四儿"毛虎"般的大眼睛。我哥听闻W家孩子的"痴心妄想"很生气,约他晚上医校小巷见。

医校小巷临近南大街,很窄,两边都是高高的院墙,非常僻静。路灯已经坏了些日子,风吹着坏了的路灯摇摇晃晃,听见W家孩子渐渐走近的脚步声:"小民,小民,你在哪?"声音里有些胆怯。突然,我哥拧开手电筒,一道冷冷的光束打在潘家四儿我脸上：眼珠子朝上翻着白眼，舌头伸出好长，为这个戏剧性的定格，我哥和我排练了好半天。

"啊哟！有鬼！有鬼呀！"

W家孩子撒腿就跑，比做实验的兔子跑得还快。之后很长时间，W家孩子不敢再正视潘家四儿"毛虎"般亮晶晶的大眼睛。甚至，许多胆小的孩子不敢夜里走医校小巷。

大概是听见我哥的脚步声，正在低头刷牙的W家孩子抬起头，张着嘴，有几滴牙膏沫子滴到门廊下的阴沟里。突然，他将茶缸里的水猛地倒到阴沟里，激起的脏水溅到我哥裤腿上，转身进屋，砰的一声关上了门。我哥一跃跳上门廊，刚想踹门，想起我母亲再三叮嘱："不能再在外面惹事了！"只得强压怒火，收回了脚。

相传"变脸"是古代人类在面对凶猛野兽的时候，为了生存，把自己脸部用不同的方式勾画出不同形态。川剧把"变脸"搬上舞台，有抹脸、吹脸、扯脸，使它成为一门独特的艺术，比如说扯脸，随着剧情的进展，在舞蹈动作的掩护下，将脸谱一张张地扯下来，可以变绿、变红、变白、变黑，七八张甚至十几张不同颜色不同表情的脸。W家孩子在玩"变脸"吗？

父亲吃过早饭要出门，迎面来了H家大儿子H林，绰号"H呆子"。H林和我大姐同岁，个头比我哥还高，我大姐小学刚毕业，原本是笃定进南通城里头牌中学——通中。H林小学一年级都念不下来,有说是遗传,有说是小时候发烧脑子烧坏了,通常H林学了什么新曲子,总要来给我父亲做汇报演出。他将小扬琴放在方凳上,先调调左边,再转转右边,然后两手各抓一根竹片棍,叮咚、叮咚,敲来敲去,倒也成曲成调。"好!弹得好!"我父亲夸赞。

于是,H林敲开每家门,一脸自豪地告诉他们某说我弹得好!"出去!出去!这么脏!"一些人将H林推搡出去,有孩子拿淘米水洗菜水泼他,他头上身上沾着菜叶和别的什么脏东西,许多次,我哥轰走那些欺负H林的孩子。H林一直叫我哥"小民哥哥",小民哥哥听了很受用,把他带到我们家,让外婆给他弄干净。"作孽,作孽呀!"外婆叹道。H林祖上是扬州大盐商,晚清民国时期可谓富甲一方,如果你看过张嘉译主演的电视连续剧《扬州盐商》,对H林祖上的生活场景多多少少有些了解,H府——H家的宅院码头如今是扬州景点,我游览过几回。

这次H林空手而来,没捧着他的小扬琴。

H林意外地直呼我父亲的名字!"潘某某(我父亲名字),我来告诉你,你已经不是潘书记了,以后我要叫你潘某某。"H林一脸郑重地宣布。"好的,H林。"我父亲像往常那样目光淡定温和。"H林,你这个混蛋!"我哥忍不住嚷道。"小民,回屋去!"我母亲喝住我哥,转身对H林说:"好的,H林,转告你爸爸妈妈,就说他们的告之潘某某收到了。"要不是母亲再三叮嘱不要再惹事,我哥握紧的拳头早就砸向 H 林"这个忘恩负义的家伙!"

四

未雨绸缪。

母亲有条不紊地备战备荒。一是储存必要的战备物资,米、面、油、盐、煤、火柴,等等,分批买进,以防商店关门。母亲派我们几个孩子,悄悄地,分头去买,像是电影里的"地下党",每次换上不同衣衫,避免被好事者认出。二是战备训练,先学打背包。"背包带三横两竖拉紧,交叉处要绕紧,这是关键,不然背包容易散架。"母亲像训练新兵似的一招一式教我们。

母亲生于1927年,回看那年发生的大事,件件桩桩都不寻常:"四一二"反革命政变、"八一"南昌起义、"九九"秋收起义,还有,武汉国民政府和南京国民政府之间的宁汉战争。兵荒马乱,逃难路上,外婆将我母亲艰难生下,看到田边五颜六色的野菊花在秋风中倔强地摇曳,我母亲的"封建老子"给她取名"菊生"。后来"菊生"投奔革命,和"封建老子"划清界限,给自己重新取了一个名字,以昭示新的人生开始。

没了官职的父亲这时被安排在食堂劳动,清洗碗碟、打扫桌面地面。他认真地将鱼刺肉骨头捞出,剩下残羹泔水倒入大木桶，让大师傅送到乡下喂猪。然后，碗是碗、碟是碟、筷子是筷子收到水池，清洗后放到大箩筐里。那边碗碟沥水，这边父亲用木桶打上热水，拿几块厚厚的擦布，将一张张餐桌仔细擦两遍，再用他绑的布条大拖把来来回回拖地，直至地面洁净如镜，方才取下我母亲给他做的藏青袖套，袖套口已经湿透。

"这是我爸吗？这是在家油瓶倒了都不扶的我爸吗？"我哥看得目瞪口呆简直怀疑人生。这年，我哥12岁，嗓子还没变声，像德国电影《英俊少年》里的高冷俊朗小帅哥，声音高亢，带点挤，听上去还以为是我们哪个女孩子在说话。

食堂大师傅们依然称呼我父亲潘书记，这么些年，父亲虽然和大师傅们讲话不多，碰到面至多问问庄稼收成，家里红白事之类，"潘书记真是好记性！"虽然，没见过战争年代我父亲跃马横枪，他的"神勇"倒是领略一二。有一回，食堂丁师傅触电倒下，听闻一片尖叫声，我父亲恰好在不远处，跑过去二话不说，操起旁边一把木柄锄头将电源切断，救下丁师傅。因称呼我父亲职务，食堂大师傅们被批评训斥，他们只好改口称呼我父亲"小民爸爸"。"小民爸爸"听了很受用，不管有没有一官半职，这个称呼应该是永远不变的。

"要不，送几个孩子去老季家避避？"母亲提议。

门房"季爹爹"表情冷峻言语不多，老婆在乡下种地，儿子在浙江杭州读大学，后来成了公安系统响当当的名法医。"季爹爹"从不去食堂打菜打饭，一日三餐自己做，拿一只小钢精锅在煤球炉上做。门房间里屋是收发室兼"季爹爹"睡房，如果我们家来亲戚要住家里，我哥便兴高采烈地睡到门房间"季爹爹"脚头，一是有花生、蚕豆、玉米这些好吃的，二是可以代替"季爹爹"庄严地敲钟——铛！铛！铛！后来改为打铃。H林之类直呼我父亲名字的时候，"季爹爹"照老样子称呼我父亲，照老样子给我哥带乡下土产，"季爹爹"不怕的，他家一没地主、二没富农、三没坏分子，而且战争年代"季爹爹"掩护过共产党。

"嗯，老季信得过！"父亲思忖后拍板。

母亲领着我们几个孩子悄悄从启秀路出发。母亲拉着我领在前，我大姐和二姐走中间，我哥像个男子汉拿根棍棒殿在后。经过启秀桥，桥建于清光绪二十八年，张謇先生创建通州民立师范学校，因为校西边的濠河阻挡学子的上学路，便在校门和对岸筑造了一道长堤，长堤中间留出行船的豁口，豁口上建造了启秀桥——"启夕秀于未振"。

冬天以它冰冷的大手攫住了大地，田里光秃秃的，庄稼好像都去避难了，隐身了，凉风打在脸上，硬刮刮的。过了五厂（通棉五厂）桥便是农村泥泞小路，深一脚，浅一脚，总算到了"季爹爹"家，一个干干净净的农家院子，"季妈妈"在等我们。"季爹爹"曾跟我哥说，如果不是我父亲，他们季家几代人，辛辛苦苦一砖一瓦盖的房子院子

潘家在启秀桥

就消失了！当时五厂搞扩建，季家这个院子在临界线，属于可扩可不扩，说是我父亲找了人说情，后来扩建的拆迁线恰好划到"季爹爹"家院外20米，这件事至今不知是真是假。

母亲跟我们千叮咛万嘱咐，又乘夜幕匆匆赶回，丢下父亲一人在城里她不放心。

夜深人静，我哥独自睡在"季爹爹"儿子房间。时不时有狗叫声打破寂静"汪！汪！汪！"时不时有猫突然闪过"猫咪，猫咪，猫咪！"时不时有老鼠在屋里跳上跳下窜来窜去，我哥已不是从前顽皮的孩童了，听到狗叫或看到猫鼠不会再兴奋异常。从来倒头就睡的他整夜未眠："如果爸爸有什么事，妈一人在家行吗？"

我哥的担心不是没有道理的。

一年前，母亲这位曾经背叛封建家庭的革命青年也成了被革命的对象。家里加锁的大壁柜被打开，母亲陪嫁的几口铜扣大皮箱白色、米色、桃木色、紫红色，被一个个拉出，里面是些衣物布料，有几件丝绸旗袍羊绒裙装，这些压箱底的"宝物"，只有大伏天母亲拿出来吹吹晒晒，从来没见她穿过。母亲回来后，平静地将几口大皮箱一一收回大壁橱里，然后整理那些购物票证，在一个小本子上写些什么。

"都睡吧！"母亲将家里的灯一一关掉，走到窗口朝外看黑漆漆的夜，眼神恍惚起来。

外婆怀上她小女儿我母亲纯属"意外"。我外公施老爷有了"二房"后，"大房"我外婆被打入冷宫数年。一个暴雨之夜，施老爷在外应酬后，踉踉跄跄走进"大房"清冷的院子，说是来"借宿"，"四小姐"我母亲便是这次"借宿"之果，之后，我外公和外婆便再无夫妻之欢。施老爷家的故事和小说电影里那些封建大家庭类似，甚至更有戏剧性，内容足以支撑五六十集电视连续剧。

施老爷对"意外"之果"四小姐"充满矛盾，既欣赏"四小姐"的顽皮和聪慧，也担忧她那些遗传了"施老爷"、胸中藏"三国"后脑长"反骨"的天赋和禀性,"对女孩子不是什么好事!"当10岁的"四小姐"代她母亲去跟施老爷要"月银",投向施老爷的目光倔强而无畏,就像琼瑶阿姨电视剧《情深深雨濛濛》中,赵薇饰演的"依萍"跟他父亲讨"月银"的那个"泪奔"场面。

为了少看施老爷脸色,为了早日摆脱"封建老子",13岁的"四小姐"偷偷加入"背米帮"跑海安——靠一双肩两条腿将米背到百里外的海安,中间要穿过日本鬼子的几道封锁线,"四小姐"剪成短发女扮男装,脸上胡乱抹些锅灰,以防撞上到处抢"花姑娘"的日本豺狼。那些大人一趟背百斤,"四小姐"咬咬牙背50斤。忽然枪响,"四小姐"迅速趴下,前后看看,同伴有人就倒在身边,让她不寒而栗。擦把汗,继续赶路,子弹快,"背米帮"比子弹还要快。施老爷听闻后勃然大怒:"胡闹!简直是胡闹!"下令对"四小姐"严加看管。我哥有时笑称母亲是"米贩子",就是源于母亲少年时的这段"跑海安"。

都说哪里有压迫哪里就有反抗,其实有各式各样的压迫和反抗。和那个时代的许多进步青年一样,施家"四小姐"投身革命洪流,为表明和"封建老子"脱离关系彻底决裂,勇敢无畏的"四小姐"走到施老爷跟前掀掉一桌酒席。施老爷弥留之际想见上"四小姐"一面也未能如愿,一身制服的革命者"施同志"正忙得热火朝天:解放区的天是明朗的天,解放区的人民好喜欢……"四小姐"终于从

"封建家庭"解放出来。只是,无论怎样,她的那个"封建老子"如影随形始终伴着随她,甚至伴随她的后代永无止息。

我哥和我大姐觉出母亲的异样,他俩一边一个抱着母亲的腿不放,任凭母亲怎样哄劝喝退他们都死死地抱着。夜越来越深,我哥怕打瞌睡用一条背包带将自己和母亲的腿紧紧绑在一起。夜幕下,母亲立在窗前,像是一尊雕塑一动不动,连同窗下的一对高脚红木茶几,以及茶几上的红灯牌收音机,永远定格在我们的记忆里。

终于捱到天亮。

母亲像是突然回过神来,紧紧搂着四个孩子哭了,担心旁人听到哭声,母亲努力克制着,身体一颤一颤。后来知道,那晚母亲去意已决,为了我父亲和孩子的"革命前程",硬是被我们四个可怜巴巴的孩子从死神那里拽了回来。英国作家张伯伦说:"除了通过黑暗的道路,人们不能到达黎明。"如果那晚我们失去母亲,我们这个家,我们之后的人生会怎样?毋庸多言,肯定是截然不同的。

"季妈妈"将我们三个女孩子安置在"主卧"的另一张大床上,三面有围挡的那种老式大床,这是我们从小到大,第一次身旁没有父亲或者母亲。夜里,不知是我二姐还是我起的头,偷偷哭起来,起初我大姐想劝我们"妈说的要勇敢",劝着劝着,从小声抽泣到放声大哭,三个女孩哭成一团,惊醒正在打呼的"季妈妈"。

第二天一早，我大姐去敲我哥的门，屋里没人，桌上有一张跟火柴盒一样大小的纸条，上面写着"我回家了"。

"我也要回家！"我二姐喊道。

于是，收拾行李，和季妈妈告别："对不起！"当我们三个女孩子推开家门扑到我父亲母亲怀里，屋里一片悄悄的欢腾，我哥笑得露出把门的那半颗牙。原来我父母也是一宿未眠："好吧，一家人死也要死在一起！"

母亲下了"戒严令"：白天不可以离开院子，晚上不可以离开屋子。令归令，就像《水浒传》里的花和尚鲁智深，我哥总能找出各种理由各种机会破戒，比如说，他要给"季爹爹"送咸菜，母亲腌的咸菜又鲜又脆，"季爹爹已两个星期没回乡下取菜了！"我哥一遍遍地说，说到母亲点头为止。

我哥给季爹爹放下咸菜，直奔那幢带有半圆形月台的米黄色楼，当年"博物苑"的动矿物陈列室楼，后来成了院里的图书馆。眨眼功夫，我哥敏捷地跃上二楼楼顶，而后，像个侦察兵一样整个人趴下来向四处张望。我哥熟知我们院子的地形，每幢楼、每间屋子到每个犄角旮旯儿，他心里都有数，这屋顶是整个院子的制高点，也是观察外界的最佳瞭望哨。

眼前是张謇先生故居"濠南别业"。

这幢面朝濠河的英式建筑，中灰色墙体，砖红色门窗屋顶，建于1914年，由著名建筑师孙支夏设计，作为我国近代吸收西方建筑艺术的范例而载入中国建筑史册。"濠南别业"本来坐落在一个很大的园子——清末"南通博物苑",园里有博物陈列楼、教学楼、办公楼,有很多花圃、亭台楼阁,各式各样的植物,以及一大片广阔的草坪。新中国成立后,这个很大的园子被切分成两大两小四个院子。两大——人民公园和我们家这个院子,两小——市图书馆和市委党校(后来是文工团)。从我哥趴着的博物陈列楼到"濠南别业",直线距离不超过100米,清楚地看到,冷冽的寒风刮得那楼墙上的爬山虎枯藤烂叶瑟瑟发抖仓皇乱窜。

  远处就是人民公园桥。南通人都知道南通有六桥。以前,通州城,也就是老南通的四个方向有三个城门(东、西、南门,无北门),分别对应护城河上的四座桥:东门对应友谊桥,西门对和平桥,南门对长桥,北城角对北濠桥。城南方向除了南门长桥,还建了两座跨护城河的桥:长桥之西的文化宫桥(原名公园二桥),长桥之东的人民公园桥(原名博物苑桥),这样,古通州城由濠河上的六座桥与外界连起来了。

  从东门友谊桥向东,还有座小石桥。从前,立春前一天,百姓在州官带领下抬着土牛,经过小石桥到法轮寺旁的"春场",向土牛撒谷物,最后击碎土牛、带回土块以求五谷丰登,小石桥是"迎春"时的必经之路,所以又名迎春桥。后来,火葬场建在小石桥东边,小石桥成了故亡升天的必经之路,南通人诅咒"送你去东门"的意思是"送你去死!"

　　我哥悄悄出现在东门小石桥。电影《萨尔瓦多》,摄影记者约翰·卡萨迪面对游击队枪口,一边沉着应对,一边偷偷按下快门。当美军直升机向游击队扫射时,他从藏身处勇敢地跳出,执着地拍摄,直至中弹倒地。《萨尔瓦多》凌厉的镜头组接和动荡的摄影风格,粗线条勾勒出战地记者这一危险职业,把战地记者以生命为代价的荡气回肠表达到了极致。其实,我哥天生是块当记者的料。

五

　　早春二月乍暖还寒。

　　濠河上突然响起一连串破冰炸裂声,只见我哥在冰面上飞奔,冰层紧随他身后、顷刻间炸裂。先是横七竖八的裂缝,继而四分五裂地散开,薄冰下浮露出一湾又一湾被晚霞染成橙红色的活水,有人说,冰是睡着的水,晚霞将一湾又一湾醒过来的河水点燃,就像是茫茫雪原上燃起的堆堆篝火。那些放学的、下班的,立在濠河边,张大嘴巴、屏住呼吸,看我哥的户外实景惊险表演——"破冰飞奔濠河",犹如几十年后人们争相观赏摩托车飞跃黄河之壮举,那时候,好莱坞的惊险大片《007》系列和《夺宝奇兵》之类还没引进中国。

　　尽管打小起,看过我哥在濠河上的各种冒险之举,但这样众目睽睽之下肆无忌惮地在冰面上表演他的绝技"轻功"还是第一次目睹,看得小四我心惊胆颤!不全是怕我哥掉进冰河里,更多的,是担心这样的"惹事"会不会再次唤醒我父亲的那根棍棒。

再有几个月我哥就初中毕业啦!

三年前他从"附小"毕业,说是小学毕业,其实既无毕业考试,也无毕业证书,更无毕业典礼,像是一块尚未加工好的土坯木坯,稀里糊涂地被转运到下一个加工点——城区初中。搁在老校名校甚多的南通,城区初中是一所普通得不能再普通的中学。谁知,那几年,师范学校停招,城区初中"借用"南通师范的校舍和老师,我哥进校不久,租客变房东,城区初中被合并到"通师"。这样,我哥紧随也是"随机分配"的我大姐,从家门口的"通师附小",来到位于东南濠河内河西侧的"通师"。

东南濠河一向宽阔。在古代,这里更是汪洋一片,无路无桥,靠渡船通行。

光绪二十八年(1902年)正月,清末状元张謇先生向清朝两江(江苏、浙江)总督刘坤一提议,在南通创办公立师范学堂,遭到一些官僚的阻挠反对,于是张謇召集范当世、沙元炳等地方绅士商议,决定在南通城东南千佛寺旧址上"废庙兴学",自办师范学校。五月,两江总督刘坤一正式批准学校"准予立案"。

千佛寺建在东南濠河中的一个岛上,四面环水,唯有南面有一道狭长的堤岸。张謇向西筑堤，打通与西侧城区的通道，堤上架桥，此桥就是启秀桥——寄希望于学子们"启夕秀于未振"。又在千佛寺的南端担土填河，以13000立方的填土工程变水域为陆地学生操场。建校时，学校占地41亩，校舍500余间。廊庑相连，错落有致，名树古木交相辉映，花圃荷塘布置其间，成为古典园林建筑、中国书院建筑、日式近代建筑相结合，环境幽雅、风景如画的学校园林。

看上去濠河还是那个濠河。只是，通师已然不是那个通师。我哥这些初一学生，在校主要是参加各式各样大型活动，三天两头奔向体育场、十字街，手舞向日葵红绸带，敲锣打鼓甚至于通宵达旦。有些以前站在讲台上教书育人的老师也靠边站了，比如张謇先生的嫡孙女张柔武老师。

人们爱用大家闺秀和小家碧玉来给某些女性贴标签。大家闺秀眉目疏朗气质沉稳，喜怒哀乐不形于色，知书达理有教养，待人接物礼貌周全，社交场合大方有度。而小家碧玉呢？也许长得俏丽，也许性情温柔，也许性格活泼，但到了大场面里，动作有些拘谨，眼睛一闪一闪地露出惊喜神态，反倒楚楚动人，让男人陡增"护花"的欲念。应该说，年长我母亲几岁，知书达理、喜怒不形于色，小麦肤色、身条匀称、五官舒展、长相酷似爷爷张謇的张柔武，可谓典型的大家闺秀。

20世纪30年代，张柔武在杭州艺专、东京音专、上海音专学习音乐。新中国成立后从上海回南通，在"通师"教音乐。有人说，她教的音乐，纯粹是西方那套"洋腔洋调"，而且，她夏天戴墨镜、打阳伞，出行黄包车，统统都是腐朽糜烂的资产阶级生活方式。但我哥不管这些，当他从张柔武老师身边走过，总要轻轻唤一声："张先生！"许多年后，已入政协主席台前座的张柔武先生见到我父亲，往往说起潘家孩子这些"暖心"事。

尽管那时候普遍都不读书了，但是，我母亲依然笃信读书是有用的，依然固守即使砸锅卖铁也要供孩子上大学的执拗。所以，回家关上门，我们几个孩子念我母亲办的"私塾"，悄悄地，神不知鬼不觉，兄妹四个围坐在一张木质方桌前，一、三相对，二、四相望。多年后，潘家几个孩子从农村、工厂……各自艰难地跳过龙门进入大学殿堂，这在上世纪七八十年代极为罕见，也极为幸运，我们理解了母亲的笃信和执拗。

母亲办的"私塾"，既有旧时私塾老三样：读书背书、写大小楷、对对联，又有中西学都有的写作，还有西学堂的算术、画画、手工、课外活动。可惜那些被母亲烧掉的《千家诗》《千字文》《古文观止》《唐诗三百首》，都是旧时私塾指定教材；还有《红楼梦》《家》《春》《秋》，是"文艺青年"母亲的随身读物，记得母亲悄悄把这些"四旧"书架在一把长柄火钳上点燃，纸灰掉到下面水盆里，就不会满天飞舞了。

每天晨起，外公必净面，必焚香，必静坐，必磨墨，母亲给我们讲述她"封建老子"的陈年往事。墨锭要细腻、润泽、有光感，与砚台保持垂直，不能斜倒，用力要沉稳均匀。磨墨须顺时针方向，沿圆砚边壁画圆圈，手臂悬起，与桌面平行。清水逐渐加入，最好用干净的天水，梅花上的雪，或融雪的溪水。随着母亲的讲述，墨块将墨池中的清水一圈圈地慢慢晕开，犹如一幅天然泼墨山水，砚池四周暗香涌动，时隐时现。

轮到我哥磨墨。

他手中那只墨锭，像是唐朝草书大家张旭老先生魂魄附身，先在墨池里踉跄奔走，醉汉走步似地东倒西歪，继而像一匹脱缰野马飞奔狂舞，墨汁四溅，外公的闲情逸致，母亲的诗情画意，一下子血脉阻塞，消失得无影无踪。当年洛阳城里翘首围观张旭舞墨者，当年响彻云霄的喝彩声、顿足声、击节声，也都烟消云散，只剩下"粿子里拣出的一粒米"的姐姐妹妹们目瞪口呆，还有母亲的一声叹息。

有两天，仿佛太阳从西边出来，我哥没啥动静。他躺在一条大长凳上，手里捧着那本苏维埃联盟的文学名著《钢铁是怎样炼成的》，看得津津有味。书中有段名言："人最宝贵的是生命，生命对于每个人只有一次，人的一生应当这样度过：当他回首往事时，不因虚度年华而悔恨，也不因碌碌无为而羞耻。这样，在临终的时候，他可以说，我们整个生命和全部精力，都已献给世界上最壮丽的事业——为人类的解放而奋斗!"当时许多人可以背诵这段,琅琅上口、一字不差,并作为自己的座右铭。

我们几个女孩子在排练诗朗诵,革命先烈在狱中写的《我的"自白"书》:任脚下响着沉重的铁镣,任你把皮鞭举得高高……母亲当导演,床铺当舞台,蚊帐作大幕。排练间隙,我哥头顶食堂大师傅白帽子出现在"舞台"上,自告奋勇要扮演《钢铁是怎样炼成的》里的斗鸡眼堂倌保罗。当他把眼珠子挤到一起,声音突然变得干涩沙哑,俨然是斗鸡眼堂倌保罗来了!没想到他把保罗的章节背得滚瓜烂熟,大段台词念得抑扬顿挫,引得我们几个女孩子边看边哈哈大笑,成了我哥的小"迷妹"。两天时间,我哥躺在那条大长凳上,把一部长篇小说"背"得八九不离十,钢铁英雄保尔·柯察金,保尔的恋人冬尼娅,欺负保尔的斗鸡眼堂倌保罗,一个都不少,这大概是我第一次领教我哥的"惊人记忆",应该说,是遗传了父亲的"过目不忘"。殊不知,这一天赋,在我哥日后的医者生涯中惊诧了许多人。

我哥升初二,学工、学农、学军。

学工去砖窑厂学做砖。先去江边挖土挖沙,围起来,往里注水,我哥和一干同学把裤腿卷到大腿根,无比兴奋地跳进去,使劲用脚踩,于是生土变成了熟泥,然后举起泥坯瞄准砖头模子用力地掼下去!我哥像模像样地告诉我,力道要大,要一下子将模子填满,否则做出来就会缺个角什么的。而后,用绷了细铁丝的弓,贴模子拉一下,刨去多余部分,再用板子刮两下,掉个面,再拉再刮,松开模子,砖就成形了。待砖坯风干,硬了,运往砖窑厂烧。这种带圆孔的红砖不是用来盖房子,是用来砌防空洞的,因此叫做"战备砖"。那时形势紧张,据说随时都有可能打仗,而且是大打,打核战争!

背景是,1966年1月,苏联和蒙古签订了具有军事同盟性质的"友好合作互助条约",蒙古国与中国边界长达4500余公里,事实上对中国华北、东北、西北三个方向构成了军事威胁。尤其是,当时苏联战略军团的任务纵深可达700余公里,而自中蒙边境到北京,最短的直线距离不过500余公里,且地势平缓,极便利苏军机械化部队的推进,苏军的洲际导弹和中程导弹则可攻击中国全境,同时期苏联在中苏边境的增兵之举,进一步强化了中国的危机感。1968年苏联武装入侵捷克斯洛伐克,我们的报纸痛批苏联"社会帝国主义"。

也是1968年。

我哥夹在欢迎"支左"部队的人群里,就像当年人民群众迎接解放军进城,锣鼓喧天、彩旗飘扬,他溜进解放军誓师大会会场,仿佛看到电影《南征北战》的宏大场面,"嘿嘿,真是威风!"我们这个清末状元张謇先生建的"博物苑",突然变成解放军野战军某师营房,进进出出尽是黄军装。每天,有位小号手昂首挺胸,立在那棵明朝遗留下来的大白果树下，左手叉腰，右手握一把系红绸子的铜军号，早晨吹起床号，中间还有出操号、开饭号、上课号、集合号等，晚上是熄灯号。

我哥也穿一件宽大的黄军装。

样式、布料、扣子，嗨，一看就是正宗的！亏得有父亲好友陈伯伯撑腰，"给伢儿弄个黄褂子披披"，母亲方才答应我哥一而再、再而三的请求。当时，老干部里陈伯伯是第一批换上黄褂子的，这位曾经挑着货郎担行走敌占区的资深地下党，对他而言，衣裳嘛，随场景、角色而变。不知道母亲从何处"变"来的正宗军装，那时节，正宗军装很难搞，大部分人只能屈尊，穿那种粗渣渣的回纺布做成的油菜绿仿制军装。

身披"黄褂子"的我哥，左肩斜挎一只军用书包，军黄色已经洗成米灰色，上面两个破洞，母亲用同颜色的线绣成两朵向阳花，妥妥帖帖地在书包上盛开着。右肩，斜挎一个扁扁的小头大身军用水壶，走到哪，水壶里的那半壶水便"哗哗、哗哗"地响到哪，像是《狮子王》里的小狮子"辛巴"重回部落，又像是不慎搁浅沙滩的"浪里白条"重回大海，我哥终于找到了跟自己投合的人，投合的"朋友圈"和投合的氛围。

立在明朝大白果树下吹号的那位小号手15岁，大我哥两岁，个头没我哥高，农村兵，刚入伍，那时部队大多是农村兵。说来，这个农村兵，家里祖传给红白喜事吹唢呐，一种双簧气鸣乐器，公元3世纪由波斯、阿拉伯传入中原，圆锥形，上端有带苇哨的铜芯，下端套一个铜制的碗口，在河南、山东叫做喇叭。身怀吹喇叭祖传绝技，小号手幸运地当上"小兵"。我哥思来想去：潘家没有此类祖传绝技！

小号手教我哥吹军号："吹号时不管你是站着还是坐着，身体都要端正，号和人尽可能是直角，号口要朝向正前方。可以用头的仰起或俯下来调整角度，右手手指头要放松，动作才能灵活。"小号手边教边比画。

"我门牙磕掉过一颗半，后来补上了，现在张嘴倒是不怕漏风了，但补的门牙终究不是天生的，不能太使劲，吹不了！"我哥对小号手没有实话实说，他不想扫了小号手的兴，从小到大，我哥对吹吹唱唱弹弹跳跳之类的统统不感兴趣。

我哥蹲在那棵又名"公孙树"的大白果树上，视线扫过我们家联体平房的黑瓦白墙，落到从前他表演"飞跃公园墙"的铁丝网上，耳朵却全神贯注地搜索"滴滴答答"的发报声，从旁边新大楼二楼隐隐约约传出，和电影《永不消逝的电波》里一模一样！"作战指挥部可能在新大楼！"我哥判断。他知道这是秘密，不能告诉别人，就像电影《红岩》里的江姐，面对刽子手的酷刑庄重无畏地回答："上级的姓名、地址，我知道。下级的姓名、地址，我也知道……这些都是我们党的秘密，你们休想从我口里得到任何材料!"

除了我哥,还有几个男孩也在不远处"陪练"。Z家男孩,小我哥两岁,平时不吭不哈,从来不在外面"舞刀弄棍",因为Z家经常三顿喝稀粥,有些孩子背地里叫他"二两薄粥"。他父亲身型瘦小,冬天裹在部队发的旧军大衣里咳个不停,像是他孩子们的爷爷,早先年,他父亲是光荣的红军,有说在部队犯了事被降职,脱去领章帽徽。他母亲岁数比他父亲小很多,一只眼有眼疾,一年到头脸上几乎见不到笑。小号手说Z家男孩心思活,不像小民有农村孩子的淳朴厚道。后来"通师附小"组建"小红花"艺术团,Z家男孩如愿学吹小号,他便学着小号手的样子,站着或坐在白果树下"嘟嘟嘟"练个不停。"二两薄粥"倒是不嫌累!有人笑言。Z家男孩靠吹号考上文工团,又从艺术学院毕业,成了圈里活跃人物,那都是后话。

除了到校"打卡",到了饭点回家吃饭,吹熄灯号回家睡觉,我哥成天和战士们"泡"在一起。见过戏迷、影迷、球迷等等"迷"族,没见过我哥这样的"兵迷","兵痴!简直是兵痴!"连我父亲都觉得不可思议。"干脆,在战士们宿舍里支一张床,让小民踏踏实实睡那里!"母亲戏言。这不,刚落成不久的"新大楼"里就有战士宿舍,上下铺,一排排摆放得整整齐齐。

某日,突然宣布我父亲进入"三结合"革委会,有点意外,有点"小确幸",那时节,潘家上上下下已经准备

"下放"农村了。有说是父亲的经历"过硬",不管是战争年代出生入死,还是和平年代兢兢业业勤政为民,政治历史不要说"硬伤",就连一个小斑点都没留下,简直是奇迹!我父母那辈人,历史"清白"和历史"清楚",差之一字别之千里。有说是"军管会"上下都"力挺"我父亲,一不贪污、二不腐化、三不脱离群众,又是老资格,"这样的干部不结合还结合谁!"某首长拍了桌子。于是,父亲恢复工作又回到"苑总办"小楼办公。

散打、擒拿、格斗……

匍匐前进、剪铁丝网、架设人墙、从人墙上攀越……

武装越野、400米障碍、武装泅渡……

我哥俨然成了"学军"小战士兼见习记者。起早摸黑,跟随院里侦察连训练,眼睛因为聚焦过度都有些婴儿吃奶时发生过的斜视嫌疑了。都说山外有山、天外有天,果然不假,相比侦察连,嗨,我哥从前玩的那些"舞刀弄棒",都是小孩子过家家玩的"儿戏"呀!

侦察连刘连长,二十出头,圆脸大眼,如东人,讲一口苏北"下河"普通话,我哥听得很亲切很温暖,让他想起小时候,想起不得不回老家的外婆。南通地处齐鲁、荆楚、吴越三大古文化交汇点,南受吴越文化浸润,西承荆楚文化渗透,北得齐鲁文化熏陶,移民文化、水乡文化交融。北三县如皋、如东、海安话有着北方语系里"下河"口音,属江淮方言;南三县属吴语系;市区则是一小块特殊的南通话方言岛。刘连长讲话时猛然冒出：甚呢（什么）、甚呢门儿（什么原因）、没得（没有）、不曾（未曾）、果曾（曾否）之类的，我哥都能"秒"接，让刘连长有一种"他乡遇故知"的爽。

刘连长不愧是侦察连长，潘家那些事比我哥知道得还多，刘连长甚至和我哥说起我伯父，新四军"东进"前，我伯父是苏北共产党某区领导人，引领许多人投奔革命。1938年春，新四军根据中共中央战略决策，第一、二支队和第六团（又称"江抗"）东进苏南地区，第四支队东进皖中、皖东地区，以及新四军挺进纵队创建苏北根据地，摆脱国民党的掌控和限制，建立江南江北抗日根据地，这就是著名的新四军东进。军长陈毅在《新四军军歌》歌词里写道："东进，东进，我们是铁的新四军。"

刘连长的侦察连在做攀楼训练。

侦察兵们敏捷地爬上白果树旁的"丁字楼"，一幢民国时期"博物苑"的二层教学楼，一东一南呈丁字形状立着。民国时"通师"设有四年制本科、两年制简易科和一年制讲习科，培养不同层次的师资人才，附设测绘科、农科、土木工科、蚕科等职业技术教育。1905年，为辅助各科教学，"通师"建成附属博物苑，供博物、历史和理化课教学之用，这便是中国第一个"博物苑"的由来，那时从濠河西侧的校区到博物苑，无须经过启秀桥，校内有直通博物苑的小桥，1952年以后叫做"怡亭桥"，简称"怡桥"。

侦察兵们攀到楼顶，猫腰飞奔，再顺着木柱飞快滑到地面。看得我哥心痒、手痒、脚也痒，眨眼功夫，我哥动若脱兔，已敏捷跃上"丁字楼"楼顶，猫腰飞奔。再眨眼，我哥如大雁般从二楼楼顶轻轻落地，看得侦察兵们汗颜无地。要说这"丁字楼"是我哥的"主场"不为过，从他能走路攀爬到长成"少年猴"，某种意义上说，我哥是在攀爬"丁字楼"中长大的，他熟悉这楼的每一块砖、每一片瓦，就像熟悉他自己的每一根手指头，为攀爬"丁字楼"不晓得挨了父亲多少顿棍棒。

我哥升初三。

原先我大姐的班主任胡老师成了我哥老师。何谓名校？有名师也。当年张謇先生创办"通师"，先后聘请国学大师王国维、绘画大师陈师曾、教育家江谦等一流师资，以及8名日籍教师到校任教，这一传统在"通师"得以保留，一批批名校生、一流师资到"通师"任教。某大学物理系高材生胡老师，长得那个斯文，戴副宽边眼镜，说话不急不缓，带点安徽皖南口音。胡老师的祖上——龙川胡氏宗祠位于安徽宣城绩溪县，我到访过，那里山清水秀、穹林邃壑、景物幽胜，建于宋朝的胡氏宗祠巍巍峨峨，至今矗立着。

都说无巧不成书，那天看我哥表演"破冰飞奔濠河"，密密匝匝的人群里恰好有胡老师。当晚，认真负责的胡老师来到潘家，郑重其事的家访，在当时委实稀罕。胡老师

兄妹四个在通师濠河前

前脚走,父亲就奔向墙角,抄起那根许久不曾动用的木棍,我们都知道下一步的剧情会是什么,悄悄为我哥捏了一把汗。

父亲拎着棍棒喘着愤怒的粗气,逼视这粒"粞子里拣出来的米",这颗"硌牙的石子",这枚"随时炸响的地雷"。仿佛变戏法似的,蹭蹭几下,我哥突然就蹿高了,拔长了,比一比,已到一米八的父亲耳朵下垂,往日熟悉的尖细童声换成一种嗡嗡的带有磁性的男音,说话时喉结骨碌碌地滑动,想瞒都瞒不住,嘴边还长出一些毛茸茸小草。"唉!"父亲重重地叹了口气,破天荒不用母亲劝说,扔下木棍，转身进屋，母亲和我们都怔在那里。

1970年4月24日，我国第一颗人造地球卫星上天。

每当卫星经过，熟悉的《东方红》乐曲在夜空回荡，犹如圣诞之夜的教堂钟声，清晰而又神秘。无边无际的太空，太阳、卫星、行星、恒星……它们之间既相互排斥又相互吸引，既相安无事又相互制衡。它们有的是造化所生，有的是转化而成，但都靠着一种无穷无尽的力量相互联系在太空，并遵从一条法则，那法则包罗万象，无始无终。那空间高不可测，深不见底。这个无边无际的太空，因为有了人造卫星而大不相同。在远离地面运行轨道上，人造卫星可以在很短时间里扫描大片陆地，观察土壤、旱情、雨雪天气，将这些传输地面。卫星将人类视野延伸至月亮、太阳、星球，延伸至遥远的星辰。人类从宇宙学到的，充分印证了艾伯特·史怀哲那句名言："我忧心忡忡地看待未来，但仍充满美好的希望。"胡老师在讲解人造地球卫星，语调一反往日的平缓、淡定，有些上扬、有些喘急，目光清爽、纯净，透过宽边眼镜盯着我哥，仿佛要从浩渺的宇宙中寻觅出新星一般。他在讲述一段传说、一个神话，虽然遥远，却令人神往。

我哥凝视着胡老师，自身和周围或明或暗，仿佛在永恒空间里，他听到一个浑身战栗的孩子发自胸腔的一声呐喊。荒野之外，这个孩子看到了大海，在大海的怀抱中，藏着无数奇珍异宝，在深深的海底，还有无数难解的秘密。

大海之外，这个孩子见到了闪闪发亮的星星。那颗牵动全国乃至世界神经的人造地球卫星，仿佛是带着我哥的思绪和理想，飞得很远，很远……那位来自徽州望族的胡老师，给我哥打开了一道通向远方未知世界的大门，门边，没有棍棒，门外，却有无穷无尽的神秘……

立秋后，老天敞开瓦蓝瓦蓝的大脸，任由我哥成了四兄妹中第一个高中生，如果没有那个会唱《东方红》的人造地球卫星，他本该15岁初中毕业进工厂……

六

我陪父亲到十字街给我哥送行。时光荏苒、岁月如梭，潘家这粒"粞子里拣出来的米"，读完了两年半高中，即将奔赴广阔天地去大有作为了。

都说南通有几"怪"："长桥"不长，"狼山"没狼，而"十字街"呢，它不是一条街，也不是十字路口，是指钟楼以南，东、西、南三条大街交汇的地方。早在五代十国、后周显德年间，通州建城之始，十字街就形成了。当时设计的通州城中轴线是从狼山向北，穿过十字街的中心圆点，和钟楼北极阁、北土山连成一线。老南通（通州）城本来不大，约莫只有1平方公里多，东城门到西城门还不到2里路，所以有人开玩笑说，在十字街上放个炮竹，三个城门口都能听得见。

此刻十字街的锣鼓声，勿用说三个城门口了，当然三个城门早已拆除，就连十里八里外都能听得清清楚楚。彩旗沿街飘着，高音喇叭一遍遍地播放《大海航行靠舵手》、《到农村去到边疆去到祖国最需要的地方去》，还有那年电影《青松岭》的插曲《沿着社会主义大道奔前方》。高高矗立的洋式钟楼周边挂满大幅标语："知识青年到农村去，接受贫下中农再教育""广阔天地大有作为""向知识青年学习！向知识青年致敬！"

　　这钟楼是民国初，1914年，由清末状元张謇主事、孙支夏设计的。深受我们兄妹敬重的前辈校友孙支夏，1905年进入通州（南通）师范学校土木工程和建筑专业，毕业后由张謇先生举荐到清末江宁"劝业道"供职，系中国近代最早的建筑设计师之一。除去十字街的洋式钟楼，他在南通的代表作还有：1914年竣工的南通图书馆和张謇私人住宅"濠南别业"；1916年竣工的军山气象台；1919年建成的更俗剧院；1925年完工的南通总商会大厦等，当时这些建筑不仅是南通的标志，在全国也是独树一帜、出类拔萃的，后来，成了我们兄妹儿时经常出入的"打卡"处。

　　孙支夏设计的钟楼，有意参照英国伦敦著名"大本钟"的式样轮廓，高26米，共六层。顶层一个小平台，中间有个旗杆，城头变幻大王旗，不晓得变了多少回，旗变，楼没变。第五层是气楼，四边百叶窗通气。第四层有门，通到外面回廊，凭栏远望，通州城尽收眼底，既做瞭望台用也可报火警。第三层有一座大机械钟，连接东西南北四个钟面，其直径将近一丈。后来我在伦敦，在泰晤士河畔，在国会大厦威斯敏斯特宫的旁边，仰望那座世界著名的大本钟，脑海里闪回南通十字街的钟楼，立刻有一种熟悉亲切感。第二层的四面都有窗子，大概是守楼人住处，那时没看过电影《巴黎圣母院》，不晓得钟楼里有怪人卡西莫多。最底层有四个圆形的、类似城门的门洞，穿过北门和谯楼的门洞，就可以直达过去的州衙门、县政府和解放后的市政府。我父亲到市政府开会或到市政府上班，都要穿过这个门洞，门洞很宽，可以走小汽车。

城里的、城外的、郊区的，青年学生、中老年家长，还有看热闹的吃瓜群众，从四面八方涌向十字街，像是欢送出征英雄，为70年代第一批高中生去农村壮行，犹如战争年代欢送家人参军去打倒日本帝国主义，去消灭蒋介石反动派，解放后欢送志愿军"入朝"作战，保家卫国打败美帝野心狼。活动策划者想必知道历史上最著名的阅兵——1941年11月7日，德国法西斯侵略者已经逼近莫斯科，苏联红场阅兵仪式后，受阅的苏联红军部队直接开赴战场。

十字街欢送仪式后，这些"城里伢"将去广阔天地的农村插队落户"接受贫下中农再教育"。家长们在千叮咛、万嘱咐：服从组织、听干部话、好好劳动锻炼、注意身体，也有悄声提醒多穿衣裳吃饱肚子别生病之类的。一夜未眠的父亲脸色煞白，不停地抽烟，不停地咳嗽，一句话没有。我哥低着头，眉头紧锁，哑巴了似的也是一言不发。记者从人群里发现我父亲，上前要拍张父子合影上报纸，父子俩不约而同转过身去：一样的宽肩窄臀，一样的长臂长腿，一样的沉默严肃。

我哥刚满十八岁，我哥终于算是成年人了！

从小到大，我哥一直认为自己天生是块当兵的料，而且还应该是特种兵！他羡慕父亲经过战争硝烟，崇拜朱可夫元帅决胜千里男儿战场显神威。而且，我哥牢记伟大领袖毛主席的教导，"没有文化的军队是愚蠢的军队，而愚蠢的军队是不能战胜敌人的。"要战胜敌人，必须认真学文化！如果不是立志"做一个有文化的军人"，我哥怎会在高中突然发力，学业突飞猛进？

生下不到两年，我哥便挤在夹缝里：上有姐、下有妹。后来，潘家孩子都在"通师附小"念书，听到学校打铃声，我哥总是百米冲刺冲进教室，正好赶上同学们齐声问候"老师好"。在家里，在外婆眼里，我哥是"粞子拣出来的米"，金贵得很，我们姐妹只是"粞子"。而在学校，我哥仿佛是片孤零零的绿叶，为衬托姐姐妹妹这些红花而存在，为衬托那些听话不惹事的好孩子、乖孩子而存在。大姐是少先队大队长，"四大名著"通读三遍，有回算术没满分，大姐不信，一查，原来是老师判题失误。妹妹们也是德智体全面发展的"三好学生"，既能领唱，也能领舞，奖状、奖品拿到手软。

从幼儿园起,一个个勤劳的园丁们都想拿把剪刀给潘家"二小"我哥修修枝打打岔整整形,修成某个型号的栋梁之材,粗细均匀笔直挺拔的参天大树。如果不是贪玩、打闹、惹事,我哥成绩怎会如此不堪——分数都在65分到70分之间晃悠。我哥还大言不惭地说,大于70分浪费了,小于65分有危险,这危险恐怕是慑于我们家门边的那根棍棒。

我哥初中毕业那年,"通师"还没有高中部,我哥便去了市三中——中华人民共和国成立后市政府建的第一所中学,不是清末或民国时期遗留下来的老校。民间有这样的流行语:"中国教育看江苏,江苏教育看南通"。这些年,每年高考江苏省多为全国第一,而南通则十多年为江苏省第一,往往一所学校一个班级十几人甚至几十人同时考上清华、北大。据说南通最好的十大高中:海安中学、如东高级中学、通州高级中学、启东中学、南通中学、如皋中学、海门中学、掼茶中学、南通第一中学、白蒲中学,均系清末或民国时期设立,都是有年头的,底子厚。

提起市三中,有项"看家本领"让那些老牌子学校不得不服啊!市中学生体育运动会和各种比赛,不管是田径、游泳,还是大小各种球类,市三中仅凭一校之力便可夺走一半奖项。记得有一回,我代表"通师"获得运动会女子组跳高第五名,第一、第二名都是市三中的!市三中之所以是体育"强校",恐怕和校长"陆叔"不无关系。从部队转业到地方的"陆叔",依然每天出"早操"——绕濠河跑步,无论寒暑,不管冬夏,风雨无阻。甚至,"陆叔"坚持的濠河"冬泳"项目,比我哥的"破冰飞奔濠河"更为声名赫赫,大不敬地说,某些方面"陆叔"简直是从前我哥的成人版。

说来奇怪哦,自打我哥进了市三中像是换了个人,那些调皮捣蛋的"惹事"一概不沾,再也不是那颗"硌牙的石子",那枚"随时炸响的地雷",好像是金盆洗手了,仿佛是历练成熟了,就连那些全校齐动员的体育活动,他也是应付了事。你问我哥在干嘛?嗨,浪子回头金不换,太阳绕着地球转,我哥突然变成一个爱学习的高中生!上课认真听讲记笔记,回家关在他自己屋里也是学这补那,要知道,那时"读书无用论"盛行,爱学习的孩子凤毛麟角。很快,六七十分变成了七八十分再突飞猛进到八九十分,我哥在学业上崭露头角,如果不是友谊桥上的"英勇壮举",大概他留给高中同学的印象,是一位静若处子,非常爱学习的"乖孩子"。

市三中在东城门外,东濠河附近。

古时通州城西通官道,西门外多官商聚居,纱庄、布庄、当铺、酒楼、货店林立;东门则为猪市、手工业者设店摆摊的集中场所,故南通曾有"穷东门、富西门"的说法。只是现在随着南通港的式微,南通城的西边显得有些冷清,而东边越发的红火,所谓"三十年河东,三十年河西"。

我哥从家出发,沿濠河由南向北,再向东,经过友谊桥到学校。横跨于东濠河上的友谊桥,恰似一座分水岭,将激滟的东濠河分割成南北两个部分——南幽而北畅。友谊桥据说建于明朝初年,原先是南通东城门外的木制吊桥,故名"东吊桥",又名"百子桥"。民国年间,友谊桥改为混凝土拱桥,当年解放南通城,浩浩荡荡的解放军就是从这里进城的,1959年又改建为单孔石拱桥。

我哥放学,照常从友谊桥上过。

桥下北侧是粮店,店前有一老者正摇炉爆米花,我哥放缓脚步,等待那老者手拿铁钎猛踩炉子的那一瞬间——"砰"地一声爆炸,如同"阿芙乐尔"巡洋舰攻打冬宫的一声炮响,"嘿,过瘾!"南侧是湾子头,理发店、煤球店、酱菜店、澡堂子鳞次栉比。突然,人群四散开来,桥上桥下一片惊叫声,一辆失控的手扶拖拉机从桥上跌跌撞撞地向下冲,拖拉机上装满结实厚重的大枕木。

我哥见状,耳边好像听见嘹亮的军号吹响,滴哒哒滴滴滴——是冲锋号!眼前仿佛看到欧阳海在召唤,千钧一发之际,欧阳海舍身拦住惊马救列车。《欧阳海之歌》都看过的,英雄的事迹鼓舞着我哥,我哥身体里热血在沸腾,心里的烈火被点燃了,他要像英雄那样绽放了!

我哥以大无畏的英雄气概,急速拨开人群,使出他飞

我哥在北京读研究生（1984）

奔濠河冰面、攀爬丁字楼、飞跃公园高墙的"童子功"，飞奔，冲刺，跳上手扶拖拉机，三下五除二，二一添作五，几个动作，麻利地将"烈马"制服——拖拉机稳稳地停到桥下路边。想当年，我们院子是解放军某师营房时，13岁的我哥"混"在汽车连里，居然学会开汽车里的最高等级车——军用大卡车。记得我哥领着我们小宣传队的女孩子，穿上绿军装，披上军大衣，立在军用卡车上"咔擦、咔擦"留过影，让我们小小的虚荣心得到波澜起伏的满足。

群众得救了！人民财产保住了！"嗷！嗷！"桥上桥下一片欢呼：向英雄潘家二小致敬！等兜里塞满爆米花的我哥气宇轩昂地回到家，半个南通城都在传诵友谊桥上我哥的"英勇壮举"。

吓得我妈胆颤心惊！

惊得我爸上下左右打量面前跟他一般高的混小子，趁我们没注意的时候，将门后的那根棍棒收起来，再也没用过！

喜得我们姐妹把这粒"粞子里拣出来的米"当家里的脊梁和大英雄，无比崇拜，更无比自豪！

然而，第二天班会，友谊桥上小民同学的"英雄壮举"班主任老师只字未提，奇怪？全校人人皆知。好吧，班主任不表扬，我哥就自我表扬，正好班主任的语文课布置写《一件难忘的事》，我哥便将友谊桥上"制服"失控拖拉机的事写成了一篇记叙文。记叙文是记载、叙述在生活中看到、听到、经历过、接触过的人和事，四个要素，即时间、地点、人物、事件（起因、发展、结果），常见的表达方式是记述、描写、抒情和议论，除了切口、选材、构思外，内容真实尤为重要，只有真实的，才是感人的！应该说，我哥的这篇记叙文超常发挥，因为写的是自己的事，自己的亲身感受，其水准快要赶上我大姐了。

大姐的作文曾是"通师附小"的骄傲。相比大姐，我哥儿时写作，除了小学一年级造句"我妹妹的脸像一只红苹果"在江湖上广为流传，基本没留下别的什么"金句"。起初我大姐帮我哥的作文开个头、结个尾，改改错别字，后来成了我哥的"枪手"，当然，草草应付足矣，否则分数太高要"露馅"。大姐乐此不疲，后来又开始辅导我二姐和我，因为做"家庭老师"嘛，哈哈，就不用刷碗扫地啦！悄悄说一句，我大姐打小就痛恨这刷碗扫地！

不料,班主任说记叙文应该是写别的人和事,不是写自己,让我哥重写。这无疑给我哥当头一棒!我哥坚持不重新写,班主任便给作文判了"不及格"。我哥不服,找到教务处,教务处汇报到校长,结果由教务处出面协调改判"良",由此我哥和班主任结下"梁子"。

要说这位班主任老师大概是运用手里资源的"行家里手",她用握有的几张"牌"——参加体育队、当班干部、甚至入团,来调动她的资源"兵力"。家里的生活所需,大米蔬菜由农村同学背去,锅碗瓢盆有开杂货铺的学生家长配齐,我哥则负责他们家人的看病拿药。有一回,她女儿到"附院"看病,七八个男生女生被她指使得奔来跑去,在家从来不碰痰盂马桶的小民同学,居然拿着她女儿的尿液瓶送去化验,我母亲知晓后,气得差点一口老血喷出。不知怎的,直到高中毕业,我哥都在入团门槛前来回徘徊。

父亲到了"五十而知天命"的年纪。

1973年,恰好是父亲生日那天接到我哥"插队"通知书。父亲一向冷静、坚定、理智,没有那些"感时花溅泪,恨别鸟惊心"的毛病,天大事,该吃饭就吃饭,该睡觉倒下就呼噜。可那晚,父亲失眠了。命运?从战争硝烟中摸爬滚打出来的父亲,从来不相信命运。

古希腊相信人可以通过著名的戴尔菲神谕知道自己的命运,肩负神谕的神是阿波罗,他附身女祭司瑟西亚为他代言。瑟西亚坐在土地裂缝上方的一张凳子上,从裂缝冒出催眠般的蒸汽，使她进入恍惚的状态，而为阿波罗代言。人们来到戴尔菲以后，先将他们的问题呈现给负责神谕的祭司，再由祭司转达给瑟西亚。而瑟西亚的回答往往含糊不清、模棱两可，必须由负责神谕的祭司加以解释，如此这般得到阿波罗智慧的恩赐，并相信他无所不知，甚至可以预见未来。当时，许多国家的首脑和将军要等到求教于戴尔菲的神谕后，才敢打仗或采取一些决定性的步骤。我在雅典曾亲眼见到，戴尔菲神庙入口处上方的那条著名铭文："认识你自己"，意思是人类不可自以为不朽，同时也没有人可以逃避命运。

1969 年末，住我们院的解放军野战军某师接到命令移防，整个院子仿佛成了江西革命根据地瑞金，那首著名的《十送红军》好像就在耳边唱响，那场景比现在某些电影电视剧表现得还要生动："九送红军上大道，锣儿不声鼓不敲，鼓不敲，双双里格拉着长茧的手，心像里格黄连脸在笑，血肉之情怎能忘，红军啊，盼望里格早日，介之个传捷报……"最让我们不舍的，是 H 政委的女儿、我二姐的好友 HQ。

HQ 是 H 家长女，底下还有 3 朵"金花"。H 家住民国时期"博物苑"教学楼——"丁字楼"南头，紧挨那棵大白果树。大概野战军随时准备开拔，相比地方部队"公园桥"附近的当地驻军干部家庭，野战军干部家庭的陈设要简单得多，既没有红木雕花家具，也没见军刀、驳壳枪之类的"镇宅之宝"。相比院子里我们这些原有"土著"，野战军家庭的女孩子,从肤色到行为举止,直截了当说,普遍"粗粝"些。不过,和我二姐同龄的HQ是个例外。

当时我二姐和我拉起了一支"文艺宣传队",院里孩子为主,吸收邻院为辅,清一色小女孩,自编自导自演。群舞《当年红军穿草鞋》《到敌人后方去》《洗衣歌》,三人舞《唱支山歌给党听》,都是给部队演出的保留节目。我二姐和我的双人舞《蝶恋花》,观众不仅看舞蹈,连同体操、杂技高难度动作一并欣赏了,所以人气旺,"吸粉"无数。后来,这支小宣传队里,还真出了不少艺术人才,有去"小红花"的,有去杂技团的,有去越剧院的,还有小四我考上文工团没去报到的。

HQ父亲有一张风吹日晒后的枣红色脸膛,虽然戴一副阔边眼镜,见我们露出亲切和蔼的笑容,嘿嘿,依然不太像"知识分子"角色,一看就是行伍之人。HQ母亲是"随军家属",按照部队的规定,到了一定级别的干部,可以把家在农村的媳妇接过来"随军",称之为"随军家属",就是不工作的,专门照顾家庭。所以这样的家庭,丈夫介绍自己妻子时往往说:"这是我家属!"HQ母亲很羡慕我母亲,倒不是有个男孩我哥,而是我母亲自己有工作,不高兴了直接跟我父亲耍脾气,不怕被"休"了。而HQ,则羡慕我二姐有个哥。有时,我二姐喊我哥"小民!"HQ也学我二姐,用盐城老家口音喊我哥"小民!"每每听到HQ喊"小民",我哥的脸莫名其妙地就红了,然后一溜烟跑开。从小起，院里好多女孩都随我们姐妹喊我哥"小民！小民！"也没见他脸红过。

我们都哈哈大笑。

我母亲笑得最欢，她从来不掩饰对HQ的喜爱。HQ性格温和，很懂事，很小就帮她母亲看管妹妹们。何况，HQ身型修长，皮肤白皙，头发微卷，长得酷似我哥喜欢看的那本《钢铁是怎样炼成的》里的冬妮娅，简直可以说就是冬妮娅的少女版。有一回，下大雨，HQ穿一件部队军用雨衣来我家等我二姐一起去学校，大概血脉里天生流淌的是军人的血，HQ英姿飒爽，气场浩然，"冬妮娅"变成了苏联卫国战争时的少女英雄"喀秋莎"，看得我哥都惊呆了："正当梨花开遍了天涯，河上漂着柔曼轻纱。喀秋莎站在峻峭的岸上，歌声好像明媚的春光……"很久、很久以后，和我哥聊天，说到熟人家一个女孩，我哥突然冒出一句："长得像HQ小时候。"

潘家已从"5排"搬至"西院"。也是平房，也是白墙黑瓦，但是东西朝向，光照时间短。

搬家前，父母领着我们几个孩子回到潘家在南通的第一个住处，清末民国时的"苑总办"小楼拍照留念。楼前的桂花树是我哥、我二姐和我的"衣胞地"，桂花树秋季开花，香飘数里。记得我哥爬到树上，细长灵巧的身姿如长臂猿，在碧枝绿叶间飞来飞去，一如杂技场穹顶下的空中飞人，在人们惊愕的目光前荡来荡去、上下翻飞，引来好多孩子凝神观望，仰着脖子张着嘴巴撑大眼睛，唯恐漏掉这精彩镜头的某个瞬间。没注意我哥啥时落到何处，但见桂花纷纷扬扬，如天女散花般飘落到我们女孩子撑开的床单上。

"香！真香！"阵阵芳香，顺着母亲手指溢出，溢到母亲心满意足的笑容里，溢到我们女孩子叽叽喳喳的欢声笑语里。母亲先用沸水稍稍烫一下桂花，捞起、晾干，再用白糖浆一下，密封于干净透明的玻璃瓶里。瓶里的那些桂花，像朵朵盛开的满天星，鲜嫩、水灵、亮晶晶。米粉蒸肉上撒点桂花，酒酿汤团里加点桂花，过年时母亲做的桂花糖、桂花糕，现如今想起来还是忍不住要流口水。

我哥从十字街去"插队"那晚，我母亲一夜未眠。前半夜不停地哭，动物失崽似的那种撕心裂肺。后半夜一声不吭，两眼直瞪瞪望着屋顶木梁，木梁上的纹路越来越清晰，思绪却越来越纷乱。二十多年前，这位施家"四小姐"，有"西花厅"舞文弄墨，有"小竹林"挥剑打拳，神雕侠女般，可是，不管外公如何暴跳如雷，外婆如何苦苦哀求，和那时众多热血青年一样，母亲义无反顾投身革命洪流，她离家那个夜晚，外婆也像是从身上挖走了一块肉？

第一部"知青"题材电视剧《蹉跎岁月》插曲歌词开头"青春的岁月像条河……"，已是"知青"的我哥人生不仅仅是"像"一条河，而且是实实在在地"在"一条古运河里。古运河始于春秋战国时期，悠悠长河已经缓缓流淌了 2 500 余年。

十八岁的我哥敲开薄冰，低头俯在水面上，喝了几口冰水，然后吸了口冷气，光脚猛地踩进冰水里，弄出很大声音和水花。一只在岸边觅食的水鸟，吓得扑哧飞起来，一边飞一边扭头看他：大棉袄鼓鼓的，罩了件藏青色回纺布大褂，洗得都褪了色，肩头、肘部缝了几块粗布，腰里扎了一根两股辫子粗细的手工麻绳——是我父亲所制老潘家的祖传手艺。

几百年来，一些需要搬运产品的工厂、门店、作坊、仓库、酒厂都设在运河边，粪码头也设在运河边，便于装卸。计划经济时代大粪属紧缺肥料，农村露天粪坑常被雨水冲淋，肥力不足。再者，田多粪少、供不应求，遇上春耕或肥料紧缺时，生产队便挑选精壮劳力用水泥船到城里装粪，水泥船在水中稳定性较好，粪水不易溢出舱面。半夜停船休息，就在舱面上铺几块木板躺下，粪水在身下，相隔只有几公分，且随着风浪不停地晃荡，仿佛那首很流行的歌，"头枕着波涛，睡梦中露出甜美的微笑……"我哥说，其实人在粪船上感觉不到臭。

沿运河走，隔一段，有一个小小"石亭"供纤夫歇足、路人避雨。运河上行船，除火轮外，大多靠竹竿撑、船橹摇、人力拉。遇上顺风，在舱口洞里插上两根毛竹，扯上一块布，当风帆行驶，遇上逆风逆流，便用人力绳索在岸上拉。

这两天一夜，料峭春寒，西北风刮过来，刺在脸上手上，生疼，风刮得船寸步难行。逆风逆流，不进则退。于是，我哥便赤脚在岸边背纤而行，身体前倾，背上是绷得紧紧的纤绳。天黑，泥泞，他几次跌入冰河，又爬上岸继续前行，大棉袄里，是母亲让我大姐奔去粪码头，塞给我哥的两个"烧饼"和他最喜爱的熟鸡蛋。

后来，听我哥说起此事，我脑海里瞬间闪现的是黄河岸边喊着号子的纤夫，长江三峡光着脊梁逆流而上的纤夫，还有苏联那幅著名的油画《伏尔加河上的纤夫》。我哥这粒"粞子里拣出来的米"，这颗曾经"硌牙的石子"，这枚曾经到处"惹事"，"随时炸响的地雷"，在人生十八岁的时候，没有古代男子成年的冠礼，也没有当代青年各种标新立异的成人仪式，没有父亲棍棒的训诫，没有母亲胸怀的呵护，没有把他视为"粞子里拣出来的米"的外婆的疼爱，没有我们姐妹们的簇拥和帮衬，在这无边无际的广阔天地，在这寒风刺骨的冬日，赤脚行走在运河岸边，脚踏祖国的大地，背负着沉重的纤绳，在心里喊着不屈的号子，一步一个坚实的脚印，迎风而上，逆流而上！

加缪说，卡夫卡的全部艺术在于迫使读者一读再读。其作品结局，抑或缺乏结局，都意味着言犹未尽，而这些弦外之音又含糊不清，为了显得有根有据，就要求把故事从新的角度重读一遍。

2012年原稿

2022年5月修改

小雨的童年

小雨的童年

一

又到小雨生日。

和许多家庭相似，小雨也不在小雨妈身边。那年高考，小雨被复旦大学和香港大学同时录取，一时间成了"别人家的孩子"。复旦录取通知书是那种喜报用的"中国红"，从里到外红彤彤，热情、奔放、喜庆。而港大的通知书是那种不显山不露水的浅米色，压纹纸，烫印，玩的是低调奢华。按说，在通俗文化各种池塘里浸泡过的小雨对这种低调奢华基本无感，许是被"港剧"《神雕侠侣》《天龙八部》点了穴位、迷了心窍，她毅然决然选择奔香港，港大毕业又留在那里进入职场。

自1997年香港回归，上海—香港之间来来往往倒也方便，空中飞行两小时，相当于上海飞北京。不曾想，这一两年被"新冠疫情"阻隔，只能在云上视频里见见面。贴心的小雨知道上海家里瞧着、盼着、惦记着，没用三番五次地催，午餐时间便发来她的生日照。小雨坐在香港一间茶楼里，左手托住脸颊，形成一个戏剧式的拍照姿势。

都说凤眼的神韵难以形容，女人有一双眼尾略微上翘的凤眼，就天生有了美丽聪慧的资本，小雨恰好生了一双中国古代仕女推崇的那种气度高古的凤眼。快乐和幸福，从容和自信，从她那双美丽聪慧的凤眼里，从她开心大笑的皓齿红唇里溢了出来，溢出了照片。一头栗色披肩发，随意地垂在她香奈儿式黑色小西装的肩头，里面黑白细条打底衫，和餐桌上盘子里那块红白横条蛋糕非常搭调。蛋糕上一根小蜡烛窜出欢快的火苗，发出温暖的光亮，等着小雨许下心愿。

小雨妈的视线有些模糊：这日子过得真快！

小雨妈起身，从书房柜子里找出小雨那张粉红色的出生卡片，卡片上记载小雨出生时身长体重。小雨妈清晰地记得，那个细雨蒙蒙、鲜花欲滴的春天，小雨出生在欧洲荷兰中部城市乌特勒支。荷兰东邻德国，南接比利时，西边、北边是一望无际的茫茫大海。许多地方低于海平面，负海拔多少米，所以在日耳曼语中荷兰叫尼德兰，意为"低地之国"。

上世纪八九十年代，有些亚洲面孔"偷渡"到荷兰，藏匿于餐馆打"黑工"，一旦被警察捉住，死活咬住不开口，身上又没有任何证件证明这人是谁。那时，欧洲人看亚洲人长得都差不多，就像我们初看荷兰人和德国人，高鼻子蓝眼睛黄头发没啥区别，所以荷兰警察难以判断该人究竟是中国大陆人、中国台湾人、中国香港人，还是越南人、朝鲜人？当然也就不知道该遣返何处送往何方。有时候，会请我们这些"公派"荷兰的帮忙辨识，终究——也是看不出个所以然。

据说，风高月黑，荷兰警察开车将"偷渡者"偷偷送到"荷-比"边境比利时的地界,将"偷渡者"推出车外,然后立刻调转车头返回荷兰,算是"遣送"完毕。那边厢被遣送的,爬起来弹弹身上的灰,就近钻入比利时某餐馆——搞不清他们之间有没有接头暗号之类,反正是,吃饱喝足睡一觉,几天后,又从比利时秘密潜入荷兰换家餐馆继续打"黑工",继续玩猫捉老鼠的游戏。要知道,欧洲的许多国家是不设边境检查站和出入境口岸的,来去自由。

那时,荷兰主要城市都有唐人街或唐人店。

统一标识是大红灯笼高高挂,店里燃香供着大慈大悲的观音菩萨。开店华侨,大多来自中国大陆、中国台湾、中国香港,不管政见如何、口音差异,都是炎黄子孙,都是龙的传人。老华侨们都很尊敬崇拜毛主席,说,1964年新中国第一颗原子弹爆炸成功,让他们这些漂泊在异国他乡的华侨第一次站直了腰抬起了头,成了堂堂正正的中国人。

当时外国人看中国人,以为个个都是电影《龙争虎斗》里的李小龙,人人都会长棍、短棍、双节棍,各种的拳功、刀功。想想后来小雨喜欢读金庸的武侠小说,喜欢香港电视广播公司(简称TVB)拍的武侠剧,密宗啊,飞刀啊,直至选择去香港读大学,可能是和在"娘胎"里听了一些武侠江湖传说有关。

在去乌特勒支之前,我从北京被派到荷兰第二大城市,欧洲第一大港口——鹿特丹"公务"。想必你知道的,荷兰第一大城市是首都阿姆斯特丹,第三是海牙——联合国国际法院所在地。二战后,随着欧洲经济复兴和共同市场的建立,鹿特丹港凭借优越的地理位置迅速发展,1961年,港口货物吞吐量首次超过曾经是荷兰旧地的纽约港(1.8亿吨),此后40多年,鹿特丹港一直保持世界第一大港的傲人地位。

有位享誉世界的荷兰纪录片导演尤里斯·尹文思,是中国人民的老朋友。1928年,尹文思用了3个月时间,拍摄了一部10分钟的无声电影《桥》,表现了当时新建的鹿特丹垂直升降铁路桥:当一辆火车行驶至桥边,桥边的信号使它停下,机械装置开始运转,铁路桥面升起,让河道中的船只先通过,然后又缓缓降下,再让火车通过。影片节奏明快,画面上硬朗的线条和工业化主宰一切的潜意识非常符合当时现代主义先锋艺术的口味。1938年,尤里斯·尹文思拍摄了记述中国人民抗日战争的纪录片《四万万人民》。新中国成立后,他又在中国拍摄了《愚公移山》《风的故事》等著名电影作品。

2003年,新加坡港货物吞吐量首次超过鹿特丹港。2004年,上海港货物吞吐量也超过了鹿特丹港,那时我已经来上海工作。听闻这两则消息,我百感交集,感叹世事变化盛衰无常,风水轮流转。尽管鹿特丹失去了全球港口霸主地位,但从经济角度看,与海平面差不多、甚至低于海平面的城市鹿特丹,如今依然可以被称为荷兰的经济首都,或荷兰对外贸易的首都。

小雨出生前后,20世纪八九十年代,经济全球化——世界经济活动超越国界正风起云涌,通过对外贸易、资本流动、技术转移、提供服务、相互依存、相互联系而形成全球范围的有机经济整体。和当下出现的"逆全球化"截然不同,当时的经济全球化正处于热恋期、蜜月期,无论你是发达国家还是发展中国家,互相之间尽量你好、我好、大家好,和气生财,有钱大家一起赚!

为了帮助发展中国家快速融入全球化大家庭,世界贸易组织邀请一二十个发展中国家(地区)派出代表参加在荷兰鹿特丹的专题"研修"。我是中国派出的唯一代表,后来被称为"亚洲四小龙"的中国香港、中国台湾、新加坡和韩国也派出了代表,大多是三十岁左右的年轻"官员",在来自发达国家的"教官"面前略显青涩,但普遍使命感十足、勤奋刻苦,后来在世界经济贸易舞台上崭露头角不在少数。印象里有位来自菲律宾的女士比较另类,她吃不惯组织者提供的餐食,更不习惯独自在外这么艰苦,称家中有20个保姆。20个?听者面面相觑,早听闻菲律宾贫富差距悬殊,没想到竟如此悬殊。

鹿特丹"研修"结束后,我到了乌特勒支。

相比荷兰城市前三甲的阿姆斯特丹、鹿特丹、海牙,排行老四的乌特勒支在外名气小得多。相比新型时尚、喧哗热闹的现代化港口城市鹿特丹,乌特勒支明显"旧"了许多。乌特勒支老城区依然保留许多古老的建筑,近代工业的旧时风光也不时显现，处处弥漫着一股幽静沉稳的气息。相比阿姆斯特丹著名的绅士运河、皇帝运河和王子运河，乌特勒支的运河别有韵味。沿河堤岸紧依水面都有一些小平台，天气晴朗时，当地人和游客们喜欢坐在这些小平台的露天咖啡座里，品味来自世界各地、或浓或淡或清或淳的咖啡，晒晒温暖的太阳，看看运河上人们骑着脚踏船，划着小木舟或独木舟，懒散地享受悠闲和惬意。

怀小雨时，我正在乌特勒支大学学习荷兰语。

建于1636年的乌特勒支大学是欧洲最古老的大学之一。荷兰语属于小语种，是荷兰、苏里南的官方语言，也是比利时的官方语言之一。这么说吧，荷兰语介于德语和英语之间，属于印欧语系里日耳曼语族的西日耳曼语支。因为荷兰人长期以来是一个航海民族，所以荷兰语在世界很多语言中留有痕迹。英语中源于荷兰语的词，比如：deck（甲板），easel（画架），freight（货运的货物），brandy（白兰地）。纽约的许多地名，比如：Brooklky（布鲁克林），Flushing（弗卢胜），Harlem（哈莱姆），Staten Island（斯塔腾岛）和 Browery（鲍厄里），仿佛是在提醒人们这些地方曾经是世界上最强大的"海上霸主"——荷兰的旧地。

我们的荷兰语老师是位盲人。

许多人读过聋哑人海伦·凯勒的名篇《假如给我三天光明》《我感知的神奇世界》，熟知这位美国现代女作家、教育家、社会活动家不凡的一生。可是，当和海伦一样有着一头金发的盲人荷兰语老师出现在讲台上，我还是惊得差点掉了下巴。老师看上去50岁上下，外国人忌讳打听女士年龄，所以一直不清楚老师的确切年龄。她喜欢穿鲜艳的绿色，绿短衫、绿开衫、绿套装、绿呢子大衣，搭配各式各样的围巾作点缀，由一只棕色导盲犬领进教室，上课时导盲犬静静地卧在讲台旁。

第二次上课，荷兰语老师便记住了班上三十位同学的名字。每当她叫我"Pan"，同学们总是偷偷议论，说老师的语气显得很欢快，好像在叫自己家的孩子，面部表情都不一样了。"pan"在英语里是"平底锅"的意思，而西班牙语的意思是"面包、馒头"，总之，都和吃有关。顺便说一句，老师喜欢吃中餐。

课堂上，老师经常把难题留给"Pan"回答，如果"Pan"也答不出，老师便再讲一遍，进度稍稍地缓一缓，搞得"平底锅"还是"面包"的"Pan"同学我压力山大、左右为难。课间休息，老师喜欢和我聊聊古汉语，中国"五四"白话文运动等等，这时，南京大学中文系打下的底子派上了用场。如果不是有棕色导盲犬在旁边，我还以为是在南大课间摆龙门阵呢。学习荷兰语半年，迎来第一场正式考试，难度极大，班上只有几位同学一次性通过拿"证"，"Pan"是其中之一，至今不晓得是不是因为那位可敬的盲人老师对"Pan"有那么一点点偏爱，嘿嘿。

荷兰和中国虽然相隔万里之遥，却拥有一个共同的称谓——自行车王国。中国拥有自行车的绝对数量，肯定是当之无愧排名世界第一。荷兰有1600万人口，却拥有1800万辆自行车，在人均拥有自行车数量和骑车出行的比例上遥遥领先。荷兰女王假日里在郊外骑自行车"御驾亲征"，政府内阁大臣或国会议员骑自行车上班，警察骑自行车巡逻，家庭主妇骑自行车买菜，都是稀松平常事，"骑自行车很健康"是荷兰人通用的一句口头禅。

怀小雨两个多月时，我换了一辆荷兰产的新自行车，浅咖啡色，亮得晃眼，也亮得心疼。要知道，荷兰产的自行车新车很贵，大概是中国产自行车价格的10倍。

那天，出太阳，这在荷兰人生活中可是件大事，压倒一切的头等大事！当时我们家在乌特勒支郊区，二层带阁楼带花园，左邻右舍的花园用矮矮的篱笆墙作间隔。我埋头在花园里收拾，听闻隔壁花园传来嘻嘻哈哈的笑声，循声望过去，有两人靠在花园长椅上，白晃晃的后背对着我，一个短发，一个束马尾辫。大概听见动静，他俩都站了起来，转过身子，大大方方朝我打招呼：Hello！Hello！（你好！你好！）天哪！原来剪短发的是个女孩，束马尾辫的是个男孩，一对恋人光着身子正在晒日光浴。

收拾好花园，我骑上浅咖啡色的荷兰自行车，慢悠悠地在郊区路上骑行，轻声哼着："走在乡间的小路上，暮归的老牛是我同伴……"感觉仿佛回到故乡。不料，迎面一辆小轿车疾驰过来，没等我躲闪，将我连人带车撞下了路面。我

乌特勒支郊区

打了几个滚,跌落到一片草丛里,下意识地用手捂住肚子,自行车也翻了几个滚,卷成一团麻花在那里抖抖瑟瑟。

"完了,完了!三个月里最容易流产!"我眼前一片漆黑。开轿车的是个荷兰小伙子,满脸通红大概喝了酒。警察大叔骑着自行车过来了,明明英语是荷兰通用语,中年以下几乎人人会说英语,可是警察坚持要我们用荷兰语对话,用荷兰语填写一大堆表格,小雨爸妈只好勉为其难,草草了事,要赶去医院给小雨妈做检查。谢天谢地!观音菩萨保佑,肚子里的小雨平安无事。

怀小雨五六个月了,许是亚洲人的身型比欧洲人要单薄些,依然看不大出"Pan"同学是个孕妇,充其量不过是荷兰"奶酪"吃多了,眼看着"Pan"丰满了起来。班上有位法国同学,怀孕两三个月便人人皆知,一是她喜欢公开分享作为"准母亲"的点点滴滴,二是从不用宽大的衣服来遮掩开始突起的孕肚,自豪嘛!别人看不出,小雨妈我心里有数,肚子里的小宝宝真够贴心的,我睡宝宝睡,我上课宝宝上课,我散步宝宝也踢腾几下跟着活动活动。现如今年轻父母越来越重视"胎教",想想小雨的例子不无道理。如果一定要问小雨同学有什么天分的话,大概是语言了。小雨学语言相当轻松,用小雨自己的话说,就像是在学唱歌,跟着哼哼唱唱就会了。后来,非语言专业的小雨同学,英语、法语、荷兰语都达到大学专业程度,讲一口标准的普通话和粤语,行云流水切换自如,且不带任何口音,这些恐怕得归功于在荷兰时,多种语言环境的"胎教"。

荷兰的"孕妇"除了定期到医院做产前检查,还可以参加社区公益孕妇健身班,每周一次:拉筋、踢腿、弯腰、呼气练习,等等。一连串动作做下来,连我这个曾经上过"少儿体操班"的都呼哧呼哧感觉吃力,唯恐肚子里的宝宝有什么闪失。健身教练是个高大威猛型男,一脸络腮胡子,听说在这一行里名头很响,因为住在这个社区,热心公益,所以来给我们免费上课。

孕妇健身操许多动作,包括模拟孕妇生孩子过程,需要丈夫辅助才能完成。教练扮演丈夫做演示动作,需要有人扮演妻子,那些荷兰孕妇们一个个欢呼雀跃纷纷举手欲试,教练却将目光故意望向那个吓得躲在远处的中国孕妇我。No!No!No!我毫不迟疑坚决拒绝,惹得教练和那些荷兰孕妇们哈哈大笑,课堂气氛空前热烈,围观的"吃瓜群众"还以为我们在排练话剧呢。说实话,虽然我这位中国孕妇新时代女性没有被封建社会男女授受不亲毒害过,但在众目睽睽下,坐在一个陌生男人身前,让他帮你做各种伸胳膊伸腿、上上下下的拉筋动作,终究还是感觉别扭。

按照预产期,小雨妈在南大时的德国"同屋"Chirsta夫妇从邻邦德国慕尼黑赶到荷兰乌特勒支,等着迎接新生命降临。他俩住在乌特勒支一幢十分醒目的酒店里,之所以说醒目,是因为酒店外观像是一座中国古代皇家宫殿,琉璃瓦的顶、朱红色的墙,庄严气派,不要说方圆几百里,就连当时整个荷兰,都找不出第二家来。

这酒店是荷兰一位富有华人的惊人之作,后来因经营不善资金断链被强行拍卖。听说拍卖那天,就像是江湖上举行武林大会那阵势,全荷兰但凡能够出动的华侨都出动了,还有一些比利时、卢森堡的华侨也披星戴月、日夜兼程赶来赴会,有没有手持家伙不知道,反正为华侨撑腰助威,轰动整个荷比卢(荷兰、比利时、卢森堡)。世界上拍卖方式有英格兰式和荷兰式,简单说,前者由低至高竞相应价,后者由高至低"降价拍卖"。遗憾的是,那次拍卖,华人未能守住这座中国宫殿式酒店。

Chirsta夫妇住在乌特勒支中国宫殿式酒店里,等啊等啊,等了都快有俩星期,盼星星盼月亮,盼得假期期限都快到了,小雨依然赖在妈妈肚子里就是不出来,你说急人吧？小雨的外公外婆远在国内，早就寄了一堆婴儿春夏秋冬小衣服到荷兰，也急啊，隔天一个国际长途催问，当时的国际长途可是非常贵的哦！到了预产期后的第十四天，小雨妈终于开产道来"阵子"了。什么叫撕心裂肺？女人开产道应该是其中一种。

小雨爸陪在乌特勒支医院产房里。中国传统习俗，男子是不许进产房的，说是怕沾了血，不吉利，惹上"血光之灾"。所以，女子生孩子，男子只能在门外等候，不管身份贵贱帝王还是庶民。而荷兰法律规定，产妇生孩子，孩子的父亲必须陪在产房里帮助产妇，目睹生孩子全过程。如果有必要，警察有权利将孩子父亲抓到产房。产房医生护士很贴心，问我要不要听音乐，可以减缓疼痛，我摇头。又问我要不要试试在水中生宝宝，说可以减缓生产疼痛且效果明显，我又摇头。

折腾了几个小时，可以说，是我一生中最漫长的几个小时。荷兰时间16:35，时差6小时，也就是北京时间上午10:35，宝宝终于平安来到人世。Chirsta夫妇欢天喜地手持鲜花来产科病房看望我们母女，也是来辞行，他们终于可以放心地回慕尼黑了。

在医院住了一周。

同一病房的荷兰产妇进进出出换了好几拨。

中国习俗"坐月子"的各种清规戒律在这里根本行不通。那些荷兰产妇一不怕着风，个个都敞着头，既不戴帽子，也不扎个毛巾之类的。二不忌生冷食物，医院提供的产妇餐，和常人餐无异，有热菜有凉拌，还有餐后小点心和各式各样的冰激凌。有位室友，刚出产房不到半小时，便咔嚓、咔嚓地咬起了苹果。三不忌碰水，医院要求产妇生孩子当天便开始洗浴，每天两次。这还了得！护士搀扶我去淋浴房，无论如何，我将护士挡在门外，然后打开水龙头让水兀自流淌，造成人在淋浴的"音效"，其实只是简单擦擦身。可能亚洲人和欧洲人的体质是有差别，听说那些荷兰产妇生了孩子几天后便能游泳。

另一位室友，头天傍晚生孩子，第二天早早就起床了。淋浴后，用毛巾包住头发，对着一把小圆镜仔细地涂来抹去，然后换上高领紧身毛衣和薄呢窄腰短裙，我目测她裙子腰身不超过两尺！她丈夫西装革履携大儿子来接妻子和婴儿，大儿子大概五六岁，穿着童子军的小西装，手捧鲜花叫了声 Mam（妈妈）——欢快地扑向母亲。

这时我们乌特勒支的"家"，搬到老城一个复式楼里。楼下客厅、餐厅、厨房，楼上几间卧室。初为人父人母，欢天喜地之外，还有这事那事一地鸡毛。远在异国他乡，远离故国亲友，雨中行客，一叶小舟，手头那本厚厚的英文版《育儿大全》，就像基督徒手里的《圣经》指点迷津。书上说，有5%新生婴儿，夜里可以不吃不喝，一觉睡到天亮。于是，我们尝试让小雨夜里不吃不喝，大家睡个安稳觉。开头几夜，到了吃喝的钟点，小雨在隔壁房里又哭又闹。她一闹，我这边条件反射似的，乳汁就会自动流出来，眼泪也控制不住，心疼。坚持，拉长间隔时间，减少喂奶量。一周后，试验成功！小雨属于5%婴儿，这样大人孩子都能睡个安稳觉，真是谢天谢地烧高香了。

荷兰多雨。不似我们江南的春雨，轻柔缠绵，不紧不慢，疏密相间，如微风飘逸轻抚浸润着山山水水。荷兰的春雨，没有长时间的，都是阵雨，以小雨偏多，所以，女儿的小名叫"小雨"。

客居荷兰，又是多雨的春天，不免有些思乡怀古。中国古代称客居他乡者为"行客"，高诱注："行客，犹行路过客。"行客啊，漂泊啊，古今中外都为艺术家吟诵咏叹。《淮南子·精神训》："是故视珍宝珠玉犹砾石也，视至尊穷宠犹行客也。"唐朝诗人王维更有名句："杨柳渡头行客稀，罟师荡桨向临圻。唯有相思似春色，江南江北送君归。"瓦

回到中国

格纳的歌剧《漂泊的荷兰人》也是吟唱行客的。传说有个荷兰的航行者，冒着巨大的风暴要想绕过好望角，虽作一世的航行亦所不惧。魔鬼听了他的誓言，就判了他的罪，罚他终生在海上漂流，每七年许他登陆一次，让他去寻觅愿以忠贞的爱为他赎身的女子……

"漂泊的中国人"终于从荷兰经香港回国。

婴儿不单独发护照，只需在婴儿母亲护照的空页上贴张相片，旁边几行文字说明，盖上大使馆钢印，就上飞机了。十几个小时漫漫空中飞行，小雨真是个贴心的小宝宝，很省事，吃了睡，睡了吃，偶尔抱起来拍一拍，打一下嗝。飞机停在香港启德国际机场，在九龙城区，不是后来赤鱲角的那个新机场。小雨躺在一只婴儿专用的绿色敞口手提箱里，惬意地吮着一个透明奶嘴，粉嫩的脸上露出开心的微笑。

难道她有什么心灵感应？或是能预测未来？知晓自己将来会在香港学习、工作和生活？

二

襁褓中的小雨从出生地荷兰回到中国。先是放在南方小雨外公外婆家，每天睡到自然醒。罐装洋奶粉，加外婆自制的各种营养米糊，加各种红红绿绿时鲜蔬菜水果，将本来眉清目秀的"荷兰兔"，硬生生地养成了白白胖胖的"荷兰小香猪"。不信？小雨妈有那时的照片为证：胖嘟嘟

小雨秀丫丫

的小雨，坐在外公宽大的藤椅里，眼睛笑成一条缝，大大咧咧地对着镜头"秀丫丫"呢。

　　育儿教科书上又说，3岁前，孩子得由父母亲自带，不然会有感情隔阂的。于是，小雨1岁时，从南方接回我们在北京海淀的家，开始"日托"。所谓"日托"，其实是托在我们楼马路对面的一户人家，早晨送过去，晚上接回来。单位有班车从海淀到东城，早晨七点楼下发车。小雨妈得在发车前完成一连串必须完成的常规动作：叫醒小雨、穿衣、尿尿、洗脸、喝奶、下楼、过马路、上楼、交接、返回、上班车。这些动作一气呵成，中间不能停顿不能耽误，若是赶不上班车，从海淀穿过西城到东城，跨半个北京城，不是三五站的事，又是早高峰时段，迟到可是不得了的事！

　　早晨六点，小雨妈在沉睡中被刺耳的闹钟叫醒，天刚蒙蒙亮。接着，睡梦中的小雨被小雨妈强行叫醒，当然又哭又闹的，可是，小雨妈就像耳朵里塞满了棉花球，假装听不见。听见了又能怎样？小雨妈在小雨撕心裂肺的哭声中默默完成一连串动作，抽空，擦一擦自己眼眶里涌出的泪水。

话说，小雨毕竟是经过试验和训练的。她刚出生时，在荷兰乌特勒支老城"家"里作为实验对象，夜里被强制断奶，证明是属于育儿教科书上说的5%夜里可以不吃不喝的婴儿。此时，1岁的小雨毕竟比刚出生时要"成熟"一些，眼见哭闹无效，小雨只好改变战术打法来应对，这不，小雨突然变得安静了，不哭闹了，不白费力气了。其实，她换了一招，佯装没醒，佯装听不见，无论小雨妈声嘶力竭喊破天去，小雨没任何反应，好像耳朵里也塞了一团棉花球，继续作酣睡状。但演着演着，这小演员毕竟才1岁嘛，小雨忍不住还是会用眼睛偷偷地瞄下妈妈的表情。唉，没想到"魔高一尺道高一丈"，小雨这招也不管用！不管醒着还是没醒，不管眼睛睁开还是闭着，一点不影响小雨妈麻利地完成全套动作。

仔细盘点自身可怜的一点资源后，小雨不得不更大幅度的迂回应对，不得不换上狠招，说要拉"便便"。

小雨属于讲话较晚的那类孩子，直到一岁半，还哼哼哈哈蹦不出几个词，靠五官、手势和动作来表情达意。语言表达一直是小雨妈祖上若干代人的基本功，也可称之为绝活，就和那些祖传的木匠、铜匠、铁匠一样，也是门手艺，怎么到小雨身上这门手艺就难见踪影了呢？不可能呀！小雨妈心急火燎带小雨去北京医院五官科检查，愣是查不出个缘由来。夜深人静的时候，小雨妈拾掇好忙完后，细思静想，可能是小雨在荷兰时，在"娘胎"里被多国语言埋了线，也许是那时布线太过匆忙急促，线路之间犬牙交错、你中有我、我中有你，需要花时间去理顺各个线路的来龙去脉，并各就各位妥善安置好，方能正常传输语言的语系、语种、语音、语素。

"便便"是小雨较早能说的几个叠音词之一。小雨妈童年在南方的时候，养过蚕宝宝，据说蚕宝宝的"便便"是一味历史悠久的中药，叫做蚕砂。蚕砂性味甘、辛、温，无毒，具有燥湿、祛风、和胃化浊、活血定痛的功效，用于治疗风湿、头痛、皮肤瘙痒、腰腿冷痛、腹痛吐泻等疾病。只可惜小雨不是蚕宝宝，"便便"不能制成"蚕砂"来治疗小雨妈的"头痛"。小雨坐在痰盂上，貌似便秘得厉害啊，半晌都没动静。小雨妈走近看，原来——小雨正呼呼大睡呢！那天，小雨妈没赶上班车。

第二天，得意扬扬的小雨故伎重演，又说要拉"便便"。小雨妈不露声色早有准备，三下五除二将小雨收拾停当，放入一个四四方方小纸箱里。箱子里搁着一只痰盂，小雨加上屁股底下痰盂，正好把纸箱塞满。像是装了一只小狗或小猫，或是荷兰小兔子、小香猪，小雨妈拎起箱子就走。许是觉得不大对劲不太舒服，小雨突然没有"便意"了，用肢体语言表示要从纸箱里出来，要下楼。

那时，北京的房子普遍不高，像我们这样装有电梯的一二十层的住宅楼在海淀，甚至京城都属凤毛麟角。楼里住了一些在国家部委办工作的年轻家庭，这种跨部委办的宿舍楼在京城也不多见，大多是，自家孩子自家抱，各自都有自己部委的大院、宿舍区或宿舍，大多是平房和那些仿前苏联建的五六层楼，火柴盒式的，预制板现浇，外观几乎没什么差别，都没有电梯。

小雨"日托"的那户人家是老北京人。大妈50岁，刚从厂子里退休，和许多有着犀利眼神的同龄人不同，大妈眼神温和，话不多，齐耳短发黑里掺白，用两个发卡左右别住。大伯是个大高个儿，也快退休了，喜欢和街坊邻居下下棋，喝点小酒。他们那片住宅区，就是那种七八十年代建的五六层楼，一幢幢长得一模一样。两居室，老两口住南屋，北屋是卧室兼客厅、餐厅和小雨活动室。小雨在大妈家吃三顿，一正餐两小餐。擀面条、包饺子、蒸窝头、烤白薯、熬白菜、焖茄子、炒土豆、拍黄瓜，和幼儿园似的，每天的菜单没重样的，就差给他们家墙上挂个小黑板。小雨由荷兰优质奶源开启的肠胃，经由南方人外婆精细食谱调理，现在承接老北京人的家常菜。小雨一边照老习惯"秀丫丫"，一边吃得津津有味，偶尔，有"肉肉""菜菜"掉地上，小雨偷偷拾起来，塞到嘴里照吃不误。傍晚，若是天好，大妈大伯会带小雨到小区绿地"放风"，坐在石凳上等小雨妈下班。

正是北京最美的季节——秋天。

老舍先生在《北平的秋》里写道:"中秋前后是北平最美丽的时候。天气正好不冷不热,昼夜的长短也划分得平均。没有冬季从蒙古吹来的黄风,也没有伏天里裹着冰雹的暴雨。天是那么高,那么蓝,那么亮,好像含着笑告诉北平的人们,在这天里,大自然是不会给你们什么威胁与损害的。"是的,秋天一到,整个街道的树叶都变黄变红了,整个山野都变黄变红了,整个北京城都变黄变红了。红黄中掺点褐色,像是给北京穿上了斑斓的花衣,换上了绚丽的秋装,披上了金色的蝉翼,伴着秋风轻轻舞动着。风,拂在脸上,不似春风那样温柔缠绵,也不似夏风那样酷热难耐,更不似冬风那样冰冷刺骨,秋风凉爽,惬意。

小雨1岁半

小雨的童年

小雨妈终于出现了！外表看上去和没生小雨前一样，依旧是瘦高身型，一尺八九的腰。短裙职业装的外面，通常披一件深红或米色风衣，有时脚踩高跟鞋一路风风火火，有时又好像是借着一头浓密墨黑的长发随风飘然而至。小雨看到妈妈，迫不急待地从老远跌跌撞撞地奔过来，盼星星盼月亮似地扑到妈妈怀里，死命地搂住妈妈。

小雨妈和大妈大伯打招呼，仔细听人妈人伯聊过小雨当天情况，便把小雨放到婴儿小推车里，把一两袋生菜熟食挂到车臂上，推小雨回家。那辆银灰色的婴儿车，是从建国门北京友谊商店用外汇券买的，记不清是德国货还是日本货，反正是进口货，早些年，友谊商店是不能随便进的，得出示护照，跟进领事馆办签证似的。

一路上，小雨叽叽喳喳说个不停。1岁半以后，大概是脑子里各种语言线路理顺了，她突然话匣子就打开了，用周星驰在电影《鹿鼎记》里的台词来形容——如滔滔江水连绵不绝。如果遇上雨天，小雨妈抱着小雨，撑着伞、推着车，呼哧呼哧脸涨得通红行走在雨中。小雨喜欢雨天，追根溯源大概和出生在多雨的荷兰有关，恐怕，最主要的还是，雨天嘛，就可以堂而皇之地躲在妈妈怀里，摸摸伞上滴滴哒哒的小雨点，然后用她嫩嫩的小手，轻轻拍拍妈妈的面颊，说，妈妈好看！这时，如有央视记者采访小雨妈，像采访诺贝尔奖得主莫言那样，问：你幸福吗？小雨妈肯定回答俩字：幸福。

小雨快两岁半了,准备送去"全托"。

柔柔的灯光下,职业女性小雨妈摇身一变,成了江南水乡青砖黑瓦屋檐下优雅贤惠、静若处子的"绣娘"。"绣娘"从一个软缎化妆包里,拿出一个针盒,与其说针盒,不如说是块圆形怀表。透过晶莹剔透的盒盖,一圈细细针槽,绕轴心密密散开,针槽里,躺着长长短短、亮亮闪闪的绣针。小雨相中哪根,小雨妈就把盒盖边小口旋转过来,对准这道针槽,摇晃几下,变魔术似地,小绣针便鬼头鬼脑地跳将出来,床上的小雨也跳将起来,激动地鼓掌欢呼。

小雨妈一副维护"知识产权"的架势。大凡小雨衣物:袜子、裤衩、帽子、围脖,大大小小里里外外,一律用赤橙黄绿青蓝紫七彩丝线,用稚嫩可爱的娃娃体,绣上俩字:雨儿。想起在荷兰乌特勒支医院生小雨,婴儿集中放婴儿室,偌大的屋子里有几十个新生婴儿,穿的衣服、盖的被子、睡的小床都一模一样。到了喂奶时间,护士用婴儿车推着小雨来小雨妈产房。那一周,小雨妈大概有些产后忧郁,整天提心吊胆生怕小雨被别人抱错抱走,尽管生产时出血多,身子虚,为以防万一,小雨妈还是拖着虚弱的身子,时不时地去婴儿室看下小雨才感觉踏实,无奈那时小雨的衣物是医院的,不能绣上"雨儿"。

饭后收拾停当,小雨妈和小雨玩一会"捉迷藏"游戏。仔细说来,就是从一堆红红绿绿、五彩缤纷衣物中,让小雨找出自己的衣物,找到"雨儿"那俩字,可能在袖口,可能在裤袋，也可能在别处，由少到多，由易到难，就像训练师训练小警犬。不同处，小警犬主要靠嗅觉，小雨主要靠视觉。每每小雨"意外"找到"雨儿"那俩字，小雨妈就在她红扑扑的小脸蛋上亲一下，重重地，带响声。

最让小雨兴奋的是"穿衣表演"。小雨妈的脑袋，先从一件绿色汗衫领口里钻出，惊呼一声："咦！"随后，小雨也从一件粉色汗衫领口里钻出，也是一声："咦！"一脸小坏样，如若在鼻头上上点粉，哈哈，基本就是"娄阿鼠"的形象了。小雨捏紧一只小拳头，摸过来、找过去，总算找到袖口洞，小拳头兴冲冲从袖口洞里探出来，成功了！鼓掌！然后是另一只小拳头，然后是穿小裤衩，成功了！鼓掌！小雨早早就知道有个"娄阿鼠"，以为和米老鼠唐老鸭一样是个可爱的卡通人物，直到在上海念中学，老师讲课讲到"娄阿鼠"，原来是昆曲《十五贯》里的一个丑角呀！小雨惊得差点眼珠子都要掉出来。

阳光灿烂，秋色宜人。

两岁半的小雨白得像个小瓷人，准确地说，比较接近骨质瓷。骨质瓷是用动物的骨炭、黏土、长石和石英为基本原料，经过高温素烧和低温釉烧，两次烧制而成的一种瓷器。文物鉴赏家形容骨质瓷中的极品——"白如玉、明如镜、薄如纸、声如磬"，这四组词语除去"声如磬"，其他三组均可用来形容小雨儿时的肤色。一路上，白如玉的小雨掩饰不住对新生活的好奇，叽叽喳喳问个不停：幼儿

台基厂幼儿园庆六一(前右一小雨)

园有好多好多小朋友吗?幼儿园有小动物饼干吗?和小朋友玩两天就回家吗?

幼儿园在北京饭店附近的"台基厂"。北京城的地名有许多凝固了老北京的历史。比如明清时期手工业发达的盛景,在北京城的地名里留下了不少带"厂"的,其中最有名的要数"五大厂":广渠门外的神木厂,朝阳门外的大木厂,宣武门外以东的琉璃厂,陶然亭附近的黑窑厂和位于内城的台基厂。想当年,明成祖朱棣从南京迁都北京,对整个北京城来了一次"大手术",内城、外城,还有紫禁城,基本都是新建的,朝廷工部在城内城外设立"五大厂"用于生产或集中存放宫殿建筑材料。

台基厂是"五大厂"中唯一设在内城的,距紫禁城不足2公里。特殊的位置,本源于它特殊的功能,因为台基厂是为紫禁城加工基座的地方,石料运来此处加工,到紫禁城安放的时候运输方便。明朝宫殿营建完毕后,由于离皇宫很近,这里成了王府和行政机构扎堆的地方。到清乾隆时期,台基厂东有裕亲王府、经版库、昭忠祠,西有显亲王府、翰林院、銮驾库、太医院等。清末八国联军入侵北京,台基厂和东郊民巷一同沦为德、日、法、意等列强的使馆、兵营、跑马场,原本的"台基厂"消失了,只有地名保留下来。

新中国成立后,台基厂部委大院机关单位云集。其中,最有名气的当属大门朝着东长安街的"中国对外贸易部",也就是后来的"中国对外经济贸易部",在中国加入世界贸易组织的漫漫征途中,为全国人民所熟知。1982年2月,小雨妈那时还是个豆蔻葱绿的南方女孩,坐了近20个小时的硬座火车,越过滚滚长江,跨过滔滔黄河,从南京到了北京。

冬天的北京,和我想象中的一模一样,目之所及,白茫茫一片,真是个冰天雪地!风刮在脸上硬邦邦的生疼,幸好是听了我母亲的话,棉袄外面,加了我母亲那件藏青面子白羊毛里衬的大衣,又学苏联大妈,头上裹一条厚厚的米色羊毛围巾,也是我母亲的。冰天雪地里,迈着有些肿胀的双腿,兀自拎着沉甸甸的旅行包和网兜,网兜里是脸盆、饭盆、书籍和杂物,书包里有一张南京大学毕业生"派遣证",从北京站乘上公交车,到"台基厂"下车,去中国对外贸易部报到。

小雨的台基厂幼儿园到了。曾经给紫禁城加工基座的地方，辟出一个小院做了幼儿园。台湾电影《妈妈再爱我一次》，故事情节进行到"母子分离"时，电影主题曲《世上只有妈妈好》响起，银幕上下一片号啕声。此时，台基厂幼儿园也在上演"母子分离"的悲情场面，也是一片撕心裂肺的号啕哭声。

　　大概是突然明白将要发生什么，像是要被推下万丈深渊，像是末日来临生离死别，小雨拼出全身的力气，死命拽住小雨妈的手："妈妈——"就在小雨妈犹疑当口，大概是见多见惯了这场面，幼儿园老师不由分说，果断地将小雨手从小雨妈的身上掰开，毅然决然将小雨抱进"游戏室"。"妈妈——"小雨眼睛里满是惊恐绝望呼喊着。这样的"惊恐绝望"，像一把寒冷的匕首，长久地插在小雨妈的记忆里，永远都不会忘记。当妈的恐怕都有这种感受，女儿是妈妈的心头肉，妈妈要不是去上班，怎么舍得丢下孩子？！透过小雨妈的泪眼婆娑，那日北京秋天的艳阳高照，竟成了"残阳如血"！

　　擦去眼角泪水，小雨妈照常走进办公室，一堆急、加急、加加急的事情要处理。破天荒，小雨妈有些心不在焉，有些走神，不像是平日里那个经过严格训练的"职场精英"。生还是升？如今困扰职场女性的一道难题，在那个以"铁姑娘"为偶像的年代，小雨妈连想都没想过。读大学时，小雨妈班上 50 个同学，只有八九朵"金花"。到北京工作，单位里也是男多女少，虽然说"妇女能顶半边天"，但在一个男性占多数占主导的环境里生存发展，像小雨妈这样，占少数的职业女性要顶起半边天，只能家里家外"死扛"，"全托"简直是根"救命稻草"。

终于熬到小雨"全托"第三天，小雨妈提前离开办公室，去幼儿园接小雨，办公室的同事说，这简直是太阳打西边出来。这三天两夜，唉，小雨妈深切地领教了"度日如年"的滋味。

从幼儿园"游戏室"的门边起，里面排出一长溜的小椅子，都坐着小朋友等家长来接。小雨坐在门边第一个。她左手拿一包小点心，右手抓一件橙色小外套。午睡起来后，小雨忍着没吃幼儿园老师发的小点心，小点心是小雨妈喜欢的动物小饼干，她要留给妈妈吃。小雨也没喝水，喝了水要去尿尿，就不能守在门口第一个发现妈妈了。

终于看见妈妈了！可是，小雨没像往日那样一头撞进妈妈怀里，倒像是见了陌生人，一声不吭，甚至，比陌生人还陌生，板着小脸，嘟着小嘴。

半晌，小雨吐出一句：巧克力豆！

话音刚落，小雨妈像是接了一道皇上圣旨，赶紧从包里掏出一袋彩色巧克力豆。薄薄的一层彩色糖衣，裹着或黑或白的巧克力豆，乖巧可爱，不沾手，孩子喜欢，大人也爱来几颗。据美国巧克力公司多年调查，各种颜色巧克力豆受欢迎程度分别为：棕色30%，红色和黄色20%，橙色、绿色和蓝色各10%。所以，某牌子巧克力豆，都是按这一比例装袋的，无论大袋小袋一概如此。

小雨先掏出一颗红色巧克力豆塞到嘴里，红色使人兴奋，果然，小雨表情阴转多云眼睛明亮了许多。接着，她又掏出一颗黄色的巧克力豆，黄色是理智的颜色，所以小雨没有大哭大闹，小雨妈默默祈祷暗自庆幸。然后，小雨又掏出一颗蓝色的豆，蓝色让人沉静，眼见小雨板着的小脸放松下来，小雨妈终于长长地吁了一口气。小雨妈就是用这种彩色巧克力豆做教具，教小雨识别颜色的。

小雨又下一道圣旨：华夫饼！

小雨妈又赶紧掏包。小雨说的华夫饼，类似于现在的威化巧克力"脆脆鲨"，某种意义上，也是荷兰"焦糖华夫饼"的变异。当年小雨妈怀着小雨，喜欢吃荷兰当地的几种零食，其中就有焦糖华夫饼——用焦糖、蜂蜜、鸡蛋、大豆粉等多种配料，在特制华夫饼的烤箱里烘焙而成。如果将焦糖华夫饼放入热咖啡杯或红茶杯中，待饼干中焦糖慢慢融化，再佐以咖啡或红茶，简直美妙绝伦啊！

自此，巧克力豆、华夫饼、水笔、名片、笔记本，加上一支口红，是小雨妈包里的必备品。开头几周，周三、周六都去台基厂幼儿园接小雨，那时一周工作六天，星期三属于可接可不接，由家长自己定。后来，小雨妈的工作节奏越来越快、担子越来越重，一周只能周六接一回了。有时，小雨妈苦于没有分身术不能去接，有时算好周六接孩子，不远千里、甚至迢迢万里下了飞机，风尘仆仆马不停蹄直奔幼儿园，迎接她的往往是小雨委屈生气的一张板板脸。

小雨当然要板脸，如果不是如此弱小，小雨早就翻脸了。哼！想想看，两岁半，正是活蹦乱跳、异想天开的时候，生生被圈进"全托"，圈进了步调一致的"集体生活"，多悲摧，多可怜！最难熬的要数黑色星期三了。小雨蜷缩在角落里，眼巴巴地看着那些小朋友欢天喜地地扑到家长怀里，望着那些小朋友跳跳蹦蹦拉着妈妈的手离去，小雨把头扭过去，不让别人看见眼里的泪水，"全托"的孩子要坚强，不能大哭大闹。

20年后，已经从北京到了上海，又从上海奔赴香港的小雨，在香港逼仄的高楼里读郁达夫《故都的秋》："中国的大都会，我前半生住过的地方，原也不在少数，可是当一个人静下来回想从前，上海的热闹，南京的辽阔，广州的乌烟瘴气，汉口武昌的杂乱无章，甚至于青岛的清幽，福州的秀丽，以及杭州的沉着，总的都比不上北京……"比不上北京？小雨神情有些愕然：难道是记忆偏差"曼德拉效应"？

黑色星期三。台基厂幼儿园偌大的寝室空空荡荡，昏黄夜灯照着一二十个"留守"孩子。小雨还算是"幸运"的，因为小雨妈还能来接小雨，有些孩子两三年没见过父母了，父母的样子越来越模糊，越来越不真实。来接孩子的,可能是爷爷奶奶、外公外婆,可能是叔叔、婶婶、姨妈、舅舅,或者干脆就是父母的同事朋友。孩子的照片,夹在父母皮夹子里,他们肩负使命奔波于地球的不同角落,或光鲜亮丽,或默默无闻。如今,人们将目光投向这样一群孩子:他们嗷嗷待哺时,父母就远离家乡,到遥远的城里谋生糊口。很多时候,他们只能从电话里,从寄回的汇款中,感觉父母的存在。

小雨妈在厨房里做饭。把排骨炖上锅,把米从米箩掏进饭锅,用淘米水浸洗大白菜,把黄瓜切成丝,把鸡蛋打到碗里……空隙间,抬眼望了望正在小餐厅里玩耍的小雨。小雨3岁了,一会儿打"无线"电话,一会儿弹玩具钢琴,忙得不亦乐乎。不知道是天性还是因为"全托",小雨不黏人,很早就可以自己玩。周六接回家,难得周日休息下,小雨却早早起来了,小雨妈睡眼惺忪地给小雨弄了早餐,回卧室再补觉。小雨在另一间屋里玩,隔段时间便跑进卧室轻轻喊一声:"妈咪——哦!妈咪睡觉吧!"又懂事地跑开去自己玩,好贴心!

我们的家已从海淀搬到龙潭湖。

和台基厂一样,龙潭湖也是和明朝修建北京城有关。明嘉靖年间,为烧制城砖挖出的大片洼地而渐次形成三片水域,当时并无龙潭湖之名,它的南面和东面是护城河,左安门大街穿湖而过。我们住那里时,龙潭湖公园还不是4A景区,比较原生态,公园里枝繁叶茂空气新鲜。正

小雨在龙潭湖公园

月,在龙潭湖公园"赶庙会",挤在乌泱乌泱的人堆里给小雨买只气球,买串冰糖葫芦。要说小雨心心念念的龙潭湖公园游玩项目,当属"小狗拉车"。小雨坐车上,由两条狗拉着跑一圈,每去必玩。直到小雨妈在南大时的德国同屋Christa夫妇从慕尼黑来北京旅游看小雨,那时小雨已经比小狗大很多,他们实在看不下去了,说,可怜的小狗!方才终止了这个游玩项目。

  因为搬到龙潭湖边上,我们的定点影院也从之前的东单影院、西单影院、海淀影院,换到光明楼影院。大概从两岁起,小雨就和妈妈一起看电影,看电影是小雨妈的最爱哦!现在人看电影的"标配"零食是爆米花,而我们母女俩的"标配"是糖炒栗子。小雨吃糖炒栗子为主,看电影为辅,或者干脆就在影院里呼呼大睡,醒来后继续吃剥好了的糖炒栗子,想起来,那是小雨童年的美好时光高光时刻。小雨妈的"看电影+糖炒栗子"绝佳搭配,都遗传给了小雨,成了她的两大最爱。后来小雨在香港谈恋爱,男孩子没给她上九天摘星星揽月亮,倒是没少到处给她寻觅糖炒栗子,地铁站,出入境关口,刚出炉的热气腾腾。再不济,储备一些速冻糖炒栗子,微波炉加热应应急。

小雨妈在厨房里做好饭菜准备摆上餐桌。

一直在小餐厅里玩耍的小雨忽然抬起头,严肃认真、一句一顿地对小雨妈说:"以后,如果妈咪乖,一星期接两次。如果不太乖,一星期接一次。如果很不乖,就不接了!"小雨妈一脸惊愕,好半天没反应过来是怎么回事?这难道是小雨给妈妈开的奖惩条件?客厅里从荷兰带回的飞利浦专业音响正在播放儿歌《鲁冰花》:天上的星星不说话,地上的娃娃想妈妈,天上的眼睛眨呀眨,妈妈的心呀鲁冰花……

三

空气里弥漫着浓浓的肉香、酒香、葱姜香。

小雨外婆俨然是作坊师傅的扮相。胸前塑料围裙长过膝盖防水防油,臂上加长袖套,只是,头上有点"山寨",一顶透明浴帽将头发紧紧箍住,浴帽里的头发黑中掺白,根根结实,光可鉴人。全副武装的小雨外婆在灌香肠呢!满脸的欢欣和喜悦也一同灌入香喷喷红艳艳的大香肠里。这不,盼星星盼月亮,终于要把宝贝疙瘩小雨给盼回来啦!不是回来过年哦,是留在外公外婆身边不走啦!

小雨1岁时,小雨爸妈遵从育儿教科书上的那些"纸上谈兵",硬是将小雨从南方外公外婆身边接回北京,说孩子3岁前得由父母亲自养育,否则将来孩子对父母没感情。小雨在北京的这几年,小雨外公外婆心里头啊,成天牵肠挂肚地没有踏实过。先是担心把小雨放在北京大妈家"日托",每天天不亮就要起,急吼吼地将小雨送过去,小雨妈要赶早晨7点的班车,大人小孩都吃苦受罪。

接着更是一百个不放心了。小雨两岁半时,被送到台基厂幼儿园"全托",一星期才接回家一次。两岁半,屁大的孩子晓得什么?真是作孽呀!小雨外婆长吁短叹。小雨爸妈一个比一个忙,既然这么忙,为什么非要接回北京?既然这么忙,那书上说的,孩子对父母的感情还怎么培养?"教条主义!"小雨外公总是站位比较高。

那几年,小雨外公外婆每年必去北京住一阵子。这去了吧,身临其境,亲眼目睹,平日里小雨妈写信打电话向来报喜不报忧,哪里是她描绘的云淡风轻、莺歌燕舞、形势一派大好呀!于是,他们更加心疼更加揪心。不仅仅是心疼小雨,更心疼小雨妈,要知道,小雨妈也是小雨外婆的心头肉呀!看着小雨妈在北京起早贪黑,风里来雨里去,忙了公事忙家里忙小雨,外公外婆看在眼里,疼在心里。

小雨妈是兄妹四个的老末,上面有哥哥和两个姐姐,从小也是被全家人宠的——含在嘴里怕化了,捧在手里怕摔了,娇贵得很呢!后来上南大,去北京,云游世界,外人眼里风光无限,只有当爹当妈的知道风光背后小女儿的辛劳。

唉!小雨外公外婆相对无言只有长吁短叹。

小雨外婆用头巾遮住大半张脸悄悄去寺庙烧香拜佛,必定瞒着小雨外公。外公是经历过硝烟战火的老共产党员,向来只信共产党,求神拜佛那类封建迷信一概不信。小雨妈我小的时候,我外婆和我们一起生活,帮我母亲照顾孩子。我外婆信佛,每天洗面净手后,拿出一个精致小巧的铜香炉上香拜佛,求"菩萨保佑",必定是瞒着她的女婿——我的父亲。我母亲年轻时也是不求神不拜佛的,想当年她背叛"封建家庭"义无反顾投身革命洪流,哪里会求神会信佛?大概现在岁数大了,又或许,受我外婆的影响,渐渐显现出被我父亲斥之为"封建迷信"的端倪。

江城南通有三座唐朝寺庙:广教寺、定慧寺和天宁寺。小雨外婆先去了市南郊的广教寺,在海拔109米的"江海第一山"狼山,开山师祖僧伽,又称大圣菩萨。传说狼山原先为白狼精占据,僧伽一袭袈裟遮住全山降伏恶狼,令其让出此山,建寺设慈航院,从此香火兴起。唐高宗时,僧伽游历长安、洛阳,为人治病,名声大噪;南游江淮时,医病治水,为百姓称道。唐中宗尊僧伽为国师,后世称他"大圣菩萨"。后周显德五年(公元985)南通建城,慈航院改名广教寺。

拜过"大圣菩萨",小雨外婆登上广教寺的支云塔。塔立于山巅,砖木结构,五级四层,绕以木栏,腰沿渐成展翅形,由下而上,次第收缩。门口石柱,有清代通州、知州平翰所书对联:"长啸一声山鸣谷应,举头四顾海阔天空。"朝南望去,烟波浩渺,水天一色,大江奔腾。此时,已经拿了"红卡"离休颐养天年的小雨外婆心里亦如大江奔腾。

当年,"施府"门里的"四小姐"投奔革命,文能上台演戏,武能下乡筹粮,哪里艰苦哪里去,脱胎换骨干革命。和电影里的故事一样,在解放区的联欢会上,台上演戏的"四小姐"被台下"潘政委"看中,结果是"四小姐"找了一个革命的丈夫,组成了革命的家庭,生下一堆革命的后代,工作和相夫教子(女)齐头并举,漫漫征途"历历皆可数"。不止一次,我母亲想辞职,报告写好了要交上去,大字不识几个却是收音机迷的我外婆极力劝阻,说,儿呀,你不是个被养的人!是啊,如果是个被养的人,养尊处优的"四小姐"哪里会投奔革命啊!都说"知儿莫若母",作为职业女性过来人,小雨外婆晓得她女儿小雨妈的心气,毋庸多言。

广教寺、定慧寺和天宁寺,小雨外婆都一一拜过。不晓得是巧合,还是菩萨显灵,或许,真是那位在长安、洛阳游历过的"大圣菩萨"僧伽保佑,思忖小雨同学在京城"游历"5年足矣,可以回南方外婆家当"主持"了嘛!某日,小雨外公外婆接到小雨妈的加急"鸡毛信",告知,小雨妈被派到上海工作,不日到任,时间紧急,请求支援:能不能先把小雨放南通?

当然可以,这还用得着问?

如果你到过天柱山,安徽三大名山排老三的(老大老二是黄山和九华山),古时叫做"皖山",海拔1489.8米。山腹地的飞来峰,顶部巨石被水平节理从边缘向内横切,远看宛如天外飞石冠于峰顶,200万年来从"冰川四期"起,随时可能落下,却一直"我自岿然不动"。这么说吧,小雨外公外婆心里头一直悬着的那块"飞来石",此刻终于要平安落地了!

"可以。听由你们乘风破浪济沧海,但小雨快六岁了,该靠岸了。"看看,小雨外公外婆给小雨妈的回复,既有诗仙李太白的豪放浪漫,又有诗圣杜甫的沉稳现实,到底是革命队伍里的"文化人"!于是,小雨同学向游历了五年的"皇城根"挥挥手,没带走一片云彩,孙悟空似的,一个跟头翻回南方,坐回那张小时候"秀丫丫"的外公藤椅上。

曹雪芹《红楼梦》第三回,写林黛玉到了荣国府,见两个丫鬟搀着一位鬓发如银的老太太迎上来,方欲拜时,早被她外祖母一把搂入怀中,心肝肉儿叫着大哭起来,当下侍立之人,无不感动得掩面涕泣,黛玉也哭个不停。毋庸说,这基本也是小雨回到她外婆身边的一幕。当然,和苦命的水做的黛玉不同,小雨和她外婆属于喜极而泣。这不,小雨妈不是活得好好的,正拿着公文包、穿着高跟鞋在上海、北京、欧罗巴奔波呢。"岁月不知人间多少的忧伤,何不潇洒走一回……"连小雨都会唱哟。

和"寄人篱下"的黛玉不同。如果小雨是一棵小树,便是从料峭寒冬迎来了绵绵春雨;如果她是一只小鸟,便是从疾风狂卷的大海飞到静谧的港湾歇息;如果她是三四十年代的进步女学生,便是穿越了封锁线来到解放区——解放区的天是明朗的天,解放区的人民好喜欢……小雨的日子啊,简直是"鸡毛飞上了天"!自此,小雨外婆不得不和外公"分居"。外婆从雕花红木家具陈设的主卧搬到隔壁,曾经是小雨妈的"闺房",陪心肝儿肉小雨,不是有句话吗,爸妈的家永远是孩子的家,孩子的家一定不是爸妈的家。小雨小时候在这屋住过,也是外婆陪小雨住。

这是潘家在南通的第四个住处。

第一个在"南通博物苑",民国时期的"苑办",一幢木制二层小楼。楼前的桂花树是小雨舅舅、二姨和小雨妈的"衣胞地"。第二个也在"博物苑",白墙黑瓦连体平房的"五排",现在那里竖起钢结构玻璃外观时尚展厅供人参观游览。第三个在"西院",有个开放式的院落清爽舒适,小雨舅舅、二姨和小雨妈前后脚地从那里奔赴广阔天地"插队落户"。

搬第四个住处时,小雨妈已在北京工作。家里来信说搬家了,从安静的濠河文化区搬到城中闹市区,房子北边是宽敞热闹的人民路，有十字街钟楼、城隍庙、电影院等，地理位置相当于小雨妈在北京的第一个住处——"皇城根"，小雨外公外婆熟悉"皇城根"，所以拿来打比喻。有几年，"皇城根"附近的天安门广场、故宫、护城河是小雨妈晨练的地方。

房子南边是南通最古老街巷之"丁古角"。传说巷名源自"打鼓"角，清代总兵署衙门兵丁到更打鼓报时的地方，后人依照南通发音叫成"丁古角"。从二楼阳台朝南望，一大片明清时期灰砖黑瓦建筑尽收眼底，恍若置身于电影电视里的年代剧场景，也让小雨妈想起小雨的出生地——荷兰乌特勒支老城。虽然这些青砖黑瓦的老房子看上去有些过时，有些破旧，有些颓败，却给人一种"不以物喜，不以物悲"的安详、从容和笃定。

潘家显然不是《红楼梦》里荣国府那样一个华丽大家族，但也称得上是个大家庭。曾几何时，我父母的家，是我们这些在外求学、求职儿女的大后方、根据地、世外桃源。三代同堂，我父亲把方向运筹帷幄，母亲是大总管兼主厨兼其他，忙前忙后料理得井井有条。同在一个屋檐下，大大小小十多口人，一日三餐天天开"团餐"。我母亲常说，家无主，扫帚舞。后来读曾国藩《家书》：一屋不扫何以扫天下？总是让我想起母亲的那句话，倍感亲切。

小雨再回外公外婆身边时，一二十口人的家庭盛况已过去。小雨妈兄妹几个跟着时代的浪潮飞舞的旋律，都有幸跳过"龙门"接受高等教育，然后又像雏鸟长大后离巢，奋勇地飞向更远更广阔的天空。小雨舅在北京，二姨在国外，小雨妈上海北京两边跑，幸好还有大姨留在南通外公外婆身边。大姨父外派，单身赴任，偶尔回来。大姨的女儿小毛，比小雨大6岁，生下来就和外公外婆住在一起。

毛姐姐回来啦！看过墙上挂钟摸准时间，小雨早早地立在楼梯口恭候毛姐姐放学回家。毛姐姐！毛姐姐！小雨喜欢连叫两声，脆脆的、甜甜的，让略感失落的小毛心里头舒坦多了。也是啊，小毛在外公外婆的第三代里拔得头筹"万千宠爱于一身"。外婆的绝活，一手抱着小毛一边炒菜，咸淡合宜啥都不误；舅舅的杂技，把小毛抛向高处，再稳稳当当地接住，毫发无损；那"M国小姨"在家时买给小毛的"熊猫头"冰淇淋，汇聚起来，借用诗仙李太白"疑似银河落九天"的夸张，也能"疑似狼山变雪峰"，假如都不融化。

小雨欢快地上前帮"毛姐姐"卸下背上的书包，紧紧抓在手里，屁颠屁颠地紧随毛姐姐进了西屋。稍迟一步，毛姐姐就把门关上了，怎么使劲拍都拍不开，一堆作业正等着小学五年级的毛姐姐呢。唉！毛姐姐看着一脸渴望陪她一起玩耍的小雨叹了口气，不得不给小雨布置作业，以安稳这个只晓得玩耍不晓得完成作业为何物的学龄前儿童。把课文中有下划线的词组抄写20遍！于是，基本属于"文盲"的小雨同学，坐在小板凳上依葫芦画瓢，一笔一划地抄写小学五年级语文"词组",小毛由此被外婆戏称为"毛老师"。

要说小雨"乐不思京",那倒不一定。比如说,小雨就很怀念北京冬天家里的暖气,卧室、客厅、厨房、厕所,哪儿都很暖和,屋里穿件毛衣就行。可是在外婆这里,那时南方人家里还没有安装冷暖空调,冬天阴冷阴冷的,从脚趾头开始由下往上渐次冷到鼻头,晚上睡觉得用几个暖水袋。所以,小雨总盼着大姨在酒店开会,她就能冒充大姨的孩子跟过去洗个暖和的热水澡啦!冒充没啥难度的,小雨的皮肤和大姨一样都是"白如玉",脸型也是"白果脸"。

在酒店,当大姨细心地给小雨洗澡时,小雨总会想起小时候。那时,她刚够着妈妈的膝盖头,每次洗澡,都紧紧抱着妈妈的小细腿,战战兢兢生怕滑倒在浴缸里。妈妈粉红色的浴帽套在小雨头上,从镜子里看,小雨像是戴了顶宽边大凉帽的小公主。有人说小雨长得像大姨,起初小雨一声不吭,这些人可能不认识小雨妈,或者忘了小雨妈长的模样。但看到大姨的眼睛笑得像弯弯的月亮,而且外婆也这么说,小雨只能默认了。

小雨属于典型的"电视儿童"。20世纪90年代,中国电视工业腾飞,"旧时王谢堂前燕,飞入寻常百姓家",家家户户都装备了电视机。在下告辞、岂有此理、常言道、承让承让之类的词是小雨的古文启蒙,《包青天》《新白娘子传》是她最爱，像是着了魔似的不看就难受。外婆说，这可咋办呢？"包黑子"成了小雨偶像，将来找"对象"，还不找个比大姨父还"古铜色"的呀？

　　大姨父偶尔回来，便是小雨的"电视节"，观看电视时间无限制。大姨父从前是大学足球队的，绿茵场上腾空跃起英勇的守门员！他将电视频道换到"体育节目"，一直看到荧屏上"再见"二字出现，小雨用手指撑着打架的眼皮，往往是大姨父"现场解说"的唯一听众。如果到了"再见"小雨还不回外婆那里，大姨父便拿出杀手锏：小雨，今晚是不是住大姨这儿呀？话音刚落，小雨已经慌不择路一溜烟逃回外婆身边。跟大姨一家出去，大姨父总是得意地介绍：大女儿小毛，小女儿小雨。哦，大的像爸爸，小的像妈妈，错不了！再后来，小雨管大姨父叫"爸爸"，管大姨叫"妈妈"，只是，听上去嗓子发音声带有点紧。

　　小雨快6岁了。外婆和外公商量，想秋天送小雨先在南通念小学一年级，之后看小雨妈的工作安排，再定是转去上海，还是回北京。思来想去，目标锁定城中离家不远的南通师范第四附属小学，简称"四附"。

　　大姨进进出出为小雨上学的事奔走。几日后，大姨向外婆禀告：进"四附"要先从"四附幼儿园"摆渡下。哦，摆渡就摆渡吧，只要不是全托小雨都乐意，对吧？外婆微笑着转向小雨。已在北京幼儿园"游历"过的小雨却一声不响。于是，愿意也好，不愿意也罢，小雨童年时期的第三个幼儿园——"四附幼儿园"向她亮出了"请"字。

第三个幼儿园？

对呀，没说错。北京台基厂幼儿园呆了一年多，小雨又被转去龙潭湖附近的一个部队幼儿园，也是全托。如果你是中央电视台文艺晚会的忠实观众，可能经常看到蓝天幼儿艺术团的小朋友登台亮相，据说艺术团成立37年来，连续28次登上"春晚"舞台，被誉为"世界上年龄最小的文化使者"。小雨去的部队幼儿园就是这个"蓝天"系，除了离家近接送方便，还有，周三大家都不能接孩子，只有周六接一回，所谓没有对比就没有伤害，小雨再也不用过那个"黑色星期三"了。

那天，小雨妈手里夹一堆被褥，送小雨去部队幼儿园，和台基厂幼儿园不同，这个幼儿园需要家长自备被褥。第一次去台基厂幼儿园的情景，放幻灯片似的，在小雨妈眼前闪现，小雨如临深渊的尖叫声"妈妈——"仿佛仍在小雨妈耳旁回响。部队幼儿园比台基厂幼儿园大许多，园中大喇叭正在播放儿歌《歌声与微笑》：请把我的歌带回你的家，请把你的微笑留下，明天、明天这歌声飞遍海角天涯……小雨妈看看小雨，还好，到底4岁了，懂事了，脸上没有呈现送去台基厂幼儿园时的惊恐，也没死命地拽着妈妈哭闹，她只是紧紧地抿着嘴，没给妈妈留下一丝微笑带回家。

有一回，小雨妈去部队幼儿园开家长会，看见园里一队四五岁的小朋友,像部队战士一样,边跑边喊口号:锻炼身体,保卫祖国!地上积雪在孩子脚下吱吱咯咯地响着。小雨跑在队列里,小脸通红,手里端着小脸盆,盆里有毛巾、衣服,他们跑步去洗澡。家长不管年龄大小职位高低,齐刷刷地坐在小马扎上听女园长训话。园长声音洪亮,语句凌厉,像是电影里大战在即指挥员给战士训话。原先,小雨妈只听说蓝天幼儿艺术团在国内首屈一指,后来才知道,这个从战火硝烟中成长壮大的幼儿园,就像谢晋导演的电影《啊!摇篮》里延安保育院的儿童们,承继延安保育院红色传统基因,在战火中成长,百炼成钢。

外婆领着小雨在去第三个幼儿园的路上。

春天来了。如果你以为北方人急脾气南方人慢性子,可南方的春天啊,倒像是个急脾气的北方人,早早地撩起袖子甩开膀子登场了。如果你臆想中南方人婉约得都跟李清照似的,见水生情望月落泪"凄凄惨惨戚戚",北方人豪放得如苏东坡的诗句"大江东去浪淘尽千古风流人物",可南方的春天啊,却像个豪放的北方人,来得张扬,来得轰轰烈烈热热闹闹。刚刚三月,已经桃花见粉,柳枝吐翠,迎春花早已争了个头魁,黄黄的铺满了路边河岸。

春天在哪里?春天在树上,小鸟在树枝上搭窝筑巢,叽叽喳喳在枝头上唱着春天的歌儿。

春天在哪里?春天在水里,小鸭在水里欢快地游来游去荡起水波涟漪,春江水暖鸭先知。

春天在哪里？春天在田野，小蜜蜂在路边金黄色的迎春花上飞来飞去忙着采蜜，莫负春天好时光。

小雨和外婆一问一答走在沉醉的春风里。

外婆摘下戴了一冬的厚绒线帽，她有"偏头疼"，头上保暖很要紧。几天前，小雨跟着外婆去了人民路上的"友谊"理发厅，"头牌"发型师王师傅将外婆头发仔细修剪齐耳根，清爽利落。看上去小雨外婆不到60，其实都快70了，头发依然是黑的多白的少，厚实浓密羡煞人。

外婆脱下穿了一冬的大棉袄，换了一件紧身紫色小袄，外面加黑呢子短大衣，脖子上围一条蓝灰色羊毛围巾，再从梳妆台盒子里取出一副黑框眼镜戴上。小雨站一旁有些迷惑：这是外婆吗？这是那个成天系着围裙套着袖套掌勺做饭，给小雨穿衣收拾的外婆吗？这不是电视剧里谈古论今有学识，雍容文雅的女"先生"吗？要说小雨小小年纪还是有点眼力见，外婆参加革命前是位老师，人们一直称呼她"施先生"。

由外婆家去"四附幼儿园"，由北向南，正好从头到尾穿过明清古巷"丁古角"。和住在京城时街道横平竖直不一样，南通这里老城巷子弯弯曲曲绕来绕去，像是游戏里走迷宫，这正合"朕"意，"电视儿童"小雨每天都乐意穿越到明清古装戏场景里走一遭。

先是要过"崔家桥"。却不见桥。据说从前此处确实有座桥，因为附近有宋朝王府先生——崔敦礼、崔敦诗二兄弟的宅子而得名。小雨有个崔姓同学家就在"崔家桥",一个临街的老房子,屋里黑,她总敞开门借着自然光趴在方凳上写字,不知道是不是宋朝王府崔姓先生的后人。

往南走,看见一幢精巧小木楼,外表有些旧了,但是筋骨在,没有旧楼的颓相。小雨停下来等一会,等歌声琴声从楼里飘出,里面住着城里曾经最显赫的大户人家千金,清末实业家教育家张謇的嫡孙女——张柔武先生。张柔武先生从前并不住"丁古角",而是住"濠南别业",紧挨她祖父张謇先生建的"南通博物苑"。

记得那个"博物苑"吗?潘家在南通的第一个住处,也是小雨舅、小雨二姨和小雨妈的出生地。张柔武先生85岁高龄时撰著的《往事琐记》中说:"祖父建博物苑后,1915年辟苑西半部建住宅濠南别业,两处相近可通。在我家高楼上,如顺风,清晨可以听到苑内仙鹤高亢的啼叫声,我时常从小花园侧门去博物苑散步,早晨与傍晚游客较少,环境优美恬静,有着诗情画意,使人心旷神怡,精神振作。夏秋时,我会顺便在荷花池摘些莲蓬带回家给母亲煨新鲜莲子汤。"这段描述,部分适合小雨妈的童年场景。

20世纪30年代,张柔武先生在杭州艺专、东京音专和上海音专学习音乐。新中国成立后从上海回南通,本可以继承家业,她看见做过日本侵略军司令部的"濠南别业"百孔千疮,便搬来"丁古角"张家"木楼"。后来在她祖父创立的南通师范学校教音乐,做过小雨妈的音乐老师和演出"指导"。再后来做了市政协副主席,每每遇到小雨外公外婆总会问:小楠怎么样?生于1919年的超百岁寿星张柔武先生,现在还能弹琴唱歌。

再往南走,有两座大院,稍稍错开。一座坐西朝东,一座坐东朝西,是民国时期军人冯姓宅院,据说最早为姚姓大宅,又称"蝶园"。漆黑的大门,有门房,院里有隐壁、廊亭,还有水池、花坛、石景,铺的全是大块的花岗岩石板。继续往南,到一个十字巷口,东向是"水利巷",再早名为"水警署巷"。巷口有一宽敞的空地,空地上有个高过地面半米的大池子,有几十平方米,池子上一条条的水泥盖板。小雨喜欢学电视里"包公"探案,从盖板缝隙煞有介事地往里看,乌黑,全是水,旧时消防用的蓄水池,那时没有消防车。

终于到了"丁古角"最南端。东侧一堵长长的围墙,小雨的"毛老师"在围墙里念五年级,"四附小"也是清末状元教育家张謇先生创立的,据说这里最早是个"大王庙"。南端尽头是一喇叭口大坡,坡上有一所坐东朝西的幼儿园,貌似大户人家的一个院子。门口没有台基厂幼儿园孩子离别的哭喊,院里没有部队幼儿园的大喇叭播放儿歌,几间平房朝南,清一色白墙灰瓦,东南角,兀自立着一副水泥滑梯。

"四附幼儿园"的课程主要是做游戏。

张謇先生说过,学龄前孩子以游戏为主。滑滑梯、唱唱歌、跳跳舞。孩子稚嫩的小手，就像春天刚刚生出来的细枝嫩芽，只能用来做小"手工"。孩子手中的笔是用来画画的，少写字，因为手腕关节还没长好呢。至于汉语拼音、看图识字、做算术、背古诗，那些大脑"开发"都是上学以后的事。这样的学龄前教育，不知道要羡煞多少后来疲于奔波在各种补习班的家长。

又比如，吹吹肥皂泡。一团团五彩缤纷的肥皂泡，成群结队浩浩荡荡地从小雨眼前飘过。小雨看呆了。穿过变幻不定的肥皂泡泡，一只小鸟，欢快地轻轻跃上屋檐，在屋檐上鸣叫。然后，亮晃晃地闪了一下，扇动着翅膀，飞过一片仿佛静止不动的阳光，远处清朗天宇，近处白墙灰瓦，都好像在微笑。像鱼儿游回大海，马儿放回草原，小雨感觉很自在，心灵的自在，令人羡慕嫉妒恨的自在啊。

幼儿园小朋友私下里说的南通话，属吴语系，"保密"程度高，难破译。韩语、日语跟吴语可能有亲缘关系的，两种语言里有大量的汉字词，发音由中古汉语发音变化而成。韩国人日本人的发音习惯又比较接近吴地人，所以南通话听上去有点像韩语、日语，也许更准确地说，韩语、日语的发音更像南通话，是否属实，留给语言学家去考证。小雨在荷兰时，在"娘胎"里埋下多国语言线路，南通话即使再难懂，总归要比荷兰语容易，所以小雨很快能听懂南通话。

幼儿园排练童话舞蹈《白雪公主》迎接"六一"儿童

节，大班9个女孩子挑7个扮演"小矮人"，小雨没挑上。小雨之前在北京的幼儿园受过一些舞蹈训练，她没说，没有哭着喊着"毛遂自荐"。据老师观察，小雨和别的孩子不一样，能坐冷板凳。老师问6岁的小雨：到底上过几个幼儿园？小雨掰了掰手指头，答：五、六个吧！老师一脸惊诧。小雨加了两三个梦里曾经"游历"过的幼儿园：蓝蓝的天上白云飘，白云下面小雨跑。被小雨妈精心"圈养"过的小雨，内心里非常羡慕小雨妈——在"博物苑"里"散养"的，随心所欲，想怎么玩就怎么玩。其实，也不尽然。

细想，人生不过一二十个"六年"。

小雨人生的第一个六年是这样度过的：出生在异国他乡荷兰乌特勒支，襁褓中的婴儿，懵懵懂懂；随妈妈奔波于京城，从北京大妈托管到转"战"两个幼儿园，紧张有时还孤独；跟外婆穿梭于南通古老的巷子，闲散而又自在。哪样好，哪样糟？说不上道不明。不管愿意不愿意，匆匆六年就这么过来了。

小雨这六年，或天真无邪，或勇敢战斗——与"紧张"战斗、与孤独战斗，或从容淡定，仿佛是一个人从快乐童年、忙忙碌碌中青年、到闲散淡定老年的一个快进式缩影；又好像，是给小雨的人生提前打了一个"过山车"似的"小样"；也可能，在多雨的荷兰生下小雨，注定了她有一个行走两国三城多彩别样的童年。对，小雨的童年是多

小雨 6 岁

彩的,这多彩的经历,也许,为她未来的人生奠定了基础,俗话说,基础不牢,地动山摇。小雨的童年是别样的,每个人的童年都是别样的,都属于她或他自己。

因为疫情的阻隔,不能飞去香港给小雨过生日。伴着南方春天的绵绵细雨,记下小雨这些童年往事,算作妈妈的生日礼物。

2012 年原稿

2021 年春重写

女人如花

一、曾祖母

香港歌手梅艳芳那首《女人花》听过许多遍，幽柔婉转，似花香入怀，却唱出了身为女人梅艳芳一生的心酸："我有花一朵，花香满枝头，谁来真心寻芳踪……爱过知情重，醉过知酒浓，花开花谢终是空。缘分不停留，像春风来又走，女人如花花似梦。"花开万千，各有各的形态，各有各的芬芳，依我看，女人比花还独特，还多姿，环肥燕瘦，各有各的春夏秋冬酸甜苦辣。天下的花是赏不完的，天下的女人也说不尽，这里，且说说与我血缘密切关联的几朵"花"。

先说我的曾祖母。

老话说，女人颧骨高，杀夫不用刀，高颧骨女人克夫命。唉——真是应了这句老话，曾祖母28岁就守寡了。我母亲每每提及她祖母，其实是我的外曾祖母，随我母亲习惯唤作曾祖母，总是长叹一声，带着惋惜、惆怅，无尽的思念与不舍。

曾祖母五官生得棱角分明，高鼻梁、高颧骨、深眼窝，面部凹凸有形，这种西方人眼中的天造极品美女，常见于西方艺术作品人物画像或各种雕塑，在中国古老的审美习惯里，却是不受待见的。盛唐的杨贵妃、宋朝的李师师，当然，还有"沉鱼"的西施、"落雁"的昭君、"闭月"

的貂蝉，无论是文学描写还是仕女画上的东方美人，那些"霸屏"的几乎都线条优美、柔和圆润，而不是像我曾祖母那样的凹凸有形、棱角分明。

曾祖父走得早。28岁的曾祖母一身素缟麻衣，领着披麻戴孝的儿子，跪在儿子的大伯父跟前不起：求大伯父举人老爷送孩子去念书。孩子长相随他故世的父亲，眉是眉、眼是眼，十分清秀。他大伯父越看越不忍，说，不如把孩子过继给大伯父，好照应。"大伯莫生气，孩子实在不能过继给大伯，现在弟妹我什么都没了，只有这孩子。"说这番话时，曾祖母的心都碎了，泪珠子在眼眶里打转，多亏她的眼睛大，眼窝子深，泪珠子转来转去愣是没有滴出来。

曾祖母往后日子该怎么过呀？

七大姑八大姨前脚刚走后脚又来一拨，先从衣襟里掏出手绢抹眼泪，接着掏心掏肺苦口婆心劝曾祖母乘着年轻改嫁吧，找个老实本分人，找个肩膀靠一靠，不嫌弃孩子"拖油瓶"就行。总之，句句良言掏心窝子的大实话，不是吗？连大嘴美女姚晨都说，两个人在一起可以抵抗生活。劝过来，劝过去，落雨水沏的明前茶喝了一拨又一拨，嘴皮子磨破好几层，高鼻梁、高颧骨、深眼窝的曾祖母坐在那里，像是一尊米开朗基罗雕刻的艺术石雕像，就是不言语。

眼见老天送寒意，秋风扫落叶，一吹一大片。

屋前、屋后、大庙旁、小河边，近处、远处，满是火烧火燎后的那种触目惊心红。对的，火烧火燎，这词，出自老舍《鼓书艺人》十九："她遭到了不幸，比个寡妇还不如。往后怎么办？想到这里，她心里火烧火燎，急得一身汗。"成了寡妇的曾祖母从柜子里搬出一堆红红绿绿绸衣布褂，泡在出嫁时系过大红绸带、曾经温润过她软玉温香身子的枣红色大木盆里。浸泡。蒸煮。晾干。等街邻四坊再见到那些曾让她们"羡慕嫉妒恨"的红红绿绿绸衣布褂，哦！已经被染成黑色或蓝色。

爱美之心人人有之。身处清末的曾祖母也有几样化妆品。一是用大米做的"粉英"。先将大米在水中浸泡；然后在砂盆中研磨，使其沉淀，放在日光下晾晒；最终制成洁白、细腻的妆粉。二是用朱砂做的"胭脂粉"，相当于我们现在的腮红，西晋崔豹在《古今注》里写道："燕支，叶似蓟，花似蒲公，出西方。土人以染，名为燕支。中国人谓之红蓝，以染粉为面色，谓之为燕支粉。"崔豹说的"燕支粉"，就是胭脂粉。三是用石墨、烟墨等制作的"眉黛"，类似于现代的眉笔。四是用动物油做的"唇脂"，一种带有香味的古代口红，这种口红比曾祖母的曾外孙女我用的法国"Dior"唇膏年头还久远。

曾祖母默默地收起她的胭脂水粉。

此后，一年四季春夏秋冬365天，曾祖母一律素面朝天。身上只见三种颜色，不是色彩中不能再分解的三原色——红绿蓝。曾祖母身上的三种色，是煤炭一样的黑，食盐一样的白,还有用叶草和石灰浸沤成的靛蓝色。谢天谢地,亏得有个靛蓝色,不然,不熟悉的人,还以为曾祖母是从哪个修道院来的呢。这下,明眼人总算弄明白了,别再瞎费口舌瞎耽误功夫了,曾祖母是那种犟脾气死脑筋,非要一条道走到黑,非要去拿"贞节牌坊"的。

天刚蒙蒙亮,曾祖母出现在大河边。她避开近处的小河,小河岸边人多嘴杂,寡妇门前本来就是非多。也不用自家的甜水井,舍不得用,遇海水倒灌河水偏咸,自家的甜井水相当于现在人喝的矿泉水或直饮水,用来喝的,不能用来洗衣裳糟蹋了。

更不能用那几口"义井",镇子中央的察院(官署)旁,镇子东边的岳庙前,镇子西边的便仓(地名),都有"义井"供公众使用,青石做的井栏,水清如镜大旱不竭。春夏秋三季,井旁还有一排不起眼的小花,开得惹人喜爱。曾祖母是爱花的,她原本也是一朵艳丽的花,有人疼,有人爱,只是现在凋零了,枯萎了,也许只是冬眠,也许还能绽放,是花,总要绽放的。

那些衣服啊,一篮子一篮子的,总也洗不完。曾祖母脸上的汗珠子啊,一串一串的,总也淌不完。她把衣服泡在皂角水里,约莫一两个时辰,然后摊在河边青石板上,用一根光滑发亮的捣衣棒使劲地敲打。风送捣衣声,有节奏地,干脆利落,啪、啪、啪——"月东出,雁南飞,谁家夜捣衣?";啪、啪、啪——捣衣声随"串场河"的水波传到很远；啪、啪、啪——沿镇子东北方向一直传向远方的大海。

那是中国第三大海——黄海。

原本黄海不姓黄，曾经也像东海，甚至像南海那样，是赏心悦目的蓝色。因为黄河多次改道，奔腾而下的黄河水，有七八百年的时间注入黄海，携带的泥沙将黄海附近的海水由蓝色染成了黄色。清末，我曾祖母健在时，黄海已经是大片土黄色。

发源于青藏高原的黄河，自西向东流经青海、四川、甘肃、宁夏、内蒙古、陕西、山西、河南及山东，现在的河道，最终流入渤海。我去过青海的黄河上游，孤陋寡闻限制了我的想象力，没想到黄河水也会清澈见底。正当夏日，我踩到"清黄河"里，高原雪山融化的水，冰镇一般！河水冰凉刺骨，感觉有冰碴在扎脚，简直立不住！人们常说"跳到黄河也洗不清"，其实"清黄河"的水不是洗不清，而是洗得你直发抖！由于黄河中段流经黄土高原，夹带大量泥沙，所以黄河也是世界上含沙量最多的河流。我曾目睹黄河小浪底水库调水调沙的壮观场面，开闸放水，巨大的水流冲击河床的淤沙，以减少库区和河床泥沙的淤积。许是上游水库的沉淀，我注意到，奔涌下来的黄河水，虽然没有青海上游"清黄河"那样清澈见底，但也是清清的，阳光下泛着蓝色。

当黄海还是蓝色的海，西汉武帝元狩 4 年（公元前 119

年)在黄海边建盐渎县(今盐城市境西北),当时那里遍地是煮盐亭场,到处是盐河。唐宝应年间,盐渎县境内设有海陵监、盐城监,每岁煮盐百余万石。公元2019年,我访盐城"中国海盐博物馆",才晓得,曾祖母曾经用捣衣棒敲打衣服的那个"串场河",最初为唐代修筑黄海海堤时形成的复堆河,也是黄海盐文化的摇篮。宋代起,沿新修范公堤,有富安、安丰、梁垛、东台、何垛、丁溪、草堰、小海、白驹、刘庄十大盐场,复堆河将这十大盐场串联起来全长将近200公里。这十大盐场里,演变出若干宋元明清的水乡老镇和老县城。

老镇人习惯衣服被子洗过后都要上浆,浆过的衣服穿在身上沙沙响。浆是芡实水磨加一点明矾,澄去水分,晒干而成。一大盆衣服,到杂货店花两三个铜板买一小块明矾,用热水冲开就够用了。曾祖母洗的衣服干净、清爽不说,穿在身上带有一股隐隐的清香,像是曾祖父夏日清晨从树林里散步回来,身上沾满露珠的清香。

"你曾祖父喜欢散步,从前他在世的时候常常到镇子边上的树林草场散步,说是在背诵诗文。"听母亲讲到此,我着实吃了一惊。在南京大学念书时,我曾定了一个"小目标"——背诵古诗3000首,起早摸黑加上碎片时间,总算实现了这个"小目标"。难道是我曾祖父的遗传基因?或者,冥冥当中是我的曾祖父在"指引"?

曾祖母河边洗衣归来。

一年四季春夏秋冬，曾祖母总是左手一篮衣，右手一桶水，一双小脚摇摇晃晃从河边一步一步往家走，如果说女人如花，曾祖母现在这朵花恐怕更像是苦菜花。苦菜花是一种极为普通的野菜花，朴实得十分不起眼，无论是在肥沃的土壤里，还是在贫瘠的沙砾中，山坡上、沟坎间、小路边、田地头，它都能开得独自灿烂，不管有没有人观赏。

自古，民间就有食用苦菜清热解毒的习惯。据《本草纲目》记载，紫花苦菜，味苦、性平、微寒、无毒，可清热解毒、凉血、利湿、祛瘀止痛、祛五脏邪气。古人称苦菜为荼，《诗经·邶风·谷风》里有"谁谓荼苦？其甘如荠"，意思是当夫妻共勉永结同心的时候，苦菜吃起来也是甜的。可是，曾祖父已经去了另一个世界，曾祖母吃苦菜的时候，品味的肯定是无与伦比的"苦"。

现代，有许多写苦菜花的佳作，长篇小说《苦菜花》50、60后大概都读过，后来被搬上银幕红极一时。"苦菜花儿开满地儿黄，乌云当头遮太阳，鬼子汉奸似虎狼，受苦人何时得解放……"和片中那位伟大母亲冯大娘一样，我那苦命的"苦菜花"曾祖母在内心深处，也一直盼着"解放"，盼着出头之日，盼着儿子长大。旁人看到，曾祖母手上总缠着布条，手指手心手背满是刀割般裂口。旁人看不到，曾祖母拎着的桶底，每次都藏着几块碎砖，这是她的小秘密。碎砖河水浸过，结实、韧性好，最适合盖房子打地基，定会派上用场的！曾祖母语气笃定，磨砂纸那样的手掌，拍拍儿子稚嫩的肩膀。

碎砖堆得像座小山，曾祖母的孩子终于长大。

先做私塾先生，后成了大名鼎鼎的"刀笔状师"，现在叫做金牌大律师。再后来，良田、桑园、钱庄的主人……这位"施少爷"，长手长腿，窄腰宽肩，比他父亲我曾祖父当年还俊逸。细看，眉宇嘴角间，有几分曾祖母的倔强；再端详，坐有坐样，站有站相，儒雅从容淡定，举手投足显出他伯父举人老爷的耳濡目染。谢天谢地，谢谢大伯父当他儿子养！泪珠子从曾祖母的深眼窝里滴落到黑色衣襟上。

一身长袍马褂，一柄文明拐杖，沿曾祖母洗衣的那条大河河堤上走来，曾祖母的一生期盼，那孩子，如今被人唤作"施老爷"了，盖起施家大宅，夏日荷花别样红，冬日腊梅别样香，犄角旮旯不起眼处，也许，有几朵苦菜花独自绽放。曾祖母那小山似的碎砖，作了"施宅"的基石，果然派上了用场。苦菜花终于苦尽甘来。

曾祖母晚年很有腔调，准"贾母"待遇，身边几个丫鬟二十四小时轮番伺候使唤。冬天，两只手拱在貂皮袖里，里面藏一副小羊羔皮做的小暖袋。夏天，清一色的绫罗绸缎，颜色或白或蓝或黑，依然是曾祖母28岁守寡起的老习惯。曾祖母最有腔调一件事，当属，无论"施老爷"在外如何威风凛凛，如何德高望重，只要曾祖母喝一声"跪下！"不由分说，"施老爷"就得乖乖跪下。街头巷尾无不赞叹：有福啊，有福！

当年我母亲说到此，话头突然刹住，望着我的目光里有惊喜，也有兴奋，说，小四（我小名）长得像你曾祖母！眼睛、嘴巴、身形、神态、举止，活脱一个模子刻下来的！我下意识地摸摸小四我这还没绽放的花骨朵的脸，哦——还好，颧骨没那么高，也没那么凹凸有形、棱角分明。

二、外婆

外婆又像是什么花？

你外婆16岁出嫁，母亲告诉我。

16岁？还是个孩子？我惊讶得瞪大眼睛。

那年我也16岁，正在清末实业家教育家张謇先生创办的南通师范念高二，14岁不到就入了共青团，做了学校团委副书记，到处抛头露面主持会议上台讲话，有模有样小大人似的。可是，在家里，在我内心，一直认为16岁的我还是个孩子。是的，16岁，母亲望着16岁的花季少女我点点头。年方二八，碧玉年华，在过去，在古代中国，却是女孩子出嫁的年龄了，此时如若还没人摘走这朵花，家长们恐怕就得着急了。

起先我曾祖母不允这门婚事。按说，男大当婚女大当嫁，我外公，那时被唤作"施少爷"，眼看就要二十了，弱冠之年，该娶妻生子开枝散叶传宗接代，世交故友纷纷上门来"提亲",看好"施少爷"前程似锦。

老祖宗说的婚姻门当户对自有老祖宗的道理,曾祖母语重心长耳提面命,又严格把关。可是,整天忙于打官司递状子的"施少爷",对那些貌美如花的大家闺秀,乖巧玲珑的小家碧玉,都没什么兴趣。也不晓得是天上打雷触了电,还是雨天经过坟地没打伞中了邪,偏偏看上长得跟牡丹花一样迷人的贫家女崔家姑娘。娇艳的牡丹花迷倒了我外公,被她勾了魂,非我外婆不娶!

外公虽是曾祖母含辛茹苦拉扯大,但论出生,也是书香门第、官宦人家,在他大伯父举人老爷的言传身教下,知书达理,是远近闻名的"刀笔状师"。而崔家姑娘出身寒微,五代九族清一色的"白丁",上穷碧落想破天,下潜黄泉捅破地,也想不出一个稍带点颜色的来长长脸、壮壮胆。"天上掉馅饼"砸我外婆头上,愣是让她撞上了"高富帅"我外公施少爷。而施少爷我外公,一见钟情"天上掉下个林妹妹,似一朵轻云刚出岫"。

一说,最早出现"一见钟情"这词,是清代墨浪子《西湖佳话》:"乃蒙郎君一见钟情,故贱妾有感于心。"一见钟情,古已有之,苏小小与阮郁,崔莺莺与张生,唐伯虎和秋香,都属一见钟情之佳话。

又一说,一见钟情是有科学依据的。人容易在一瞬间喜欢上某些人和物,目光所及赏心悦目心生欢喜,然后便希望时时拥有在身边。英国专家曾进行过大规模的快速约会实验，认定一见钟情只需30秒！

孝子"施少爷"对他母亲我曾祖母的"圣旨"向来唯命是从、说一不二，唯独在这件事上自作主张、我行我素，而且撞了南墙也不回头。到底是曾祖母的孩子，遗传了曾祖母的犟脾气一条道走到黑的死心眼。都说知儿莫若母，曾祖母晓得，她要么答应儿子这门婚事，要么，便眼睁睁地看着她儿子剃度出家当和尚。这可不是开玩笑哦！我们老家东台和尚在外面名气很大的。清末民初，东台境内有庙宇800余所，到了20世纪30年代，东台三昧寺的启慧佛学院培养了一批僧才，其后，散入大江南北的名山古刹，不少成了佛教界的中坚。

近代高僧应慈，生于东台盐商之家，中过秀才，却无意仕途遁入空门，成为华严临济宗第42世，他创办了上海华严大学，常州清凉学院，上海华严速成师范学院，门人弟子数以万计。苇舫大和尚在东台福慧寺出家，后在北平柏林寺佛学院、武昌佛学院深造，任教于汉藏教理院，在庐山大林寺、镇江焦山定慧寺、上海玉佛寺都做过住持。原在东台乡间小庙做小沙弥的性仁法师和浩霖法师漂洋过海，前者在新加坡创立法师林，后者在美国创建了东禅寺。至于得应慈法师等名僧大师指点传教的真禅大和尚，先后任上海玉佛寺方丈、上海静安古寺方丈、河南开封大相国寺方丈，更是集高僧、佛学家、佛学教育家、书法家、诗人于一身。真禅的古文是老家镇上一位秀才补习的，母亲和我谈起那位真禅大师，像是在说一位邻家大哥哥。

汪曾祺先生的小说《受戒》讲的是小和尚明海与村姑小英子纯真的初恋故事，把"一花一世界，三藐三菩提"的佛门净地"荸荠庵"与生机盎然的世俗生活连在一起。庵内的和尚可以攒钱，可以娶妻，可以斗纸牌、搓麻将、吃水烟，过年时还会在大殿上杀猪。总之，在这个旧社会的江南水乡，在人们心目中当和尚与种地、画画、弹棉花等行当并无实质区别，都是平等自由的谋生职业。汪曾祺先生老家兴化，距离东台百里地，口音、风俗差不多。

外婆出嫁。

新郎我外公"施少爷"头戴呢帽，身着马褂，十字披红，骑马率领浩浩荡荡的迎亲队伍。羞答答的新娘我外婆，身穿绣着大红牡丹花的棉袄，乘坐红彤彤的"八抬"大花轿，红红火火似牡丹仙子。一路上，迎亲队伍吹吹打打，唢呐鞭炮震天响，队伍里，有人抱着白鹅，白鹅代替鸿雁，古人认为鸿雁是从一而终的，后来没地方找鸿雁去，就用鹅来代替鸿雁，"鹅、鹅、鹅，曲项向天歌。"白鹅成了婚礼中的吉祥物。

风光确实是相当的风光。只是，之前，男方给女方家送"大定"（订婚礼物）后，按习俗女方该向男方"过嫁妆"。那些雕花家具、红漆箱笼、丝绸被褥、服装衣料、首饰、铜脸盆、暖壶、痰桶……一路敞开任人观看，上面贴着红纸，成双成对，总共"十六抬"嫁妆（放满一方桌的嫁妆为一抬）。外人哪里晓得，新娘这些晃眼长脸的嫁妆，是新郎我外公差遣管家带上伙计，乘着月明星稀、夜深人静悄悄运送去新娘我外婆崔家的。

外公为什么会看上外婆呢？

这是排《十万个为什么》之后的第十万零一个问题。我们这些外孙和外孙女们，从儿时起，常常几个脑袋瓜子凑一起，在一只25瓦的灯泡下，或在一轮皎洁的月光下，研究琢磨探讨分析这第十万零一个问题。由此，英国神探夏洛克·福尔摩斯，美国智探奥基斯特·杜宾，法国侠探亚森·罗宾，还有西默农笔下的梅格雷警长，阿加莎创造的波洛侦探，青山刚昌作品里的江户川·柯南，都成了我们熟悉的朋友和崇拜对象。可惜，鬼鬼祟祟也好，堂而皇之也罢，一直到我大姐自己也有了第三代，这项"研究"始终未解。

随着知识积累视野开阔，方才知道有许多世界未解之谜，即使用最先进的科学技术手段，或者按照正常的思维逻辑以及推理方式，也无法解释的自然、天文、历史等现象或事件。其类型有：神秘宝藏之谜、人类未解之谜、考古未解之谜、历史文化之谜、外星来客之谜、宇宙未解之谜、动物未解之谜、植物未解之谜、地球未解之谜、自然未解之谜。好吧，我们女孩子终于如释重负，未能破解的第十万零一个问题，权当作世界未解之谜之类型二，人类未解之谜吧。

谁知,我哥却要更进一步,封住我们任何念想,说,喜欢就是喜欢,没理由!没谜底!他扔掉波洛侦探的遮阳帽和雪茄,挺身而出替外公作回答。臆想中施家暗淡发黄的族谱上,外公"施少爷"和他外孙我哥中间隔着汪汪洋洋几十页,天翻地覆六七十年。这六七十年里,他们未曾见过面,也未曾见过字,不是说见字如面嘛。

如今细思量,外公娶外婆并非没道理。

《诗经》曰:"窈窕淑女,君子好逑。"毫不夸张地说,我外婆可是一等一的"窈窕淑女"!曾祖母身材高挑,五官凹凸有形棱角分明,而我外婆呢,是那种娇小玲珑型女人,她的凹凸不在五官,而在身形:柔肩、窄腰、翘臀、细腿,裹一对三寸"金莲",迈着小碎步走路一扭一摆,左右生风遥遥迢迢不晓得有多迷人。外公有这朵美艳的牡丹仙子映衬,有这玲珑娇小的女子立在身旁,他那怜香惜玉之情立刻有了用武之地,让他不由得挺直了腰板,显得更沉稳、更挺拔、更高大,擎天柱似的。曾祖父过世早,曾祖母守寡,含辛茹苦比苦菜花还苦,外公十几岁便顶起门户,将男人担子挑在肩,越挑越硬朗,越挑越挺拔,二十岁已经挑出一片天。

洞房花烛夜。

穿大红绣花衣的少女新娘,在新郎眼里,弄不清是牡丹花像这位少女,还是含苞欲放的少女像牡丹花。好一朵鲜艳的牡丹花,红色的花瓣重重叠叠,簇拥着鹅黄色的花蕊艳丽动人，一阵风拂过，散发阵阵迷人的清香。再仔细看，牡丹花恍惚间又仿佛变成初春三月的桃花仙子，羞羞答答，两腮绯红，飘飘仙子舞，微笑迎春风，脉脉眼中波，盈盈花盛处。新娘的眼睛羞成两道弯弯的月亮，新郎说想把弯弯的月亮吃了；新娘子的脸蛋烫成两团红红的火球，新郎说想把红红的火球吞了。外公醉了——这是人间还是天堂？

新婚燕尔，如胶似漆，这样形容一点不为过。外公待外婆，那是含在嘴里怕化了，捧在手心里怕摔了，恋着、哄着，像那首《最浪漫的事》歌词上唱的，简直就是外公"手心里的宝"。外婆喜欢吃东台鱼汤面，好吧！三天两头让厨子做。相传这东台鱼汤面源于清乾隆三十三年（公元1758年）一位被赶出皇宫的御膳厨师，诀窍在于用鳝鱼骨和鲫鱼制汤。这诀窍掰开来、揉碎了说，先将鳝鱼骨洗干净入锅，用少量猪油煸透，再将炸酥了却不能炸糊了的鲫鱼与鳝鱼骨一同入锅煮开，然后改以小火慢熬，葱酒去腥，细筛过滤前后三道清汤，放入虾籽少许，最终制成面汤汁呈乳白色清爽不腻。

许是东台鱼汤面的功力，六七年里，外婆给外公生了一男三女。原先清冷的院子，现在是孩子闹、奶妈叫、厨子炒、丫鬟跑，人气旺得很。外婆随外公"施少爷"左右，端正秀丽，穿金戴银，俨然大宅门里走出的少奶奶。在"饱读经书"的施少爷面前，除了我曾祖母，一般人慎言慎行,通常总是会说"请施少爷赐教"云云。外婆不同,外婆喜欢讲话,喜欢跟外公讲话,她随外公养成了听收音机的习惯。

那时的收音机可是个高科技产品,多数是进口洋货,美国的、英国的、德国的、日本的,后来有些是国人高手用零件组装的,原先许多收音机的扬声器立在机箱外,到了1930年左右才逐渐进入机箱。20世纪20年代中期之前,中国主要的广播电台和收音机都在上海,到了20年代后期,东北、天津、北京、江浙一带纷纷建立电台,收音机的数量也多了起来,但终究还是个稀罕的时髦玩意。收音机里说的天下大事,或者街头巷尾八卦趣事都在外婆话题内,一时兴起,如滔滔江水连绵不绝,常惹得内敛、矜持的外公哈哈大笑。

有道是:人无千日好,花无百日红。

不知何日起,外公不再携外婆出去应酬,也不再有闲情闲心闲工夫听外婆讲那些天下大事、巷尾八卦,外公突然变成了陌生人"施老爷"。这时的"施老爷"历经民国(1912)前后二三十年,从清末到民初,从科举到新式学堂,从学而优则仕到洋务运动实业救国,中国几千年历史长河里新旧交替,最为惊心动魄、最为眼花缭乱的二三十年,"施老爷"的事业却在兵荒马乱、动荡更迭中兴旺起来。

农田桑园望不到头。从唐代起我们老家那一带就栽桑养蚕,剥茧抽丝织成茧丝绸,母亲教我们几个孩子养蚕,她从小就拿养蚕当业余爱好。蚕宝宝以桑叶为生,昼夜不停地吃桑叶,生长得很快,俗称蚕食鲸吞。四次蜕皮后,它们身体由白色变为浅黄色,皮肤也变得更紧,会吐出蚕丝来包裹自己变成蛹,包裹它自己的就是蚕茧。蛹变成蛾之前,它要咬断茧而出,如果被咬断,丝线变短了,就不能用来纺织丝绸了,所以,要在蚕宝宝破茧前,放入沸水中杀死蚕蛹,这样茧也容易拆开。

状子案子没完没了,房产投资、实业投资、钱庄生意……和外婆说这些吧,唉,外公觉得是对牛弹琴。老话说,不是三代做官不知穿衣吃饭。就说迎来送往,"施老爷"一句:留下用个便饭?分明是客气话,意思是要送客,外婆却视若"圣旨",立刻吩咐下人去关大门!还杠上,好吃好喝的招待。"施老爷"发发脾气训斥下人几句,这都是念念台词过过场的事,外婆偏当真,严加管教差点整出人命。总之,外婆不似她婆婆我曾祖母那么有主意有定力,遇上一丁点事就慌了手脚乱了方寸没了主意。

"施老爷"在外轰轰烈烈搞慈善搞赈灾,外婆娘家人愣把"施老爷"当成提款机,隔三岔五猫着腰,从边门进入"施宅"提走米和盐,而且,这表那亲,拐来拐去十八道弯都不止了。眼见外婆这娘家人的队伍越来越庞大,甚至,那些土匪、海匪也混入这支队伍里,外婆愣是看不出,乐此不疲,照样"慈善""救济"给粮给盐。

直到有一回,又是发大水,上世纪二三十年代,老家和周围几乎年年闹水灾。这回是东海海堤决口海水倒灌,串场河沿线各镇的河水都有一股子咸味,镇上镇边几口义井旁挤满了拉家带口拖儿带女逃难的。突然,土匪、海匪一齐出动,绑了镇上几个有头有脸家境富裕殷实的当家人,唯独缺了"施老爷",一时间"施老爷"通匪的传言像夏日水田里的蚊虫插上翅膀满天飞。直到交了赎金几个当家人被放回来才真相大白,那些土匪、海匪曾经谎称我外婆娘家人骗走了不少粮和盐,说"施老爷"和太太是他们的大恩人,土匪、海匪仗义知恩,所以才没绑架"施老爷"。无论如何,这件事多多少少影响"施老爷"的清誉,也让"施老爷"不管不顾、跺脚下了狠心娶"二房"搬至另一个院子。

外婆的天塌了。

外婆的地陷了。

外婆哭过、闹过、求饶过,没用!那年头,三妻四妾比比皆是再正常不过,何况"施老爷"这样有"身家"有"身份"的。"二房"得宠,统管内政,"二房"院子里孩子闹、奶妈叫、厨子炒、丫鬟跑。"正房"难得见上"老爷"一面,领"月银"也不让我外婆过去,让账房先生送过来,更不用说听外婆"唠叨"天下事了。

外婆,这朵曾经鲜艳的牡丹花败了,过季了。

晋人傅玄《短歌行》:"昔君视我,如掌中珠,何意一朝,弃我沟渠。"和普天之下那些被打入"冷宫"的女人一样,外婆需要打发枯萎的日子。她每天梳三次头发:清晨醒来,下午做完活,晚上睡觉前,几乎成了仪式,她一边梳头发一边想心事。

那个曾经视她如牡丹仙子的"施老爷"还记得她百合花般雪白的肌肤吗?还记得他们拥抱在一起时暖暖的跳动的身子吗?还记得第一眼见她时她看起来什么样子?丹凤眼像两道弯弯的月亮,嘴唇微微开启似笑非笑,还有她颈部那种甜酸的味道……那些遥远的甜蜜往事像"五更钟漏"点点滴滴漏到外婆脸上,一阵红、一阵白。

许是"施老爷"百忙当中偶尔有所感知,某个初冬,一个风雨交加的夜晚,许久不曾谋面的外公突然出现在外婆房里,他刚刚在外应酬过,白皙的脸通红通红,手里握着一包香喷喷的点心,说是给外婆带了喜欢吃的肉馅"酥尔饼",讲话卷着舌头明显有些醉意。老镇的"酥尔饼"以面粉为主料,揉成面团后包入赤豆馅油煎,因为从里到外层层起酥乍看像一朵微开的金菊,又叫"千层酥"。酥尔饼,除了有赤豆沙、桂花和蔗糖调制的甜馅外,还有用鲜肉、葱花、盐和味精调制的咸鲜馅,入口酥松香脆,越嚼越美味,用外婆的话来说是"吃着打嘴也舍不得丢",相传乾隆皇帝下江南品尝也赞不绝口。

那个风雨交加的夜晚,外公又一次,也是最后一次和外婆同寝共眠,和梅艳芳那首《女人花》唱的一样,"像春风来又走,女人如花花似梦……"

1927年秋。战乱。外婆拖着笨重的身子挤在逃难人群中,慌乱中在一处猪圈生下一个女婴,哭声嘹亮、头发乌黑。这是外婆的第五个孩子,外公的第N个孩子。田野里、大道旁,一丛丛、一簇簇,白色、黄色、紫色的菊花正傲然绽放,就叫"菊生"吧!外公说。

菊生,即是我母亲。

外婆晚年依然保留着听收音机的习惯。

为何要把收音机开得这样小声?耳朵还必须紧贴上面?我哥问外婆。外婆80岁的时候,母亲让我哥悄悄去老镇看外婆,1966年,外婆突然离开我们一大家子被送回老镇。假如别人听到你在听收音机,可能会诬告你,如惊弓之鸟的外婆小声告诉我哥。哦!所以,许多人不听收音机,只是看那些藏在角落的书,从书里既听不到音,也听不到调,只是一片静。有时,我外婆抱着暖水瓶,挪着一双小脚去街边的"老虎灶"打开水,有顽皮的孩子冲她喊"地主婆!地主婆!"很快被大人们厉声喝住,终究还是有心慈手软的人放过了外婆,说她是被开明地主"施老爷"遗弃的,也是属于苦大仇深。

外婆崔氏,生于1893年,属蛇,外婆高寿,92岁过世。弥留之际,像是回光返照,像是牡丹花又要绽放,腮红可见,呼吸均匀,白果脸柔软,安详地似睡非睡。外婆说她该走了,"静湖,你挪挪,我不好睡呢!"静湖,外公名。

三、二姨

二姨是我外公的掌上明珠。

这不是什么秘密，施府上下，老爷、太太、少爷、小姐、丫鬟、绣娘、厨子、花匠个个心知肚明。

二姨遗传外公的长手长腿，才十五六岁，个头噌地一下就蹿到一米七，要说那是20世纪30年代的民国，女性平均身高只有一米五左右。身型又随外婆：溜肩、窄腰、翘臀、细腿，鼻梁高挺，五官舒展立体，平日里不苟言笑，丹凤眼、长睫毛透出孤傲高冷，偶尔嫣然一笑，显出人中底下、嘴唇中央珍珠般圆润的唇珠，清纯又带点魅惑。

该用什么花来形容二姨？

傲霜斗雪的蜡梅，冰山上的雪莲？

高山上的黑百合，沙漠中的曼陀罗？

也许，兼而有之。

相比掌上明珠二姨，大姨就逊色了许多。

岂止是逊色。这位长相一般、气质平平、行色匆匆，从"施府"那道高高门槛里走出来的大小姐，做派腔调完全不像"施府"的人。俗话说，近朱者赤近墨者黑，近"刀笔状师"施老爷者，要么能言，要么善辩，大姨却不善言辞，她属于埋头苦干型，粗活、细活样样拿得起，件件放得下，搞得丫鬟、绣娘、厨子、花匠人人自危，担心下岗。

三姨倒是能言,张家长李家短,谁家公子和谁家小姐私奔未遂给抓回来了,隔街"三瘸子"酒馆喝酒不给钱,从怀里掏出刀子让酒馆老板割下身上肉当酒钱,这些八卦趣事,她一口气能说上两时辰,中间连嗝都不带打的。如果穿越到现在做自媒体,天生"幕后花絮"版"小主"人选。"一天到晚嚼蛆子!"外婆说三姨。外公没接外婆的话头,像是对着空气摇了摇头,转身踱进他"二姑娘"我二姨书房。

淡淡的玫瑰花香从案几一个精致的铜香炉飘出,隐隐约约若有若无浮在磨光青石地和雕花红木陈设上。靠窗,有一张两屉"虎腿"楠木书桌,样式介于我外公"施老爷"的大书桌和女眷们的梳妆台之间,沉稳又不失雅致,"施老爷"去苏州看世交时顺便买给他"二姑娘"的,听说京城和上海滩,大凡肚里有点墨水的金枝玉叶都喜欢这款。

雪白的粉墙上挂了一幅《兰竹》。

飘逸潇洒、气韵飞动,是郑板桥的墨宝。外公喜欢郑板桥的"三绝"——诗书画,喜欢谈论这位康熙五十二年秀才、雍正十年举人、乾隆元年(1736年)进士,说,郑板桥退出官场没随大流回故里兴化,而是客居扬州卖画为生,"难得糊涂"倒也活得自在。又说,郑板桥一生只画兰、竹、石,自称"四时不谢之兰,百节长青之竹,万古不败之石,千秋不变之人",固然生活所迫,可是傲骨犹在啊！从老镇到兴化大概百里路，同属里下河地区的缘故，口音十分接近，自南宋咸淳至清末光绪，兴化有262人中举，93人中进士，1人中状元。

红木书桌上笔墨纸砚排放得井井有条。"二姑娘"穿一件淡紫色镶边斜襟绸褂，配一条深蓝色的绸裙，似乎是一幅长卷画中的静态美人，正埋头编《教案》。当那些同龄女子学学绣花、弹弹古筝，羞羞答答待嫁闺房中，"施老爷"一锤定音："二姑娘"天生是块念书的料！于是被送进如皋高等师范学校重点培养。

如皋高等师范学校创办于清光绪二十八年（1902年），是当时全国第一所规范设置的公立师范学校（南通师范系全国第一所民立师范学校）。1901年，清政府发布"上谕"实施新政，"废科举，兴学校"。其时，晚清进士、翰林院编修、维新人士沙元炳已辞官归故里如皋，为尝"启迪明智，御海图强，洗雪国耻，振我华夏"之夙愿，在如皋与举人马文忠、拔贡张藩等人兴办师范学堂。沙元炳依据张之洞指示，选定古城如皋东隅文脉风水宝地、宋代"集贤里"——常胜庵和东南岳庙为校址，仿照日本校舍建筑图样，分东、中、西三院兴建楼房五座、平房九座。学堂几经易名。到我二姨入学时叫做"江苏省立如皋师范学校"。

高门槛出身、高颜值、高学历，比现在的女博士还要高不可攀，可是"二姑娘"才不在乎呢，哪怕是变成嫦娥飞上高高的广寒宫，哪怕是高处不胜寒，那也没什么可怕的！一帮少爷小姐里,"施老爷"就喜欢"二姑娘"身上的这股狠劲,这股傲气,与生俱来,嘶嘶地从骨子里往外冒,挡都挡不住。当然,他更喜欢"二姑娘"的懂事,识大体、顾大局。

家家有本难念的经。

"施老爷"和紫金城里的万岁千岁不能比,和民国那些达官贵人也不能比,才娶了两房,可偏偏就这两房也不让"老爷"省心。"正房",也就是我外婆,早早被打入"冷宫",歇着,可外婆生的一儿四女不好惹,不想歇。外婆一儿四女集合起来正好半个班。《孙子兵法》三十六计才用了两三计,半个班就把"二房"的队伍"打"得人仰马翻屁滚尿流。反了,反了!这还了得!"施老爷"那修长的手拍得亮闪闪的雕花八仙桌脆生生的响。"修身齐家治国平天下"修身齐家在先,日理万机百忙当中的"施老爷"不得不腾出那双修长的手来齐一齐家。

外婆一儿四女组成的"马其诺"防线由"二姑娘"身上撕开口子,"二姑娘"的确天资聪慧,"老爷"一番语重心长,她立刻重新站队——坚定地站在"老爷"一边。其实胜负早已注定。虽然民国了,洋学堂的学生们举着小旗上街嚷嚷自由了,民主了,但和"老爷"作对——等于飞蛾扑火,以卵击石。君要臣死,臣不得不死;父叫子亡,子不得不亡。

难道这些"三纲五常"都忘了吗?!

不是吗?"大姑娘"惹"二房"不开心,"二房"在"老爷"枕边吹吹风,"老爷"挥挥手,罢了!罢了!愣把"大姑娘"许配给乡下"土财主",有钱没势掀不起大浪。

不是吗?隔壁崔老爷看上施家大少爷做女婿,知根知底、亲上加亲,以后结伴去东洋留学,看看外头的世界是精彩还是无奈。也是"二房"给崔二小姐上眼药水,说崔二小姐是林黛玉的脾气林黛玉的身子骨,不是长寿命,愣是棒打鸳鸯散。

"二姑娘'回来啦!"

蓝衣服、黑裙子、白球鞋,像是青春靓丽的花仙子从古镇石桥上轻轻飘过。正是夏天,茅草、芦荻吐出雪白的丝穗,在微风中摇头晃脑像是在对这位新女性打招呼。当年从如皋回老镇并不轻松,虽然仅百余里,却要车船颠簸数日,先从如皋走旱路到海安,再从海安行水路"串场河",就是我曾祖母替人洗衣服的那条大河。

二姨从如皋高师毕业回老镇。"五四运动"以后,不少人选择返故里回馈桑梓教育家乡子弟,创办私立学校,为国家社会培育栋梁之材。那些有钱的主为学校捐资筹款封个"校董",比如说同镇的徐老爷,论家产浮财徐家在施家之上。荒唐!徐家怎能和"官宦人家"相提并论?!"施老爷"甩了甩袖子愤愤然。徐家四少爷去京城念大学,本来,念就念吧,只要有银子,东洋、巴黎、上海、京城去就是了。但徐家做事不想低调,"陪读"队伍浩浩荡荡开进京城,里头有四少奶奶、管家、丫鬟,还有厨子、花工,徐老爷从匣子里亮出大金条,在"皇城根"认下一处前朝遗老四合院,安置这支队伍。

父母在不远游,"二姑娘"回古镇缘由之一。

缘由二:男大当婚、女大当嫁。"二姑娘"到了谈婚论嫁年龄,无论如何,"施老爷"不能听由他的掌上明珠脱落成"剩女"或"剩斗士"。这不,回来没几日,上门提亲的快把施家门槛踩平,有冲美貌来的,有冲才学来的,当然,也有冲家世来的。"施老爷"抛开手头要紧事,带掌上明珠"二姑娘"见族人、见世交、见世面。"二姑娘"最像"施老爷",有才有貌,有胆有识,难得,难得……溢美称赞之词顺耳管流入"施老爷"心中最柔软部位,像封存多年的"女儿红",轻飘飘、暖暖的、五分醉,嘿嘿,要的就是这感觉。热闹归热闹,我外公心里有数,他盼的那家却一直不曾露面。谁呀?隔壁世交崔家。外公中意崔家二公子,比"二姑娘"大几岁,年龄相当;在上海读医学院,学识相当;仁义宽厚,容得下心高气傲的"二姑娘",性格相当;总之,在外公眼里,他们是天生一对地造一双。

仔细想,"施老爷"恐怕是更中意崔老爷做亲家。当年崔老爷东渡扶桑留学日本,同期的有李叔同,就是后来的弘一法师;有潘赞化,成全一代传奇画家潘玉良而名扬后世。"施老爷"哪儿都没去,留在老镇,曾祖母在不远游。崔老爷学成归来,西装革履对"施老爷"长袍马褂,谈天说地全凭兴致，开头娓娓，往往升级为侃侃，终于滔滔。

外公哪里料到，因为崔二小姐的事，他和崔家没得亲家做。原先崔家只出了一个女"共党"——大小姐。崔大小姐比我二姨大几岁，一头短发，走起路来风风火火，开口闭口新鲜话题层出不穷，从红军长征到《狂人日记》，从救国救亡到《家》《春》《秋》，舌锋至处、势如破竹。崔大小姐参加共产党闹革命救国救难牺牲时，她儿子才几个月大。后来，崔二小姐和施公子恋情遭"施老爷"的"二房"枕边风暗算，被"施老爷"扼杀，崔二小姐一气之下离开古镇，投奔姐姐战斗过的队伍接过姐姐的枪，崔老爷一夜白了头。崔二小姐后来开枝散叶出一个偌大的革命家庭，如今仍健在，全家五代几十口人庆贺她百岁寿辰，那都是后话。

与崔家结亲没希望了，不得已，退而求其次，外公将"二姑娘"许配徐家四少爷，虽然徐家不是什么"官宦人家"，好歹有形无形资产都算上，两家的资产基本打个平手。美中不足，"二姑娘"是给徐四少爷当"填房"。方圆百里，没见过宋美龄的世纪大婚，更没见过后来的戴安娜皇室婚礼，但见过我二姨的"新派"婚礼。咔嚓！咔嚓！新娘新郎拉开明星架势照相。新娘一会红色、一会粉色、一会白色，新郎官又是长袍马褂、又是立领中山装、又是笔挺西服，令观者眼花缭乱。幸福像花儿在一对璧人脸上尽情绽放。

我二姨掉进蜜罐里。

头胎生了个千金,接下来是小少爷。徐家小少爷过"百日",方圆百里有头有脸的都请到且不说,百里之外,泰州、扬州、苏州、上海的至亲好友也派出重量级人物莅临,就连远在京城的熟人旧友都发来彩纸贺电,某某先生驾到,某某夫人入席,荒腔走板、此起彼伏。小少爷抱出亮相那一刻,全场像是按了暂停键,原本人声鼎沸的现场突然肃静鸦雀无声,众宾客齐刷刷看着这孩子:肤白如玉、睫毛浓密,红唇、大眼睛,白眼珠鸭蛋青、黑眼球棋子黑,定神时如清水、闪动时像星星。

这是第二个梅兰芳哦!亲眼看过梅兰芳《贵妃醉酒》《天女散花》《打渔杀家》,来自泰州的京剧票友说。江淮这一带人喜欢京剧,有钱的玩玩票串个角,时尚,梅兰芳祖籍泰州京剧世家,清光绪二十年(1894年)出生在北京前门外。台面上叫艺术大师,说到底还不是戏子一个!徐老爷不屑。

这是潘安再世吧!来自天堂苏州富人巷的嘉宾称赞道。潘安位列中国古代"四大美男"之首,千百年来,只要提起古代美男子潘安,可谓妇孺皆知,"貌比潘安"被视作对男性相貌的至高评价。何况,潘安绝对不是一副虚有其表的空皮囊,他还是一名出色的文学家呢。这个评价可谓射中靶心,一下子说到施老爷的心坎上。

小少爷满周岁。二姨、二姨夫带着小少爷由一帮下人陪护，包了一只花花绿绿的机帆船从老镇到海安，然后换车去如皋定慧寺还愿。

定慧寺始建于隋开皇十一年（591年），明万历三十五年（1607年）重建大殿和金刚殿，改山门朝北。二姨给二姨夫做讲解，一般古寺的山门都是坐东朝西，皇家敕建的寺院坐北朝南，而定慧寺的山门却坐南朝北，众多寺院中独树一帜，地势、河流使之然也。后来陆续砌建钟鼓二楼和藏经阁、禅堂、祖堂、斋堂等，寺山门正对玉带河，东临放生池，西南傍着玉莲池，平面布置呈一个回字形。好一个回字！二姨夫赞道。又总结归纳：楼堂环绕四周，宝座坐落中央，水环寺，楼抱殿。二姨读如皋师范学堂时常来定慧寺，一是离学校近，走走三五分钟；二是寺里一些和尚、管事的，有从东台三昧寺的启慧佛学院过来的，有些受过施老爷和太太的照应恩惠，因此对施家"二小姐"十分关照，隔三岔五，给"二小姐"备点擦酥烧饼、重油菜包、素交面、素烧卖之类的，打打素牙祭。

定慧寺大殿还愿，钟声雄浑，诵经声纯净悠扬。

次日清晨，二姨、二姨夫到定慧寺对面的"四海楼"，过"二人世界"喝早茶。如皋寻常人家最爱吃的早茶是烧饼、豆腐脑、盘水面，有大排盘水面、青椒肉丝盘水面、雪菜肉丝盘水面或者韭菜肉丝盘水面等等，当然，最上档次的要数"四海楼"的蟹黄包，传说三国时就有制作。先挑选新鲜河蟹，拆、剪、碾、轧、挑、刺，都有专门的工具,色香味俱全的蟹黄包端到食客前,需要十几道工序。与靖江皮薄汤多的蟹黄包不同,如皋"四海楼"的蟹黄包,面皮适中,胶质馅,货真料足,一只就占去大半个盘子。

二姨夫用筷头将蟹黄包皮子轻轻捅出几个小孔,散散热气,确定热度合适,朝小孔里滴上几滴镇江香醋,便将蟹黄包盘子轻轻推到二姨跟前。少爷、小姐由奶妈丫鬟管着,不影响新女性我二姨做校长。书香门第、家学深厚,又是科班出身,二姨不做校长谁做?谁说富不过三代,谁说女子无才便是德?款款登上如皋古城墙,远眺天边广袤的大地,二姨气定神闲:家里家外一切尽在掌握中。

孰料:天有不测风云、人有旦夕祸福。

小少爷刚学走路,徐四少爷的腿突然不能动了。四处寻医问药,首饰当出去,金条递出去,田契押出去,眼见小少爷满地跑了,徐四少爷的腿还是不能动。瘫了。有人说,徐家放过"印子钱",那些投河的、上吊的,拉扯着徐四少爷的腿不松手,徐老爷急火攻心撒手归天。只要小少爷在,没事的!没事的!二姨一遍遍说,声音压在喉咙里,不然,别人当她"祥林嫂",以为冬天里没有狼。

听说隔壁崔家公子从上海回来了,外公差人去请崔家公子,他早已从国立同济大学医学院毕业留校,多年不见,曾经的俊朗书生翩翩公子虽然略显沧桑,却更加健硕英气逼人。崔家公子说,民国二十六年抗战爆发,为求"一张平静的书桌",学校师生由上海西迁大后方,三年流离,六次搬迁，辗转浙、赣、桂、滇等地。直至民国二十九年落脚四川宜宾李庄镇，六年许，文化抗战继续办学诊治病患。抗战胜利，民国三十五年（1946年）7月医学院从李庄镇迁回了上海，这才能够回来看看。

同济大学医学院，前身是1907年（清光绪三十三年）创建的上海德文医学堂，资金来自中德两国捐款，董事会三个德医公会元老：宝隆博士（首任校长）、福沙伯（第二任校长）、福尔克尔；三名德国商人：莱姆克、米歇劳和莱纳；两名中国绅商：朱葆三（沪军都督府财政部长及上海商会会长）、虞洽卿（荷兰银行买办）；以及总领事馆副领事弗赖海尔·冯·吕特等。1950年2月，为支援湘鄂粤桂豫赣六省（中南区）医疗卫生事业，新中国的同济大学医学院由上海迁往湖北武汉，命名为"中南同济医学院"。

外公嘱托崔家公子去瞧下徐四少爷的腿，他拿出银票——大侄子漂泊在外诸多不易，这是做长辈的一点心意。崔家公子坚决不收，说，施老爷是晚辈的尊师，因施老爷当年严格教诲，晚辈的国学底子才能够不辱门楣。再者，这趟回来，小侄也想去看看"二小姐"，正愁缘由，我们自小一起长大情同手足。外公没看错，崔家公子是个重情重义的人。

尽管徐四少爷全程黑着一张脸，崔家公子全当没看见，给徐四少爷仔仔细细地检查，弄得一脑门子的汗珠。他用脸盆架上雪白的细纱毛巾，蘸了蘸黄铜盆里的清水，擦去脑门上的汗珠,说,可能是脑血管病变引起,也可能是颅内肿瘤,在上海和国外杂志上有过类似的病例,需要做进一步的仪器检查,最好去上海检查,可能要做手术,甚至要开颅。

二姨穿一件黑色绸缎旗袍,依然修身,依然亭亭玉立,依然如高山上的黑百合,沙漠中的曼陀罗那般美丽魅惑,只是,长长睫毛环绕的目光有些木然寡淡。徐四少爷瘫痪后,"施老爷"郑重地给"二姑娘"下旨:恪守妇道、莫负徐家。庄严、肃穆,像一块无形横匾悬挂于徐家正堂。二姨拿出银票,说,崔家哥哥,这是一点心意。崔家公子坚决不收,说,施老爷要给小侄银票,小侄都不敢收,怎会要二小姐的?再说,只是瞧了瞧,举手之劳,举手之劳,说着、说着,汗珠子又挂脑门上。

崔家公子前脚刚出徐府,佣人给徐四少爷端来中药汤,徐四少爷撑起身子,将碗连同浓浓的药汤甩了出去,青花瓷碗碎了一地,药汤差一点点就溅到墙上的那幅画,郑板桥的墨宝《兰竹》。二姨当初嫁到徐府,施老爷将这幅《兰竹》,还有楠木虎腿的书桌,一共二十四抬丰厚嫁妆,浩浩荡荡抬到了徐府。知道二姨喜欢这种"虎腿"式样的家具,徐四少爷便求徐老爷将新房里的红木或楠木陈设,全部换成这种新派的虎腿款。知道二姨喜欢郑板桥的诗书画,那时徐四少爷腿脚还利落,四处寻些郑板桥的墨宝藏好,遇上节庆佳日,拿给二姨做礼物,但是,徐四少爷知道,这幅《兰竹》依然是二姨最爱。

二姨父坚决不去上海"死也要死在徐府!"

二姨遂罢了。偶尔,逢徐四少爷心情好,用他北大中文系的底子,给小少爷讲讲《诗经》:"关关雎鸠,在河之洲。窈窕淑女,君子好逑。""昔我往矣,杨柳依依;今我来思,雨雪霏霏。"和二姨说说唐宋八大家:柳宗元、曾巩、王安石、欧阳修、苏轼、苏辙、苏洵、韩愈,他喜欢苏轼被贬到黄州任团练副使时发明的"东坡肉",肥而不腻、酥香味美。有时,和二姨聊聊才子佳人冒劈疆和董小婉的故事,还有北京"什刹海"冰面上燃烧的晚霞,温柔之中带有无奈。此时,曾经心高气傲的二姨便心满意足了,最起码屋里有个能说说话的男人。二姨父瘫痪十年。走了。

二姨梦见自己在一座石桥上,桥身高高拱起,凌空托在波上,桥洞一半沉入水中,冰冷的河风,敲打着她的肘和膝盖。二姨后悔:穿这么单薄来桥上做什么?背后的岸,人声喧哗看不真切,前面的岸,寂然无声看得分明:施老爷、崔老爷、徐老爷、徐四少爷……他们不是都去另一个世界了吗?

二姨挪了挪身子,想靠在石栏上喘口气,再赶赴对岸。喘了口气,她睁开眼睛,发现自己靠在床栏上,在一顶泛黄蚊帐里。伸手摸了摸,没错,是当年"陪嫁"的蚕丝帐,轻柔、细密、透气,世上没有第二顶!夏晒、冬藏,带一股樟脑味,当年在上海"霞飞路"定制的这顶高级蚕丝帐,像"施老爷"逝而犹在，常而恒迁的生命，罩在二姨头上。

夜深人静。二姨把窗户关得严严实实，以防雨水刮进来。寒风吹过西寺坝，卷走树枝上的枯叶，枯叶浸泡在雨水里，雨点被风驱赶着扑向已经关得严严实实的窗户。雨打芭蕉叶子？还是芭蕉叶子接住雨点？二姨和徐四少爷讨论过这个话题，未果。

夜里很冷。二姨好像掉进冰河里，徐四少爷跳进冰河，屏住呼吸，把她抱出来，拥在怀里。他让她先浮在水上，然后也浮在一旁，他们手挽着手就像当初热恋时一样，在子夜时刻的河流中，慢慢地让水冲走，随波逐流，直到转弯口，然后南下，直到海洋中最黑暗的地方。

当二姨醒来时，手里抱着一个枕头。感到口渴，她起来喝了杯热水，然后用一块绸布，或一团棉纱，擦起屋里的楠木梳妆凳，擦到忘我的程度。曾经，她坐在梳妆凳上，徐四少爷靠在她身后，那些金银翠紫，那些悄悄话碎碎语，让镜子里的二姨开成一朵艳丽海棠花。

这张楠木梳妆凳现在成了屋里唯一点缀。

三年困难时期，原本要拿楠木梳妆台换吃的，山芋、南瓜、黄豆，只要能填饱肚子，如果不是二姨急中生智，用一张普通脚凳替下这张楠木梳妆凳，施家陪嫁的二十四抬嫁妆，徐家那些雕花家具，就一件不剩了。眼见那些家具瓷器、田产房产、珠宝字画都烟消云散了，《红楼梦》里怎么说的？眼见他高楼起，眼见他高楼塌……

20世纪90年代，政府"落实政策"还给二姨徐家的一处房产，院内青砖铺地，经过上百年脚踏足踩，砖的颜色几乎褪尽，却依然锃亮。记得从前，院内有花坛、竹林、鱼池、石凳，雕梁画栋，古色古香，含蓄优雅，以为是进了"官宦人家"，多好的房子，才卖几万块，金山银山坐吃山空！母亲直摇头。当然，母亲也理解，二姨自有二姨的难处，"小少爷"年岁增长，让曾经气定神闲的二姨终日惶惶不安。

徐家"小少爷"，可惜没能接住"百日宴"上众多嘉宾美言吉语。快50的人，换了许多个岗位，现在穿一件蓝色卡其布中山装，戴一顶呢制帽，蜷缩在镇上的农具厂当看门人。好不容易说上一门亲，乡下姑娘，20出头，聘礼一万块，户口转到镇上，"不孝有三无后为大"，无论如何，徐家不能断子绝孙啊！二姨发誓。二姨祈祷。

如果不是"小少爷"，二姨真不知道自己能不能熬过这么漫长而艰难的岁月，一坎又一坎的，仿佛没有尽头。小少爷自小身子骨弱，有哮喘病，既不能冻着，也不能累着，每年冬天像过"鬼门关"。在小少爷面前，二姨与其说是母亲，不如说是个佣人，那种旧式佣人，双手垂下，随时待命。二姨带小少爷到上海看病，住虹口"崔二小姐"家。上海解放，"崔二小姐"随部队留在上海，这时，她的身份既是官，也是官太太。看崔家孩子胸前别着派克金笔，徐家小少爷闹着不吃也不喝，也要一支派克金笔，没法子，二姨只好当掉一只翡翠镶金镯子,是当年二姨父给她的"定情物"。

年龄在长,小少爷的行为举止和年龄没有同步。他一直像是个孩子,成人的袍服套在他孱弱的肩上显得那么不合身,幼年时代的种种记忆在他心中留下不可磨灭的印象,他还没准备好,成人世界就莽撞无礼地横插进来,让他惊慌失措感到无所适从,也无比愤愤然。他赶不上时代前进的步伐,只能勉勉强强拖着步子,摇摇晃晃、跌跌撞撞被时代裹挟着一路向前。

无论如何,二姨跟徐家好交代了。

二姨给她妹我母亲送来一篮红水煮熟的红通通的"喜蛋",娶进门的乡下儿媳给徐家添一男丁,徐家有后了,续上香火了。自古母以子贵,乡下儿媳转身就跟小少爷闹,嫌徐家这嫌徐家那的,已经不小的"小少爷"只得去"求"他母亲再去"上访",再去找人"落实政策"。二姨心急火燎过马路没注意,被自行车撞了,抬回家,快90的二姨,再没能下地。

二姨目光迷离神情恍惚,又梦见自己在一座石桥上。那座倾斜在水上的石桥,近日里,三番五次在召唤她,几乎每次遇到难事,这座石桥仿佛都在召唤她,要把她拉过去。二姨心里有数,天下没有不散的宴席,她知道,今天终于要走过这座石桥了,90岁的人了,该走到头了。嘿嘿——背后传来孙子的嬉闹声,"小少爷"的疯子姐姐却又在说疯话,不认徐家这根香火。

桥下水声潺潺盈耳。二姨像是骑在那座桥的脊背中央，"风呵，水呵，一顶桥！"背后的岸，追不到她，前面的岸，捉住了她，施老爷、崔老爷、徐老爷、徐四少爷……一干人簇拥着上桥来，把二姨拉扯到对岸。

女人如花，二姨到底像什么花？

细想，或许更像是昙花。

刹那间的美丽，一瞬间的永恒，昙花的美，是生命极致的绝美，只要自由绽放过，同样可以芳华绝代，永世流传。缘起缘灭缘终尽，花开花落花归尘，无论你曾经是玉叶金枝，还是野草闲花；无论你曾经倾国倾城，还是无人问津；无论你曾经辉煌荣光，还是默默无闻；在历史和时间的长河中，谁不似昙花一现？谁不是短暂的绽放？但绽放过，芬芳过，美丽过，就值得，就有意义，就问心无愧。

2013 年原稿

2021 年 7 月重写

下辑

我的英语启蒙老师

一

多少年以后，我依然清晰地记得站在 C 先生的小床前接受面试的场景。那一幕，在我的脑海里，不，应该是说在我的人生里，仿佛定格了许久，定格在那个年代，定格在那间小屋。

屋里，似乎只有小床前有一席之地供我立足。地上堆满了箱子，纸箱、木箱，还有皮箱。箱子上躺着书，大的、小的、薄的、厚的、翻开的、合上的。书上叠着物品，罐头盒、药盒、杯子、盘子、毛巾、衣物。大白天的，屋里开着灯，窗帘拉得严丝合缝，遮住了阳光，却挡不住窗外的蝉声一浪高过一浪"知了，知了，知了……"

我默默地站立在 C 先生面前，猜想蝉们到底"知了"什么？知道我在面试、要组一个啦啦队来呐喊助威？还是习惯了冒着炎炎热浪搞"知了"集会？因为面试，母亲连夜赶制了这件"礼服"——蜻蜓绿碎花圆领无袖衫。领口镶着白细布边，遮住我脖子下的两条细细的锁骨，有人说好看，有人说像是水深火热中需要拯救的非洲饥儿。肩膀处也镶着白细布边，伸出两条细长胳膊，紧贴裙子毕恭毕敬地垂着。这条藏青色松紧带腰裙，一年级加入"少先队"，也是母亲灯下穿针引线为我连夜缝制的。配白衬衫、戴红领巾，高唱中国少年先锋队队歌，举着小拳头在队旗下庄严宣誓"我们是共产主义的接班人"。

在距家仅百步之遥的"附小"幼儿园待了两个月,嘴唇涂红,跳跳蹦蹦,演了六只小白兔中的一只,我便升入"附小"一年级了。班上提前上学的还有一位,我同桌,吴家男孩,我俩都长得比较高,平日里看不出比别的同学年龄小。某日,因为几个"大孩子"挑唆,吴家男孩突然将我从座位上推倒,我当然予以还击。俩人扭打起来,从座位上打到课桌下,一直打到我麻花辫子炸开,完全忘了手臂上的两道红杠杠——少先队中队长。

哥哥姐姐们闻讯冲过来,我哥一巴掌将吴家孩子摆平。当时我们潘家军团相当有名,四个孩子都在念"附小",我大姐五年级,我哥三年级,二姐二年级。放学后,我和吴家孩子被老师留下"谈话",直至家长来学校接人,差点丢了手臂上的两道红杠杠。

市体校来学校挑选少儿体育苗子。做了几个劈叉,前滚翻后滚翻,后弯腰手落地之类动作,我被选入少儿体操班。拉筋、翻滚、跳跃,一遍又一遍,从来不叫苦;踢腿、跳跃、跑步,一趟又一趟,从来不喊累。不瞒你说,哈哈,不为别的,为的是训练结束后,能吃上一个香喷喷、肥嘟嘟的大肉包子。

体校找专家给体育"苗子"做预测。我父亲身高一米八,母亲一米六五,遗传加上各种因素,预测我将来起码长到一米七五。什么?一米七五!田径、游泳、武术、滑冰、球类，搞什么都行，就是不适合搞体操呀！唉，我的体操梦就这样被"砖家"无情地弄破灭了。月暗星疏，一步三回头，依依不舍别离少儿体操班，随之而去的，还有那香喷喷、肥嘟嘟的免费大肉包。

记得一年级入少先队时，这条藏青裙子长得拖地，像白雪公主的婚礼服，可惜没有小金童小玉女跟在我身后小心翼翼地拉着拽着裙角缓缓前行。母亲用同色藏青线将裙摆卷起好几层，才露出脚上簇新的黑布鞋。六年间，母亲将裙子一放再放，终于伴我读完小学。下摆本来卷起的那几层现在毫无保留全都放开了，裙长刚好遮到膝盖，露出两根干柴棍似的小腿。

尽管早已远离体操江湖，没成器的小徒儿我依旧按照师傅要求，小腿直立，大腿到膝盖并拢。铭记体操教练训诫，有问题的腿型主要有三种：一是X型腿，就是膝盖靠得比较近，两条腿呈现X型；二是O型腿，和X型相反，就是膝盖处合不拢；三是XO型腿，这种最常见，大腿到膝盖都能合上，小腿部分弯曲。小腿绝对不能弯曲。即使站着参加集会。

从班级、年级、校级到全市，甚至全国，似乎天天有小会，周周有大会，月月有集会。所谓集会，就是许多人聚在一起开会。

曾经，是多么喜欢集会，一个集会盼望着下一个集会。儿童节、国庆节、元旦、春节，都有游园集会。母亲给几个女孩子扎上漂亮的蝴蝶结，嫩嫩的粉红色，或明亮的湖蓝色，我们像一群破茧而出，美丽、自由的蝴蝶，先缓缓轻舞，然后闪动翅膀，在人海、花海里飞来飞去熠熠闪亮。

小学二年级。

"附小"庆祝建校60周年，从1905年（清光绪三十一年）到1965年。古人用"天干地支"来代表天象，进而发明了干支纪元法，干支以定时空，时空以定世界，"甲乙丙丁……"十天干与"子丑寅卯……"十二地支组合，形成六十甲子，六十甲子用以阐述天地人。1905年，以孙中山先生为首的中国有志之士在东京成立同盟会。同年，清末

作者（儿时）

状元、近代著名爱国实业家、教育家张謇先生倡导"父教育、母实业"的救国方略，创办了这所师范"附小"，立下"爱日、爱群、爱亲、爱己"八字校训。

近代史上，有座城市同时拥有七个中国第一：第一所师范学校，第一座博物馆，第一所纺织学校，第一所刺绣学校，第一所戏剧学校，第一所盲哑学校，第一座气象站。这座城，就是我的出生地——南通。

南通之前，潘家在南京、镇江、扬州……都落过脚，像我父亲这辈人，组织需要他们在哪里，他们的家便安在哪里，他们的子女可能出生、或生活在大江大河的任何区域。从能说话起，我们便在普通话和两种以上方言间自如、快速切换，以融入家庭、学校、朋友圈的不同场景。

也是小学二年级。

看电影《烈火中永生》才知道，地下党领导人许云峰的扮演者赵丹先生，也是从我们"附小"走出去的前辈校友。许云峰在就义前回答敌人说："我已经看见了无产阶级的革命在全中国获得了伟大的胜利，我感到了无穷的力量。人生自古谁无死，一个人的生命能够和无产阶级永葆青春的革命事业联系在一起，我感到是无上的光荣。这就是我此时此地的心情。"对着家里的玻璃镜子，戴着红领巾的我，学着将赵丹先生这段慷慨激昂的经典台词演了无数遍。

1970年的炎炎热浪里我小学毕业。

严格说，小学只"读"了两三年全日制，其余，被那些大大小小的"集会"和"活动"占据了。不管这小学毕业证书水分多少、含金量如何,个头蹿高了是真的——1米50几,体重30公斤。

30公斤?是的,没错。之所以牢牢记住30公斤这个数,是因为测体重的方式,有些无厘头。我哥从食堂大师傅那里借来一杆长秤,两个"高力士"各举一头,让我两手吊在秤钩上——"离地!"嘿,一斤不多,一两不少,整30公斤,好,出圈!我哥大声吆喝道。无厘头的事不单单测体重。这不,前几天的事,有人来找我母亲,说给医学院的C先生找个孩子学英文,冲冲晦气。

"冲晦气?"

我母亲给来人悄声传授:去找一颗干净的空鸡蛋壳,放些他的头发和指甲,摆到一个小碗里,倒入第二次的淘米水,淹过蛋壳。24小时后朝东边倒掉,蛋壳摔破、丢掉。或者,打盆水,泡入可除晦气的艾草、芙蓉,代表贵气的桂花,大吉大利的金橘,清洗全身。再者,在身上洒水,口念:一切因果与我无关,请从哪里来、到哪里去,急急如律令。不知何日起,我母亲也成了去晦气大师。

"哎呀,哎呀,都试过,试过,没见效。"来人摆摆手。C先生病得不轻呢,两眼老看天花板,成天不说几句话,没别的,就想找个孩子来学英文。C太太焦急,本人又不方便出面,说潘家的孩子知根知底,"就算帮帮C太吧!"来人紧紧握住我母亲的手。

众人眼里，C先生两口子属于"异类"。他们在家讲英文，昼夜24小时无中文插播，这是几个男孩子轮班守候，在他们家窗户底下"监听"24小时后得到的可靠"情报"。几年前，C先生被抄家揪斗，说是国际间谍，比电影《羊城暗哨》里的台湾特务更厉害，从遥远的美国潜回中国搞颠覆，原先在北京某科院，1957年"反右"后到了南通。我母亲不管别人说什么，她认定C先生两口子是好人，是"有学问"的好人，不多!

C先生半躺半卧在一张钢丝折叠小床上。

穿一件蓝白方格绒布衬衣，大暑天不嫌热，连领口的扣子都扣得严严实实。因为太靠近稍暗墙壁的缘故，整个人在灯光、箱子、书籍、杂物的衬配下，竟像一个舞台剧人物。他眼睛没再看天花板，似乎在看我，又好像不在看我，仿佛在看我身后什么遥远的地方。C先生轻轻嘟囔了一句。我没听清楚，或者说没听明白。"先生问你会讲英文吗?"C太穿一件天蓝色中式短衫，脑后梳一个爱斯鬏，面目清秀而眼神不可犯。我以为她说话的语调口吻应该是清脆或低沉的，没想到她的声音像母亲做的糯米团——很柔、很甜。

"Long Live Chairman Mao! Study Well and Make Progress.! Never Forget Class Struggle!"（毛主席万岁! 好好学习天天向上! 千万不要忘记阶级斗争!）我一气蹦出三句，相信这三句中式英文已经印在我们那代人脑海里、融化在血液中了。

当时小学并不开英文课，我鹦鹉学舌屁颠屁颠跟在我哥哥姐姐后头学了一些中学英文。

大概用力过猛，我忽然咳嗽起来。而且越咳、越猛，一时竟刹不住车了。喉咙口有异物感，似乎有些痰，这真令人发窘，这个当口上，到哪里去找"止咳糖浆"，或者是"祛痰灵"？C太找来半杯水让我喝下。我一边喝水一边努力抑制咳嗽，脸涨得通红，却觑见C先生像读一篇文章那样平静地看着我。同样平静的，还有我的两根干柴棍似的小腿，像是一对深深打入湍急河流里的木桩，努力支撑着，尽量纹丝不动。

忙乱一阵总算把咳嗽止住了。C先生又轻轻说了一句，眼睛好像依然在看我身后什么遥远的地方。"小四，你有什么爱好呀？"依旧是C太翻译。"哦，潘家的小四爱好还真不少，唱歌、跳舞、拉琴、打球，样样都会！"C太一边用手帕揩拭额头的汗，一边代我回答。她素净的面庞像一幅剪影映在墙上，恍恍惚惚仿佛从舞台剧进入到电影画面，配音响起："本来小四被文工团录取了，不容易，多少人羡慕，多少人挤破头想进都进不去，她母亲就是不同意。"

小学五年级。

正常状况我应该是小学六年级，因为患"脑膜炎"休学一年，所以我的小学同学有两拨，初小一拨，高小一拨，常常搞混淆了。那年"文工团"第一次大规模招人，一时间，江湖上各路高手抄起各色乐器，日夜兼程奔赴考场过招,那几年百业基本废了,唯独有个行当却相当火爆——吹拉弹唱。各式各样的文艺宣传队,从田野到车间,从营房到学堂,汇合成中华大地的巨浪热潮,其规模声势绝对不亚于后来的"下海潮"和"出国潮"。

考试主要三项:朗读或朗诵,唱歌,跳舞。我朗诵了大型音乐舞蹈史诗《东方红》第一场"东方的曙光":"黑暗的旧中国,地是黑沉沉的地,天是黑沉沉的天,灾难深重的人民哪,你身上带着沉重的枷锁,头上压着三座大山,你一次又一次的呼喊,一次又一次的战斗;可是啊,夜漫漫、路漫漫,长夜难明赤县天……"据说,从呼吸控制、声音送达,到咬字吐音、表演呈现,我都得了很高的分。

大型音乐舞蹈史诗《东方红》,1964年10月2日首演于北京人民大会堂,为国庆15周年献礼,3500名艺术家参与创作演出。1965年10月1日,由舞台演出摄制而成的中国第一部歌舞史诗巨片《东方红》上映,堪称中国电影史上空前绝后的伟大经典。至今清楚记得在文化宫电影院观看这部影片,震撼!震撼!原来,歌曲可以唱成这样百态,舞蹈可以跳成那样千姿,朗诵可以串起故事,故事可以连起历史。俨然是一场宏大的艺术盛宴,在我童年幼小心灵所掀起的波涛狂澜,大概是任何一部书、一台节目、一部影片都不可比拟的。

我是文工团录取花名册上唯一没去报到的。

"为什么?为什么施先生不让孩子去文工团?"C太扭

头问我。"我妈说我太小了,没到做工年龄。"母亲后面的话我从喉咙口咽了下去:如果去,小四的学历该填"小学肄业"了。

"哦!"C先生的眼睛不再隔空望远方,而是专注地看着我。他坚定地看着,我确定。那眼神倒非咄咄逼人使人难堪,却有一种不由分说的严肃,同样令我不知所措。他藏在镜片后的眼睛很大,我也确定。

二

C先生的英语私塾开讲了。

既没有学校开学的隆重升旗仪式,也没有店铺开张常有的放鞭炮舞龙狮,更没有交易市场开盘那样敲击铜锣。悄然、寂静、神秘,仿佛金庸武侠小说里,危难时刻大师给徒儿传授某部"秘笈"。

窗帘依旧拉得严丝合缝。从屋顶垂下一盏灯亮着,光圈正好罩住讲台。讲台,其实是一只大木箱,用来装运易碎品的那种木条箱。木条有宽有窄,缝隙有大有小。木箱上特意铺了一块崭崭新的蓝格子桌布,醒目、挺括、有棱有角,散发着浆水的清香。

和参加什么酒会音乐会重要仪式一样,C先生绅士般地换上了白衬衣,本白色,不是那种白得晃眼、探照灯似的白。他衬衣扣子照旧扣到喉咙口,母亲说过的,心静自然凉。尽管，外头夏日的阳光，正火辣辣地从头顶照射下来，大量而直接，让人于天地间无处可逃，铺了蓝格桌布的讲台，像天地间的一滴露珠，透出丝丝清凉。

我将辫子盘在头上，辫子长度正好可以绕两圈。那时"黄毛丫头"我可谓名副其实，头发黄就不说了，演外国人根本不用戴那些假模假式的假发套。而且，稀稀疏疏，盼星星啊盼月亮，头发好不容易长到小学毕业，两根辫子加一起，还不及我二姐的一半粗。唉，再说下去就要学"祥林嫂"拿衣襟擦泪了，你说，母亲同样浇水施肥，长出的庄稼咋就差别这么大呢！为了让两根可怜的、又黄又细的辫子盘在头上显得黑一点，粗壮些，着实费了小四我一番脑筋，此处不妨透露下"诀窍"：一是去找些黑线绳之类的，编入辫子，滥竽充数充充量；二是编辫子时手里要有数，松紧有度，太松不好盘起，太紧则成细麻绳了；三是用些小卡子支起盘在头上的辫子，有了立体感，自然显得粗壮、有型。

擦去脑门子上浸出的汗珠，我端坐在 C 先生侧面。准确地说，是端坐在一张躺倒的方凳腿上，感觉，是坐在体操房的单杠上，或马桶圈上。你们懂的，时间越久，越能明白受力面积大的分摊作用。幸好坐在类似的物件上，学生我有经验。

父亲有一辆永久牌自行车，记事起，我便经常坐在自行车的大杠上随父亲外出，某种意义上说，我是坐在自行车的大杠上长大的。这不,小学都毕业了,父亲依旧让我坐在自行车的大杠上,一起绕着美丽的濠河骑行兜风。迎面碰上几拨同学,都捂着嘴朝我笑,第一次,我感到有些不好意思,"爸,以后我坐车后头不坐大杠了!""为什么?"父亲有些惊讶。

从侧面看,C先生的脸颊略显乌青色。嘿嘿,肯定是刚刚对着镜子刮过胡子。父亲刮过胡子也这样,摸上去,像是摸在木匠打磨家具的细砂纸上,刺到手上痒痒的。可能灯光照射的缘故,显出C先生的鬓角全白了,据说人的头发从鬓角变白和睡姿有关,长期侧睡的,头侧部及耳前动脉血管被压迫,鬓角容易白。

父亲的白发不是从鬓角开始的。有一天,父亲挨"批斗"后又被拉出去"游街",我悄悄钻入人群跟在旁边。幼小的稚嫩的眼睛耳朵里,充斥着高帽子大牌子,还有无休止的呵斥谩骂拳打脚踢的嘈杂刺耳声,一次次有人倒地,一次次又顽强地站起……那时父亲四十出头,好像一夜间的事,就满头白发了。直到若干年后,只要听见游街示众的嘈杂声,听见有人喊口号打倒某某某,或是敲锣打鼓什么的,我那弱小的身子会不由自主地像筛糠一样抖个不停,根本无法控制。用老人的话说,我得了"抖抖病"。我学电影《烈火中永生》里的"小萝卜头",咬紧牙关,捏紧小拳头,努力让自己勇敢些,有时能起点作用,抖的时间短点。母亲带我去看医生,说是惊吓过度导致的需要慢慢调养。

父亲头发白了之后,母亲那些红红绿绿的衣裳,要么送到洗染店染成蓝的、黑的,要么下放给几个女孩子。英语私塾开讲,我身上穿的这件真丝无袖罗纹开衫,就是大衣服改小的,原先嫩嫩的水绿色已经晒得发白,也是本白色。

C先生翻看我带去的初中英语书。第一页是毛主席语录:"我们的教育方针应该使受教育者在德育、智育、体育几方面都得到发展,成为有社会主义觉悟的、有文化的劳动者。"小学四年级学校"复课闹革命",上课第一件事便是集体朗读背诵毛主席的这条语录。德育、智育、体育,贯穿我们这代人的学生生涯,是评选"三好学生"的出处和依据,也是这条最高指示。

第二页赫然写着我哥大名。穿衣用物,过去常讲,新老大、旧老二、缝缝补补给老三,这话其实也适合书本的循环使用。书是从我哥那里"捡漏"捡来的,所以带有浓厚的我哥个人色彩,比如在插图上再创作,给农民阿姨配上《钢铁是怎样炼成的》小说里冬尼娅的卷发和裘皮大衣;给工人叔叔梳一个《地道战》电影里汉奸小队长的"中分头"。寥寥几笔,自成一体,或者往业内靠靠,风格上更接近丁聪的漫画,笔法偏"硬"。

和父亲一样,C先生也有一双"复合型"的手。

金庸武侠小说,男人手型基本就三种:"力量型"铮铮铁掌敲山搅海;"书生型"修长玉指风花雪月;"鬼才型"

枯干长爪泣鬼喊冤。而《书剑恩仇录》里儒侠陈家洛,从外表看属于"书生型",一身文士装扮,为人处世温柔敦厚,颇有书生意气和文人风范,其实,飞檐走壁、射石饮羽、武功高强,只是不轻易展示而已,这就是典型的"复合型"儒侠。现实世界里有不少复合型儒侠的手,比如父亲握过枪的手,虽然修长白皙却力大无比。

按说人体器官里最能表达情绪的,是人的一张脸,喜怒哀乐、得意失势,都可以写在脸上。只不过,世态炎凉、雪雨风霜,脸有时成了面具。例如,有人见到下属,会摆出一张威严、稳重的脸;见到上司,会展现出尊重和恭敬的脸;而见到客户,又会转变成亲切热心的脸。因为脸布满了假象,久而久之,让位给了人体器官里的第二张脸——手。有时候,手比脸的表情还要丰富直露,还要诚实坦白。

C先生翻书的手停住,呈现一个问号?

某页,在英文Progress(进步)旁有歪歪斜斜几个字:普罗格雷斯,"普罗"底下又有一行更小的字:斗鸡眼堂倌!我哥的再创作!这个斗鸡眼堂倌我再熟悉不过了,系苏联小说《钢铁是怎样炼成的》里的一个小人物。我们这代人的成长记忆里,大概都嵌入了前苏联作家尼古拉·奥斯特洛夫的长篇小说《钢铁是怎样炼成的》,也记住了书中男主人公保尔·柯察金的名字和他的那段名言:"人,最宝贵的是生命;它给予我们只有一次。人的一生,应当这样度过：当他回首往事时，不因虚度年华而悔恨，也不因碌碌无为而羞愧；这样在他临死的时候，他就能够说：我已经把我的整个生命和全部精力，都献给了这个世界上最壮丽的事业——为了人类的解放而斗争。"但，好像没几个人能记住书中的小人物——斗鸡眼堂倌，可是我哥记住，我也跟着记住这个不起眼的小人物。

家中藏书不多。记得有一套伊林的《十万个为什么》，被我们兄妹几个翻得面目全非。该书用屋内旅行记的方式，对日常生活的许多事物制造有趣的悬念，给予科普性的答复。十九世纪初，一支军队斗志昂扬地走上圣彼得堡封塔河上的爱纪毕特桥时，桥身突然断裂。为什么？作者回答：

长桥（2021）

这是共振原理。实际上，大桥的静态承受能力完全可以支撑一支更大的军队通过，但是由于军队齐步走产生的力超过了它的静态承受极限，所以构成大桥的分子分崩离析，从而承受不起而坍塌，所以军队过桥时不能齐步走而必须改为便步走，避免引起共振。

读了圣彼得堡桥身断裂的故事，那段时间，每逢过桥，南通美丽的濠河上架着许多桥，最短的"长桥"，最妩媚的"公园桥"，最闹腾的"和平桥"，最适合我哥表演高空跳水的"启秀桥"，我总要停下，前张张、后望望，看看有没有大部队齐步走过，以防桥身突然断裂。

家中藏书多寡其实无关紧要，因为市图书馆就在"附小"对面，从家里过去做个"百米冲刺"便抵达。和"附小"一样，南通图书馆也是张謇先生一手创办的，于中华民国元年，即1912年，系中国早期公共图书馆之一。建馆时，张謇先生将自己藏书的大部分赠予图书馆，说，"与其给子孙三文不值二文的零卖，不如供给多数人去享受。"图书馆几经变迁，20世纪50年代迁至"附小"对面，请郭沫若先生题写的馆名，当时的馆藏，仅古籍书就有10万册之多。

图书馆进门，有一幢漂亮的二层洋楼。楼下阅览室，我知道，小孩子不能进入。沿水磨石露天楼梯上二楼，直奔借书处，去找"鼠叔叔"。常言道，天时地利与人和，缺一不可，图书馆的"天时地利"显而易见，而"鼠叔叔"

便是那个"人和"了。

"鼠叔叔怎么会姓鼠?"我们几个孩子经常讨论这个话题。当我母亲唤鼠叔叔"老鼠",而他又习以为常应答时,我们必须强忍住,才不至于笑出声来。当然,鼠叔叔的长相,和他那个稀有的、奇怪的姓氏没有丝毫关系。他不仅没有半分"贼眉鼠眼"样,相反,鼠叔叔具有那个年代电影男主的相貌和身姿,浓眉大眼,高鼻梁,五官舒展立体,身型高大挺直。

据说,鼠姓有两个渊源。

第一个源于"子"姓,出自商末周初鼠族。西周王朝建立后,周武王按照"四贤八俊"的位次顺序重新排定了十二生肖,以每人或名或字或号或形命名为十二属。由于鼠在亥子之际开始活动觅食,承转阴阳、抑暗拯明,而太师姜尚居功至伟,启灭商建周之肇,因此子牙为鼠,以子名之,排位十二属之首。十二属流传后世,演化为后来的十二生肖。至于第二个渊源,源于突厥族,出自唐朝时期西突厥阿史那部一个强悍部落——鼠尼施部落,以大鼠(貂、貉)为图腾,世居鹰沙川(今新疆开都河上游)。鼠叔叔究竟属于二者当中哪个呢?一直未解。

借书处和我那时经常进出的中药铺子一样,也是深紫色木柜带许多小抽屉,黄铜拉手,中药铺小抽屉上标着草药名字:党参、麦冬、五味子……,而借书处的小抽屉标的是书籍类别:文学、历史、哲学……拉开抽屉,里面都是小卡片，按照汉语拼音字母顺序排队。小卡片上有书名、读者名字，借书、还书日期，在人类进入电脑时代之前，图书馆都是这样用人工查找、记录的。

偶尔，鼠叔叔会让我们随他进入书库。一幢二层大排楼，立在图书馆的最南端，后窗正好对着我们住的院子。木制、铁制的架子顶到天花板，架子上摆放着各式各样的书，文学、历史、哲学、地理、数学、物理、化学、天文……有时，鼠叔叔让我们做"小雷锋"和他一起整理书籍。仔细看好，每本书都有一串编码，第一组代表科目类别，比如WX，是汉语拼音WenXue（文学）的开头声母，"都记得汉语拼音顺序吧？"鼠叔叔问。小学一年级的我，使劲点头如捣蒜。第二组是书籍类别，比如字典和小说是两个类别。第三组是序号，"这些阿拉伯数字，表示同一类别书籍的第多少本书。"鼠叔叔像一位幼儿园老师在讲课，通常，只有幼儿园的老师才会蹲下来给小朋友讲课。四十年后，当我主持某数据库信息化开发项目，竟然想起鼠叔叔当年在书库的这堂信息归类入门课。

阅读是潘家兄妹的共同爱好。那几年图书馆被迫关闭，我大姐和我哥，悄悄从熟人处，包括鼠叔叔那里借来书。兄妹四个约定，谁借来书的排在第一个看，其余的用剪刀石头布决胜负，"猜拳"排阅读先后。因为"僧"多书少，期限短，所以，不得不飞速阅读，一两天读完一本书是常有的事，囫囵吞枣总比没枣强对吧？

C 先生翻完我带去的初中英语书。

起身。他从杂乱的书架上取出一本又大又厚的书——《口腔解剖学》。我注意到，书的封面、立面、封底没有图书馆书籍的编码。"今天的课，先来认识一下我们每天吃饭讲话的嘴巴，学名叫做口腔。"C 先生开讲了。没想到，我念的"英语私塾"起始于口腔解剖学！口腔（oralcavity）是消化管的起始部分，前面借口裂与外界相通，后头经咽峡与咽相续。口腔内有牙、舌等器官，口腔的前壁为唇、侧壁为颊、顶为腭、口腔底为黏膜和肌等结构。C 先生的声音浑厚、铿锵，隐隐地听出口腔与胸腔的共鸣。他坐姿挺立，俨然对着上百人在讲授，完全忘了屋外有"监视"，屋里只有一个学生，一个小学刚毕业的孩子。

《口腔解剖学》终于讲完。

C 先生又起身。取书。这回是一本小词典。1888 年，由英国的斯维斯特倡议，法国的帕西和英国的琼斯等人完成，历史上第一个国际音标表，由 20 个元音、28 个辅音组成，掌握了这 48 个音标（音素）的发音并区别开，就能准确认读发声。"记住，绝对不可以给英文标中文！"C 先生指指我的书下禁令。

要注意观察发音部位的细微变化，特别是元音发音的舌位高低，因为口腔开口度大小与音色关系十分密切，可以通过照镜子来观察口型上的区别，观察舌尖、舌面、舌叶的活动情况，"明白了吗？""明白！"小学毕业的我，像小学一年级时回答鼠叔叔那样，又一次使劲点头如捣蒜。

英语私塾课每周两次，每次一小时。先复习，然后教新内容，词汇、句子、课文、语法、发音，作业量一次比一次大。C先生说语言系统开发得越早越好，越快越好，小学毕业的我，明摆着"早"是早不了了，只好用"快"来补救。

我趴在大木箱讲台上做英语课堂练习。

"练习簿谁做的？"

"我做的，很容易的。"

先将散落于旧练习簿的各种空白纸页裁下，凑到一起，用剪刀修修齐，拿锥子锥几个洞，麻绳线从这些洞里进进出出，东拉拉、西扯扯，弄服帖了，打上结，一本线装簿就出来了，对了，封面牛皮纸，是跟"南大街"杂货店要的，没花钱。我眉飞色舞、比比画画，给C先生介绍我的线装练习簿制作工艺，俨然也是对着几十号人在讲《手工课》。讲到末尾，我注意到，C先生的口型由元音e（哦）渐渐扩开，变成了元音a（啊）。随后定格在那里，像在医院里让五官科医生检查扁桃体。

三

C先生上课时，C太和许多人家的"女主人"不一样，她一不端茶，二不送水，自始至终坐在书架后头看书写字，没有一丁点的声响。"抄家"后,他们只有一间十多平米的屋子,书架将屋子隔成两个区域,两个属于他们各自的小天地。

外面是 C 先生的领地:书房、讲堂兼卧室。与其说书房,不如说是书库更为合适,只是不及图书馆鼠叔叔的书库归置得井井有条。在 C 先生的领地,大凡能够塞书的空间、角落、缝隙,都不让闲着,横七竖八随意摆放,就连脸盆架上也搭了几本书,脸盆却不见踪影。虽然书籍杂物塞得里三层外三层,C 先生取书的"功夫",那才叫神奇,和电影里的"狙击手"有一拼,山高水远、弹无虚发,总是一次性准确无误地击中猎物,从未失过手。

书架后头是 C 太的小天地:书房兼卧室。明显与 C 先生领地的风格迥异,倒也相映成趣。虽然窗帘拉得死死的,许是窗户朝南缘故,仍有一方光亮透过素色窗帘,正好照亮窗下的小床。小床被一块碎花图案的蓝印花布罩着,大概下面除了被子、枕头还有别的什么物品,试图将这些物品尽量抹得平整的蓝印花布依然有些起伏。床边有一张小书桌和一把椅子,类似老师办公室的配置,那种简简单单的样式。书桌上方挂着一面红木镶边的圆镜子,从镜子里看到,对面一整墙都是书架,被书和各种物品塞得快要撑爆,推推攘攘挤到屋顶方才罢手。

尽管仅五六个平米,因为一面红木圆镜,和小床上的蓝印花布,C 太的书房兼卧室,没有叫人喘不过气来的逼窄和压抑,相反,倒有几分温馨和惬意。

拥有一间属于自己的书房,是很多女性的梦想。

我母亲曾经有过自己心仪的书房,后来背叛封建家庭投身革命洪流,没了。再后来边工作边持家生儿育女,也没了。不要说自己的书房,就连选去政法大学"调干生"的机会也生生放弃了,这一直是我母亲"控诉"我父亲的"罪状"之一,也是职业女性我母亲的人生憾事。否则,秉承我外公"状师施老爷"的遗传基因,成为某领域的金牌律师也是说不定的。

著名作家弗吉尼亚·伍尔夫则幸运多了,她有自己的工作室,能单独阅读、思考、写作。在《一间自己的房间》

南通女红传习所(2021)

里伍尔夫说得很直白:"女人要想写小说,必须有钱,再加一间自己的房间。"我母亲在新女性前辈伍尔夫所言基础上,又往前进了一步,她认为,对新女性来说,拥有一份工作,或者事业,经济上自立,比拥有一间自己的房间,甚至,比拥有美满的婚姻更为重要,是女性真正的"立身之本"。所以,我母亲以工作为本,以家庭为重,忙里忙外,无论遇到什么艰难困苦都咬紧牙关,直至"离休"拿"红本"归家,才成为真正意义上的家庭主妇。

在我小时候,人们茶余饭后经常谈到一位女性——沈寿,好像在戏说某朝某代的宫廷秘史,因为每次添油加醋、添枝加叶的计量不同,从而生成不同的版本。有说她是张謇请到南通的"绣娘",也是张謇养在绣阁的"红颜知己",说者脸上满屏的弹幕"羡慕嫉妒恨"。终于,这种嫉妒恨喷发——"造反派"冲到南郊黄泥山沈寿墓地,掘墓地砸墓碑,仿佛是要化解心头的嫉妒恨。

沈寿的这个名字有些来头。清光绪三十年(1904年),江南刺绣名家沈云芝率一帮刺绣高手所制八幅绣品,敬呈慈禧太后七十寿辰,被称"绝世神品"。慈禧亲笔写了"福""寿"二字分赐余觉、沈云芝夫妇,自此,沈云芝更名沈寿。慈禧下谕旨,在农工商部设立女子绣工科,命沈寿为总教习,余觉为总管。由此,沈寿和余觉在北京开办了中国第一所公立刺绣学校,执教七年多。1911年辛亥革命后,农工商部绣工科停办,沈寿、余觉迁居天津,开设"自立女工传习所"。民国三年（1914年），张謇在南通创办女红传习所，聘请沈寿担任所长兼总教习。民国十年（1921年）6月8日，沈寿在南通病逝，终年47岁。

依沈寿遗嘱，未归葬其夫家祖坟。

民国十年7月7日，张謇作《地卷》："中华民国男子张謇，有地八十三方丈强，在南通黄泥山之东南麓，割为美术家吴县沈雪宦女士墓兆。"据说有三十二名杠夫抬着沈寿灵柩，瞿知事主持公葬仪式，张謇朗读祭文，并与嘉宾相继行礼，然后掩土，张謇致答谢礼。送走嘉宾，张謇待三层墓塘掩盖后筑起坟，向沈寿墓行三鞠躬而归。墓门上额刻有张謇楷书"世界美术家吴县沈女士之墓阙"，汉白玉墓碑正面张謇撰《世界美术家吴县沈女士灵表》，碑阴浅刻沈寿肖像一帧，上端有张謇题款。墓朝着沈寿原籍东南方向。难怪有人"羡慕嫉妒恨"，想想世间女子有几位，且还是有成就的职业女性，能让张謇这样的男子用情用心至如此地步？

C太没像往常在她小天地看书写字。虽然"讲台"之外的光线不甚明亮，虽然书柜做成的隔挡只留下星星点点缝隙，凭小四我的"千里眼"和"顺风耳"观察，C太躺在里面的小床上，不时地哼一声，尽管声音很轻，可我听得清清楚楚。

我用眼神询问C先生要不要去看看C太？

第一次，C先生假装没看见。他继续讲及物动词（vt.）

和不及物动词（vi.）的区别：及物动词可直接加宾语，不及物动词如果要加宾语的话，中间要用介词，而且不及物动词不能用于被动语态……第二次，许是我的眼神太过明显，C先生无法再装作看不见，"专心做课堂练习。"他轻轻地说。第三次，他用手掌贴在前额上，沉默几秒，然后继续往下讲。

好不容易熬到下课。

"妈，C太病了！"我冲进家门，端起母亲凉在桌上的一大碗薄荷茶，咕咚、咕咚——顺着C先生讲过的"口腔"喉咙口、食道壁，倒进胃里，顺手卷了一片薄荷叶塞到鼻孔里，醒脑安神。"C太怕是病得不轻呢，我听见她在里面哼。"我向母亲报告。母亲启动大脑应急系统快速下达指令："你去找Z阿姨，就是那天来家里帮C先生物色学生的Z阿姨，告诉她C太病了，赶紧！赶紧！"记事起，母亲的快速应急系统处理过家里的大事小事，仿佛一切都能迎刃而解。

"哦！"二话没有，我以百米冲刺速度冲出家门。

待返回，桌上新添一个搪瓷饭屉。底屉酱油汤葱花面，卧两个金黄金黄的鸡蛋。中屉是浓浓的米汤，表面飘一层细腻的米油，米汤性味甘平，有益气、养阴、润燥的功能，经常喝米汤对孩子的健康和发育有益，所以米汤也是我们婴儿时期的"牛奶"。上屉香油萝卜丝拌海蜇，切得细细、碎碎的，晶晶亮。我使劲咽下不断涌向嘴边的口水，带薄荷味。

"小四,赶紧给C先生拿过去,当心,别摔着!"母亲吩咐道。"哦!"我一边咬馒头一边拎起饭屉。

C太发高烧了!Z阿姨找人来给C太打了针,留下药片。C太眼睛半开半合,样子似睡非睡,一会从左翻到右,一会又从右翻到左,像是喝过烧酒,素净白皙的脸变得通红。C先生呆呆地坐在小床边,像狼山顶上庙里的一尊雕塑,雕塑的眼睛也是通红的。我小心翼翼地搬动雕塑的两条腿,由两个印刷体的I搬成两个斜体的I,然后钻到小床底下搬出一只洗脸盆,拿脸盆到院里接水,母亲说过,凉水降温。

月亮出来了。

门外监视C先生的人不见了,满天的星星!

我把湿毛巾敷在C太额头,连带眼睛也一块蒙上。一会功夫,冷毛巾就热了,再换上一条冷毛巾,C先生依然像一尊雕塑一动不动,任由我做这些。"阿宝,是阿宝回来了吗?"C太突然抓住我的手,我知道,她烧得糊涂了,把我当成他们独生女儿阿宝。

有一回,母亲发高烧,父亲要去开会,说会议很重要,"非去不可!"那时候,父亲的会真是多,哥哥姐姐都去上学了,只好把母亲交给我这个学龄前儿童。母亲也是烧得糊涂了,把我当成父亲,抓着我的手,一遍遍叫着父亲的名字,一遍遍嘱咐"后事",说舍不得丢下这一串孩子,说要穿玫瑰紫色绸缎棉袄,外面要罩"萝卜丝"羊皮袄,因为去往天国"路上"冷，吓得我浑身发抖，泪如雨下。

现在，C太也紧紧抓着我的手，一遍遍地说舍不得丢下C先生和阿宝。C先生无助地望着我，嘴角在不停地抽搐，努力不让泪水滴下来。"妈，好好休息，放心，我给爸弄面条！"我只能假装是阿宝，泪水滴在C太的手背上。也许我的泪滴是什么仙方合剂，也许是我那一声"妈"的神奇功效，C太渐渐安静下来，不再说胡话了，慢慢地沉沉睡去。"Papa, Have noodles！（爸，吃面条！）"我搀起C先生，忘了在"祈使句"里用Please（请）。

转眼到中秋。

"晚上提前开饭！"母亲小时候练过京剧"老生"腔，嗓音洪钟似的，穿过厨房噼噼、啪啪的煎炒声，传出老远还清脆响亮。

"晚上出去看月亮吗？"二姐踩在一张小板凳上，正伸着细长脖子摘扁豆，扁豆烧芋头，我们家中秋晚餐桌上必备菜，浅绿或紫色的扁豆攀在葡萄架上，和黄花绿叶纠缠在一起，让屋前这架母亲搭的凉棚显得更加缤纷厚实。

"不去了！C太让小四晚上过去喝茶。"母亲答。本来，母亲想请C先生夫妇晚上来家吃饭，"不了，不了，不方便。"C太连连摆手。"不方便？有什么不方便的？C先生不是'解放'了吗？知识分子就是毛病多！"母亲完全忘了自己投身革命洪流前做过老师，也算是个知识分子。她边说边用两根长筷子翻动锅里的藕饼。藕饼啊，我的最爱，不怕烫嘴，一口气能吃五六个。

　　此时，我们家已从"5排"搬到"西院"。搬家前，母亲和父亲大吵一顿。为了不让左邻右舍听清楚他们嚷嚷的"台词"，我将"红灯"牌收音机调成高音喇叭格式，不停地播放祖国各地大好形势，还有歌曲《大海航行靠舵手》，想用高分贝的广播和歌声盖住母亲"老生"式的洪钟大嗓门。"阴间，你是要把我们送到阴间去！"没见过母亲气成这样，脸色煞白、煞白的。

　　父亲慢条斯理地说，孩子们都少男少女了，卧室间数够多最重要。那处白墙黑瓦平房，面积不小，稍加改造，除去客厅饭厅，可以有父母的、我哥的、我和大姐的、我二姐的卧室。但房子东西朝向，日照时间短，这在其次，关键是，那房子隔壁说起来够吓人的，做过实验室的"尸体池"，我哥先遣部队实地勘察过，仔细闻闻还能嗅出福尔马林药水味。其实我父亲早已"解放"，照理说有更好选择，但，"先天下之忧而忧"的父亲说自己是"城墙上的稻草人，说倒就倒。"父亲一声不吭该干嘛干嘛，由着我母亲去演"喜儿"控诉"黄世仁"，演得天昏地又暗。末了，父亲点评："阴间？死人堆里爬出来的还怕这个，想想开，总比流落街头强！"

　　当然，事实证明，比流落街头强百倍。那时食物稀缺凭票供应，几个孩子正在发育长身体，对母亲而言，有没有一间书房已经不重要了，当务之急是让一家人吃饱，且尽可能吃得好一点。职业女性我母亲摇身一变成农妇，靠北墙拦起一块地，秉承"南泥湾"精神开荒种地，头上顶一块破毛巾进进出出，种菜栽花养鸡养鱼，渐渐地，这里有了画报上苏联农庄的腔调。

"小四早点过去吧，别叫 C 太等着！"

母亲催了好几回，我才慢慢吞吞拎起饭屉，里面装着藕饼、月饼，还有柿子。在 C 先生院子门口停下，距"约"的七点钟大概还有二十几分钟。

C 先生家所在的院子是一个放大了的四合院，方方正正，东南西北均为二层楼。院子的大门开在正南方向东侧，据说是根据八卦的方位，正房坐北为"坎宅"，如做成坎宅，在东南方向开门财源不竭，金钱流畅。一楼高出地面有一两米，木柱、木围廊、玻璃门、水磨石地，由民国时期某官署改成的医学院宿舍，大部分人家分到一上一下两大间。比如住北房（楼）的薛家，四个儿子住一楼，兼饭厅，楼上他们的父母住，摆两张扶手沙发兼做会客室。C 先生夫妇住南房一楼。

我望望北边，看看南边，瞅瞅院子里，瞧瞧脚底下。跟中国人"一寸光阴一寸金，寸金难买寸光阴"一样，外国人的时间观念也很强，Time is money!（时间就是金钱！）他们不喜欢浪费别人时间的人，不欢迎不速之客，约会要准时到达，失约是非常不礼貌的，C 先生讲"Making Appointments"（安排约会），同时也教我英语国家的一些礼仪。想起有些叔叔伯伯来我们家，想来就来，推门就进，坐下就吃饭，有时还住下，父亲还挺高兴，话也多了，"来，喝酒！来，吃菜！嗨，都是一块从死人堆里爬出来的，喝！"

屋里弥漫着浓浓蛋糕香。

跟C先生学英语四个月了，头一回闻到屋里有人间烟火气！香味来自一个小钢筋锅，搁在一个绿铁皮煤油炉上，C太正弯腰在煤油炉上烤蛋糕，纤细的手，套在一副棉手套里。大木箱上立着蜡烛，闪着红红的、暖暖的烛光。C先生拉开窗帘，月光一下子泻了进来，蛋糕、月饼、藕饼、柿子，我像是走进童话世界里，亦真亦幻。

"Happy Moon Day!（中秋快乐！）"

我随他们举起酒杯，抿了一小口红酒，哦，酸酸的。

"记得吧，亲爱的，1950年，我们在海上过中秋？"C先生看C太的眼神变得很柔和。"从美国坐船回国，阿宝才6岁，这么高，白白的，像个小天使，蹦来蹦去，海上的月亮比在陆地上看更大更圆。""月光洒在一望无际的海面上，特别、特别漂亮。"他俩你一言、我一语，穿越时光回到20年前，回到半是童话、半是神话的世界里。

"给小四看样东西！"C先生从一个牛皮纸信封里掏出一张照片，有些发黄了，"考考小四，看看能不能找出我？"C先生朝C太顽皮地眨眨眼。在乌泱泱一片黑色燕尾服里，我指向管乐区的一个小号手："C先生！"

"Sure？（确定吗？）"

"100% Sure！（百分百确定！）"我夸张地用手做了一个抹脖子动作，意思是用脑袋打赌。

"哈哈，小四居然能认出我？哈哈！"泪水在C先生眼眶里打转。照片上的C先生才20岁，是美国西海岸某名校管弦乐团小号手。我没敢告诉C先生，眼前的C先生，沧桑得像是照片上英姿勃勃小号手的爷爷。但，有一点，他的眼睛没变，还是大大的，亮亮的，干净、坚定。

"对了，你看，月亮、月饼、藕饼、柿子，都是圆的。圆代表圆融，表示圆满，也代表对外在环境的一种巧妙适应。自秦以来，钱币都是外圆内方形状，圆有周而复始的意思，代表天体星辰之流转；方是方正，代表内在行为的准绳是刚直的，是刚正不阿，留得正气冲霄汉。"我似懂非懂地听着，那时小，哪能悟出C先生讲的哲理含意？

"对了，小号音色强烈，明亮、锐利，极富光辉感，是铜管族中的高音乐器，既可奏嘹亮的号角声，也可奏优美而富有歌唱性的旋律，比如威尔第的《阿伊达》，柏辽兹的《幻想交响曲》第四乐章……"英语课又成了音乐启蒙课。C先生仿佛是醉了，一会说小号，一会说方圆。

四

中秋后不久，是个礼拜天，我送C先生和C太到南通港,先乘班轮去上海,再换火车去杭州,他们被"批准"回杭州探亲。

在我小的时候,南通在坊间有个别名——"难通"。为啥?套用《垓下歌》西楚霸王的"虞兮虞兮奈若何"名句,多少也兴叹"长江,长江,奈何兮?"望江兴叹。那时候的长江,在我眼里就是大海啊!宽阔,浩瀚,一眼望不到边。某个角度,某种意义上,南通人像是生活在一座大岛上,仿佛只有班轮将我们和外面的世界相连。那时候,南通最宽的柏油马路是人民路,而人民路最热闹的地方是它的最西头,公交4路终点站——南通港。

我搀着 C 先生裹在密密匝匝的人群里,时不时看看 C 太有没有落下,感觉自己像是电影里勇敢无畏的地下"交通员",受组织委派,掩护进步人士"转移"。码头广场,人来人往,摩肩接踵,人声鼎沸,下船的,买票的,接人的,候船的,做小生意的,踏三轮车的,还有倒卖船票的,形形色色熙熙攘攘。不知是久不出门,还是担心有人"跟踪",C 先生和 C 太始终是低着头。

进入候船室。挑担的,提篮的,奶小孩的,乱哄哄地挤在一起。许是久没见这喧闹嘈杂的场面了,他俩更加手足无措,听由我跑进跑出,找位子,打开水,打听放客登船时间。那时候,东方红客轮在南通港起泊,通往上海、南京、武汉……

南通到上海的客轮原来一天只有一班,上午 10 点南通开航，下午四五点到达上海。上海是晚上10点开航，早晨五六点到达南通。不知是那时的城市安静，还是因为小孩子听力好，尽管我们家不靠江边，可是，记忆里，我常常在轮船的鸣笛声中读书、玩耍，也仿佛是在鸣笛声中醒来。后来南通到上海增加了一个下午班，下午4点开，晚上10点左右到达上海。许多人到了上海码头不下船，给两块钱，继续睡在自己的铺位上，等到第二天早晨5点起来下船，看看亲戚，逛逛南京路，再乘晚上10点的班轮睡一夜回南通。若逢春运，客轮不够用，就将货轮改装下，在甲板上立起几根柱子，用帆布挡一挡，地上铺一些草包，作为加班船运送旅客。如果班轮和加班的船同时到达码头，一些船只好在江中游来游去"等档"。

登船时间到了。

先走一段通道，再走一段栈桥。

江边风大，他俩都穿上了风衣，C先生是灰绿色，C太的米黄色。可能是风衣的缘故，C先生一下子显得很酷很洋气，派头十足，刮得干干净净的脸颊迎着早晨九十点钟的太阳精神焕发。也可能是第一次见他俩穿风衣，而且双双将风衣衣领立起，我越看越觉得，悄悄说一句，确实像电影里的一对"国际间谍"，而且是资深的、身手不凡的那类。

我走在他俩中间。

穿着母亲让我换上的新装——墨绿色的灯芯绒上衣，

没想到和C先生夫妇的风衣色调不谋而合,如此协调,俨然一家三口的出行装扮。一反之前的慌乱无措,他俩腰板挺得直直的,像搀小孩那样搀着我的手,唯恐我失散在奔跑的人群里。小时候,也这样,我夹在父亲母亲中间,"一、二、三!"他们突然拎起我从"长桥"或"公园桥"上飞奔而过,透过桥板间隙,下面的河水看得清清楚楚。怕万一失手从间隙里滑溜下去,我吓得号啕大哭,他们却哈哈大笑,母亲笑得直揉肚子,欢乐无比。

可是,可是已经不是小时候,我已经小学毕业上初中,个头快要赶上C太了。而且,变戏法似的,大姐被送去北京集训三个月,回来见我头发吓一跳,母亲浇水施肥的这块稀稀拉拉的庄稼地,怎么突然变成一片茂密的希望田野?蜻蜓飞、百谷鸟叫,"黄毛丫头"终于长出两条黑油油的辫子,一左一右,欢快地甩过来、甩过去。

"两个星期就回来,也是礼拜天,小四好来接我们。"

"布置的作业好好做,回来要考试的!"

停在船舷边,C先生不停地叮嘱,我不停地点头如捣蒜。"呜——呜——"汽笛拉响,感觉像一支庞大的军乐团在送巡洋舰远航,雄壮、嘹亮、荡气回肠。"轰隆隆——"准10点,东方红客轮启航,我站在岸上挤在送别的人群里,踮起脚尖,使劲伸长胳膊,朝依旧立在船舱外的C先生和C太大声喊:"再见——再见——"

两周后接船,扑空,没接到C先生夫妇。

接下来六天，放学后第一件事，便是飞奔过去看 C 先生家门上的锁开了吗？没有。"是不是 C 先生夫妇又请了一周假？"母亲推测，去问那位 C 太的熟人，也说可能的，这么多年才回杭州一趟不容易。

三周后。礼拜天。接船。还是扑了空！

母亲这下着急了，左手用蓝格手帕擦着额头沁出的汗珠，右手拿把大蒲扇不停地摇动。连一向遇事冷静、天塌下来先将肚子填饱的父亲，中餐吃了半碗米饭便放下了筷子。父亲神情凝重，无论如何，要母亲悄悄去找医学院的某个负责人问个究竟。

好不容易挨到天黑。母亲和我刚出院门，一个熟悉的身影在路边梧桐树下，影影绰绰。我以为这几天神经绷得太紧出现幻觉了，努力睁大眼睛朝梧桐树走过去，没错！确实是 C 太！

"C 先生没了！"

C 太一字一顿，嘴角不停地抽搐。深秋月光斜照在 C 太脸上，像打了一束银色舞台追光，照得 C 太的脸色越发苍白。外面风平树静，C 太的身子却像一棵狂风暴雨中的小树，不由自主地在摇晃、抖动，幸亏抓住母亲的手。"没了？" C 先生一个大人怎么可能走丢了？

不对呀！C 太的普通话四声和电台播音员说得一样标准，她没用第二声没 mei，而是用了第四声没 mo。没 mo？《新华字典》对"没 mo"的解释，一是隐在水中，比如没入水中；二是漫过、高过，比如水没了头顶，庄稼都长得没人了；三是把财物扣下，比如没收赃款；四是终，尽，比如没世，指一辈子；五是同"殁"，即"死"。

"死？"我不禁一怔。胸膛里好像突然窜出无数只水桶，而且是多处漏水的桶，七上八下撞击着跳动着，而且越跳越快，我的心简直快要跳出喉咙口。

在天目山峰顶！

C先生非要看天目山的秋色，说天目山的秋色是天庭落下的一杯"鸡尾酒"，黄里透红、红中染绿、绿中渗幽。上了天目山，C先生又非要上天目山脉的主峰清凉峰，海拔1787米，说是30年没上峰顶了，再不上就上不了了！到了峰顶。C先生朝西遥望黄山，天下第一奇山，说真想再去泡一泡黄山温泉，"知道吗？亲爱的，黄山原名黟山，传说轩辕黄帝曾在那里炼过丹，所以改名黄山。"这丹那术，没能让皇帝们万岁万万岁，却无心插柳，开启中国化学的先河，造成火药的发明。

C先生朝东远眺钱塘江，说如果中秋回来，就能赶上钱塘潮。海潮到来前，远处先呈现一个细小的白点，转眼成一缕银线，伴随阵阵闷雷般的潮声，白线翻滚而至，几乎迅雷不及掩耳，汹涌澎湃的潮水已经呼啸而来。潮峰高达3—5米，后浪赶前浪，层层叠叠，万马奔腾，排山倒海，所以诗云："钱塘一望浪连波，顷刻狂澜横眼前；看似平常江水里，蕴藏能量可惊天。"

在人生出发的地方，C先生遥望当年那个西湖少年，和曾经的钱塘勇士相逢，百感交集，情不自禁地吟诵岳飞的《满江红》："怒发冲冠，凭栏处、潇潇雨歇。抬望眼，仰天长啸，壮怀激烈。三十功名尘与土，八千里路云和月……"此时，C先生仿佛和岳飞合为一体，也怒发冲冠，也仰头长啸，也壮怀激烈！杭州、波士顿、京城，一幕幕在眼前回闪。

忽然，C先生说胸口疼，话音刚落竟倒下。

C太大声呼救，喊破嗓子才喊来一个采药的好心人，急忙下山去叫救护车。救护车来了，只能开到半山腰，没等上担架，C先生就没了声息，有一颗很大、很大的泪珠从他眼角滑落。天空中，一片片金叶纷纷落下，天庭落下的一杯"鸡尾酒"，黄里透红、红中染绿、绿中渗幽。

C太默然合上眼睛，大大地吸了口气，很久，才吐出来。"怎么是这样？怎么会是这样！"母亲掏出手帕不停地擦眼睛，看看天上，月亮忽明忽暗，星星也躲躲闪闪，眨着忧伤的眼睛。我合起双眼，又使劲地睁开，不知道自己在梦里，还是在真实世界里。"也许C先生只是昏迷过去？我不是也曾昏迷七天七夜又醒过来了吗？"

小学一年级，第二学期。我在教室里突然头疼得厉害，脑壳前后左右哪儿哪儿都疼，简直脑袋要炸裂，老师找来我二姐，她三年级，让她陪我回家。我疼得连走路的力气都没有，和我一般高的二姐只好背起我，摇摇晃晃连背带拖将我带回家。她去办公室找母亲,母亲出去办事了。又去找父亲,父亲正忙着开会要讲话,说让小四睡睡就好了。

幸好母亲当晚回来发现我不对劲,马上送我去"附院"急诊室。途中,经过菜场附近白家园,我好像醒了一下,听见我父亲母亲的讲话声,还有我哥哥姐姐的急促脚步声,之后就不省人事。不等"附院"化验报告全部出来,有些指标症状已经很明显了,母亲执意立刻送我去"传染病"医院,并且不管不顾,披上白衣大褂随我闯进"重症病区"。

我患了脑膜炎。脑膜炎、白喉是我们这代人小时候的传染性重疾,死亡率高达98%,即使活下来,基本都有后遗症,影响智商发育,后来有了疫苗,这些病差不多都绝迹了。手臂、双腿,静脉输液已经无法进行。只好在我脑门上强行戳针,脑门上的针眼很久以后才慢慢消失。我母亲整宿整宿不合眼,怕我脑袋乱动,七天七夜,母亲没离开"重症病区"一步。用药过猛毒副作用明显,我的肾脏给打坏了,出现尿血,医生劝我母亲,说没救了拔针吧!否则施先生也拖垮了!母亲说有呼吸就有希望,坚决不让拔针。

许是感动了上苍。

第八天早晨,我恍恍惚惚醒来。醒后第一件事,不是叫爸爸妈妈,也不是喊"我要读书",像是电脑死机后重新启动,我看着屋顶数数字:1,2,3,4,5,6,7,8,9,

10……直到100,我母亲欣喜若狂,抱着我嚎啕大哭。可是同病房的两位病友就没我幸运了。一位说要小便,坐到床边小板凳上就停止了呼吸,另一位半夜里裹着白被单被抬走,母亲用身子挡着不让我看,其实我看得清清楚楚。

如果那晚我也裹在白被单里被抬走?如果生命在小学一年级戛然而止,我没(mo)了?大概就不会有后来的种种际遇,当然,就不会做C先生英语私塾的学生了,我有些恍惚。

"也罢,也罢!C先生一直想叶落归根,这下遂愿了。"C太苍白的脸上想挤出一个微笑,结果有两滴晶亮的泪珠,滴落到胸前黑马甲上。C先生说过,一般人不会意识到自己正缓缓地向死亡过渡,正慢慢地走向死神,若在生的方面费力太多,就难以死得顺利,必须一点点换挡,生与死,在某种意义上是等价的。C太异常平静地,像在诉说一件理所当然的平常事。

C太说,这一路上,C先生一直在说小四,比说阿宝的次数还多。西湖僻静处,他模仿小四高喊中式英语口号:Never Forget Class Struggle!(千万不要忘记阶级斗争)然后学小四咳嗽,哈哈,哈哈,笑得直不起腰,说小四不去文工团委实可惜了!还说小四叫过他爸爸,真的!真的!那天C太发高烧昏睡,小四喊他:Papa, Have Noodles!(爸,吃面!)

杭州西湖,他久久伫立在康熙行宫文澜阁前,C先生像

杭州西湖（2019）

是自言自语，又仿佛是有什么预感前兆，说，如果有一天，叶落归根走了，他想把藏书，还有小号留声机，留给小四。所以——C太沉默了一会，又对母亲说道："施先生，小四也是C先生遗产继承人，希望您能帮我完成C先生遗愿。"母亲默然。有些意外，更是惊愕。

第二天黄昏，太阳通红通红的，将母亲和我的影子在地上一会拉得很长，一会又拉得很短，像两根皮筋在太阳公公手里拉来拉去不肯松开。母亲穿了一件黑薄呢外套，让我换上那件墨绿色灯芯绒上衣，三周前送C先生和C太到南通港穿过的。母亲从红皮箱里翻出一条白色绸缎围巾给我围上，这是我人生中第二次去祭拜逝者。

第一次是小学同学傅家。在搬到"西院"前，我们家和人民公园相邻，那时的人民公园是全城人民的露天游泳场,每到炎炎夏日,单位组织、或自己去那里游泳,至今清楚记得父亲将我驮在背上,奋力向前划水的情景。但是,每年夏天,总有一两个孩子在那里不幸给"落水鬼"拖走,比如我小学的同班同学傅家女孩。和我们这些直接穿裤衩背心下河玩水的小女孩不同,傅家女孩穿一件大红色松紧带泳衣,非常醒目。

闻讯前去傅家的人将她家门口围得水泄不通。男的、女的、老的、少的、认识的、不认识的,都来了,隔老远,就听见女孩母亲尖利的哭声。"作孽,作孽啊!傅家就这么一个宝贝女儿!"好多人在抹眼泪。女孩父亲红着眼眶和我母亲握手:"谢谢,谢谢施先生!"曾经白皙、鲜活的傅家女孩,相片已经套入黑框里朝我微笑,台子上点着蜡烛,还有鲜花和几样点心。

又一次走进 C 先生家的院子。

门口静悄悄。屋里也静悄悄。没有遗像,没有鲜花,没有蜡烛,好像什么事都没有发生,C 先生的钢丝小床收起靠在墙上,以腾出地方装箱打包。C 先生的女儿阿宝正往大木箱里塞东西,那只木箱,曾经是 C 先生英语私塾的"讲台"。阿宝,短发,戴一副白框眼镜,给我的印象,有点像当时经常见报的令多少人羡慕崇拜的名人——给领袖当翻译的王女士,比王女士稍稍高大些,总之,和我想象中的阿宝不大一样。

"啊!这是小四?怎么还是个孩子!"

阿宝一口京腔,不是 C 太那种标准的普通话。琢磨了一下，我才明白，阿宝的意思是，小四还没发育好？又或者，小四还没长大啊？嗯，可能的，那个时代的孩子普遍发育晚。阿宝看上去异常冷静，脸上没有丝毫悲伤的痕迹，也可能是将悲伤隐藏得深，化悲痛为力量，就像电影里的那些"地下党"。大木箱里，躺着 C 先生的小号和留声机。

"藏书、小号、留声机，还有别的，小四一件都不能要。无论如何，C 先生已经给小四太多东西，都是无价之宝终生受用。"母亲代我婉拒 C 先生遗产。C 太、阿宝和我母亲争执了很久。无奈之下，母亲退了一步，同意我拿一件物品作为纪念。我毫不犹豫拿了那本《英语小词典》，感觉 C 先生对我点头赞许微笑。恍若昨天，C 先生先给我讲《口腔解剖学》，然后从书架上取出这本小词典，教我英语启蒙音标发音。母亲给 C 太带去一条绸缎被面，玫瑰紫色、龙凤呈祥图案，这之前，我一直以为绸缎被面只用于喜事。

母亲让我对着大木箱跪下，磕了三个头。

我走到外面，蹲下身，双手捧起一把沙子，又让它从指尖慢慢滑下，反复多次。我一边感受这些冷冷的沙土，不均匀地从我指缝中流失，一边回想最后一次握住 C 先生手指时的情景。C 先生教授我英语的点点滴滴，暖暖的，如涓涓细流，从我幼小的心间润过。润我的，不仅仅是英语启蒙，还有许多，许多。

2014 年旧稿
2021 年 4 月修改

南大"陪读"记

一

南京汉口路22号南京大学（1978）

1978年2月。

寒风中的我，穿一件藏青色中式棉罩衣，围一条米灰色毛线围巾，套着肥大宽松的绿军裤，扬着青春无敌的笑脸，带着父亲母亲溢满天空的《欢乐颂》，神采飞扬意气风发迈进南京汉口路22号——南京大学校门。

左手，有一只军绿色帆布大旅行袋，袋里有母亲为我精心准备的衣物，塞得严严实实；右手，拎一个大网兜，兜着粉底红花搪瓷脸盆，盆里有热水瓶、搪瓷水杯、书籍等等，装得满满当当。手上的这些物品加起来有几十斤重，若在今日，几步路走下来，恐怕胳膊肘子都要脱臼了。可，对于一个刚刚经历过"战天斗地"的铁姑娘小知青来说，实在是小菜一碟、一碟小菜啊。一夜间，小鱼小虾跳龙门，小知青变成大学生，我都不敢相信是真的，恍恍惚惚感觉像是明代戏曲家汤显祖《牡丹亭》中女主角杜丽娘还魂在梦游，只是这校园里还没姹紫嫣红开遍。

几个月前，准确说，是1977年9月，我从高音喇叭里听到我们国家要恢复高考的"重大新闻"。那时没手机，也没电脑和互联网，电视机极少，收音机也不普及，许多重大消息都是通过遍布城乡大街小巷、麦场牧场操场的高音喇叭，定时转播中央人民广播电台"新闻和报纸摘要节目"告诉全国人民的。这消息，像是一声惊雷平地起，石破天惊像我这样，已经做了工人、农民、解放军，或其他行业工种，累计十三届数以百万计的高中（中专）毕业生。慌忙找来报纸，将这则消息逐字逐句，连同标点符号都没放过，从头到尾仔仔细细念了一遍又一遍。

将信将疑："这消息是真的吗？"

"是的，是真的！"

压抑不住的兴奋和激动，不亚于1970年4月24日听到我国第一颗人造卫星在太空中奏响《东方红》音乐旋律时的欣喜若狂。不瞒你说，即使这消息是真的，正在农村接受贫下中农再教育的我还是有些恍恍惚惚感觉不真实，整个人仿佛有一种飘飘乎，庄子梦蝴蝶，还是蝴蝶梦庄子？在做白日梦的感觉。

本来一门心思全部志愿都是报考医学院。我母亲希望她小女儿成为林巧稚那样的妇产科专家，一个救死扶伤的"医生女英雄"，况且，母亲又补充，荒年饿不死手艺人，日后不管遇上天灾还是撞到人祸，做个手艺人总归是稳当些。小四胆大心细，记忆好，体力好，有耐心，沉得住气，将来是个呱呱叫的外科医生，"白求恩式的好医生"，父亲终于表态了。父亲的老习惯，一边搓麻绳、一边思考问题，大概是经历过"战争与和平"的千锤百炼，不轻易表态，深思熟虑后才掷地有声。总之，无论是父亲指向的"白求恩式"，还是母亲推崇的"林巧稚式"，所有的靶向都是：医学专业。

可是，鬼使神差，一定是鬼使神差！

这"鬼使神差"四个字出自元代关汉卿剧作《蝴蝶梦》："也不是提鱼穿柳欢心大；也不是鬼使神差。"清代曹雪芹《红楼梦》第四十九回也用过："正是呢，这是一高兴，鬼使神差来了这些人。"人这一生，在某个当口，好像是有鬼神在支使着一样，让你不由自主不自觉地做了原先没想到要做的事。

考生材料转送前一天，我"鬼使神差"瞒着父母找到招生办，有位母校"文理班"的曹姓学长在招生办做事。我母校南通师范简称"通师"，是中国第一所民立师范学校，由清末实业家、教育家张謇先生于1902年创办，20世纪70年代，我在"通师"读了五年，可惜兜兜转转直至21世纪，才被人们尊称为"潘老师"。找到这位学长，赶在高考填报志愿截止日期最后一天，我将"第一志愿"改成南京大学中文系，当时并没有意识到，在人生的十字路口，"鬼使神差"一个小小的改动将意味着什么。

被幸运之神眷顾，我被大学第一批录取。

录取第一志愿：南京大学中文系。

30年后，我在上海出席电影《高考1977》首映式，当影片再现我们77级考生从四面八方步入考场的历史画面，坐在上海影城观众席里的我，情不自禁地流下了眼泪。那是整个民族的一次"诺曼底登陆"，不是一般的激流抢滩，中国教育史上十三届高中（中专）毕业生同台竞技，全国570万考生，大学第一批录取率不到2%。如果你平日里注意浏览官方平台发布的任职"公示"或辞世"讣告"，当事人的身份，有行政职务，有专业职称，有的人，还有一个字数较多的身份，叫做"恢复高考后的第一届大学生"，我喜欢这个永久性的身份。

一条汉口路，将南大分成北园教学区和南园生活区。北园植青松，南园有松林，一年四季古苔绿。当年，明朝最高学府南京"国子监"曾在校园里广植松柏，以校景、校物、校园陶冶学生，期许学者文人具备坚贞挺拔的品格。松为南京大学校树，遗存的明朝松树在民国早年视为南大象征。近800亩面积的北园，借助自然地势起落规划有序

恢复高考后第一届大学生（南大中文系77级）

建造房子，由北而南顺坡而下：北大楼、东西大楼、大礼堂、图书馆……这些明清时期的老青砖、琉璃瓦、宫殿式建筑，经过雨雪风霜岁月尘沙，虽然褪色了，却有一种庄重苍凉的美，一种沉稳又不失锋芒，谦虚又不失筋骨的骨气，一种沉静而儒雅的风范。

中文系一年级有九门必修课：形势教育、哲学、体育、英语、写作、现代汉语、语言学概论、专题讲座、文学概论。教哲学的那位女老师，她丈夫恰巧是我父亲旧友，有时礼拜天邀我去他们家"便饭"，穿过北园后门外的小道，小山坡上有一些南大教师宿舍。到了上哲学课，我有意回避老师视线，假装不认识，坐得远远的，不是避嫌，是人贵有自知之明。关于哲学，我肚子里的那点存货，仅是熟读《矛盾论》《实践论》，知道康德、黑格尔，至于柏拉图、亚里士多德、笛卡尔、尼采、罗素、萨特，几乎没听

教学楼

说过。我认认真真地记下这些如雷贯耳的名字和天书般的术语、要义,并没有意识到,我即将面对西方哲学浪潮在中国的风起云涌,即将迈入的八十年代,西方哲学大师在中国比现如今网上直播带货的明星还要火爆。

形势教育课通常在教学楼一楼大阶梯教室。77级文科几个系的学生济济一堂,那时,南大文科系列只有"四大金刚",即最最基础的"文史哲"加上外语系。至于后来的经济系、法律系、管理系等,甚至于再后来的众多学院,或在这"四大金刚"根茎上逐步派生,或新增加发展出来的。我们这届,各系只招1个班,每班30—50人,所以大部分同学脸熟。阶梯教室形势教育课,一个个如饥似渴专心于求知,没人开溜,没人打瞌睡,没人玩手机,当然,那时还没有智能手机。曾经的工人、农民、解放军，曾经的机关职员、在校学生、中小学老师，机缘巧合，碰上科学春天，相聚在知识大旗下，相信知识就是力量，相信知识可以改变命运。

匡亚明校长有时亲自讲形势教育。

人多到大礼堂都挤不下了，许多学生站着、或蹲在校园高音喇叭底下听实况直播，不用像现在上课"打卡"，不用发手机"定位"截图，只是喜欢听匡亚明校长讲课。他完全脱稿，古今中外、校里校外侃侃而谈，脉络清晰要点明了风趣幽默，身高近1米9的匡校长说一口吴语普通话，却讲出了京腔的抑扬顿挫。

小时候，从我父母口中就听说过匡亚明校长，一位令父母尊敬和自豪的共产党人。他1924年参加革命，说实话，那时比他更老资格的共产党人，我只是在银幕上、小说里见过，他比银幕上、小说里的革命英雄传奇人物更为神奇。1929年他被中共特科红队误认为叛徒而遭枪击，那颗射向他的子弹从口中射入，穿过脖颈险而未死！在白区工作时，曾四次被捕，受尽酷刑，1937年被营救出狱。十年动乱时期备受迫害，1978年复出，再次担任南京大学党委书记兼校长。

人们喜欢谈论民国时期的大学校长。北大校长蔡元培就职，对学生讲话，"大学生当以研究学术为天职，不当以大学为升官发财之阶梯。"至今依然切中时弊。后来，蔡

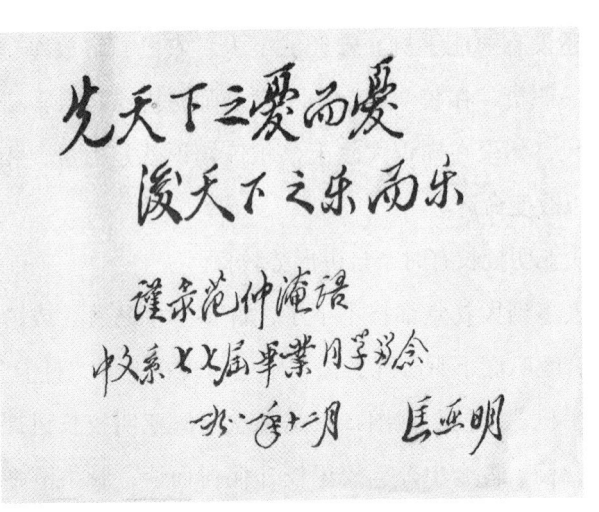

匡亚明校长手迹

元培校长又提出了"十六字箴言"：囊括大典，网罗众家，思想自由，兼容并包。仅两年多时间，他就把一个"官僚养成所"改造成为中国的"精神圣地"。杜威评论蔡元培："拿世界各国的大学校长来比较，牛津、剑桥、巴黎、柏林、哈佛、哥伦比亚大学等，这些校长中，在某些学科上有卓越贡献的不乏其人。但是，以一个校长身份而能领导那所大学，对一个民族，对一个时代，起到转折作用的，除蔡元培外，恐怕找不出第二个。"

蔡元培、傅斯年、张伯苓、梅贻琦、蒋梦麟……这些民国时期中国最牛的大学校长，后后辈我只能景仰，只能遥望。所幸，我在南大亲历了新中国最牛的大学校长之一匡亚明校长的治学和育人，有时我从柜子里翻出匡亚明校长签发的、我的南大毕业证书，一种穿越岁月打磨、发自心底的自豪感悠然升腾，真的要感谢当年的那一念"鬼使神差"。

匡亚明校长在南大留下许多故事。

比如起用陈白尘先生担任南大中文系主任。著名剧作家陈白尘先生被称为"中国的果戈理"，1930 年参加中国左翼戏剧家联盟，十年动乱时被诬为"叛徒"。匡亚明校长甘冒风险，于 1978 年聘"尚未有结论"的陈白尘先生担任我们中文系主任。系里开欢迎会，陈白尘主任就讲了两句话，一是很高兴来南大中文系，二是请各位老师同仁多帮助。他声音平缓，表情平和，有着范仲淹在《岳阳楼记》里所述，中国传统儒家士大夫的那种"不以物喜，不以物悲"。想象中，这位写出《结婚进行曲》《升官图》《幸福狂想曲》《乌鸦与麻雀》等话剧和电影的人物，这位前中国作协书记处书记，应该有一番幽默风趣的演讲，连记金句的小本子我都准备好了。如果你知道匡亚明校长和陈白尘主任的这段往事，再看后来活跃在戏剧影视创作和研究领域的领军人物不乏南大"军团"的身影，也就理解了。

大一升大二不久，系里通知我去一趟。

北园一大片蓝灰色基调里，闪现出惊艳的一团红，眼见这团红在快速移动，比"万绿丛中一点红"的对比度更为强烈更为耀眼。这团红，来自我脖子上的大红羊毛围巾——母亲就着夜灯织给我的过年礼物。软软的，暖暖的。之前我有一条米色围巾，母亲用了许多年，知道我在农村

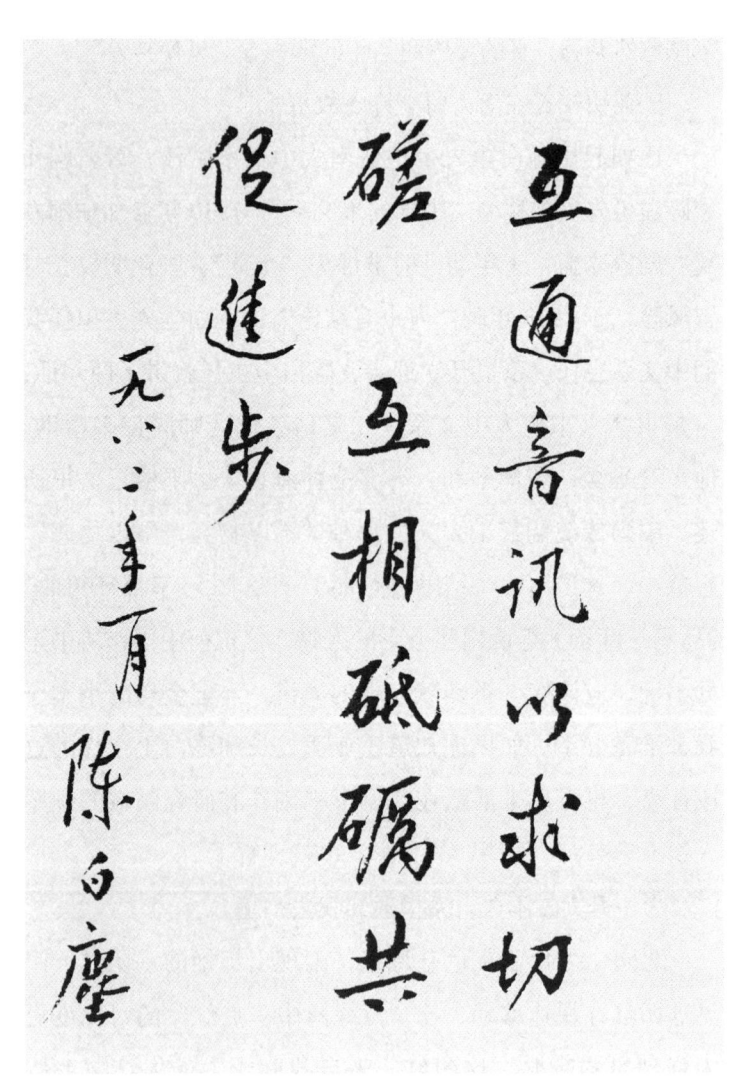

互通音讯以求切磋 互相砥砺共促进步

一九八二年八月 陈白尘

陈白尘主任手迹

冬天下河挖水库,拿给我遮风挡寒。一年前,那条米色围巾已经褪色成米灰色,围着一张经过日晒雨淋、红扑扑的脸蛋,兴奋地飘进南大校园。现在,这张红扑扑的脸蛋越来越白皙,被红围巾衬托得白里透着红。

快步经过西南楼。大二增加一些选修课,必修课比大一少了两门。除去体育课,其余六门必修课——政治经济学、英语、古代汉语、现代文学史、古代文学史、历代文论选,通常都在西南楼。这幢建于1954年的砖木混合仿古建筑,檐角飞翘、祥云精致,由南大建筑系教授杨廷宝设计。西南楼一直很火,很早就要去抢占座位的。

学校规定,晚上图书馆8点半关门,教学楼9点熄灯,宿舍楼10点拉闸。之后,同学们在昏暗路灯下,臭烘烘厕所里,或打着手电在被窝里继续苦战。有人发现西南楼竟是灯控盲区,于是,一传十、十传百,西南楼里乌泱泱挤满了苦读者,头悬梁锥刺股,甚至通宵达旦。苦读、苦读、再苦读,恨不得一分钟拉成两分钟走,一天当作两天使,恨不得把所有知识都装进脑子里,把失去的时间夺回来!在一个为了金钱可以不要命的时期之前,曾经有一个为了知识可以不要命的年代。

北园西墙根。有幢黄灰色的小洋楼隐在茂密树林中。南大中文系办公楼乍看和六朝古城南京的许多小洋楼别无二致,无非是门廊、圆柱、壁炉、木楼梯,夕阳抹在外墙上,留下斑驳树影。都说南大是个有故事的地方,直到

1998年美国前总统布什先生探访，这幢小楼才平地起雷、名声远扬，原来，这是诺贝尔文学奖获得者、美国作家赛珍珠在南京的故居，已百年了。

赛珍珠是南大又一位传奇人物。

她生在美国，4个月时被当传教士的父母带离美国开始"漂泊"，在镇江生活十八年后，她"漂"回美国。大学毕业后，她又"漂"回中国，1921年她随丈夫到了南京，在南京大学前身——金陵大学教英文，在这小楼里住了十多年。

南大中文系办公楼

在这里备课、缝纫、写作、聊天，轮廓分明的脸上，那双深陷的蓝色眼睛，从窗口眺望远处的紫金山，有一层淡淡的哀伤藏在眼底。在这里，她写出了处女作《放逐》，还有后来获得诺贝尔文学奖的《大地》。这位"大地之女"想靠岸，但不知该靠哪一岸；想降落，却发现自己是只"无腿的鸟"。瑞典皇家学院称赞她的作品赋予西方人一种中国精神和弥足珍贵的思想情感，"正是这样的情感，才把人作为人类而在地球上连接在一起。"尼克松总统称她是"沟通东西文明的人桥"。细想想，古往今来，那些留学生、旅行者、商人、使节，其实都是"沟通东西文明的人桥"。

"鬼使神差"，有座"人桥"正等着我。

系里安排我从南园"八舍"搬去留学生宿舍"陪读"。南大留学生大多申请中国学生同屋"陪读"，一来帮助学习中国文化，二来房租减半，那时留学生房租每月每间人民币90元，相当于我们中国一个大学毕业生两个月的工资。如果某留学生身边经常走着一个中国同性，请不要误会，基本就是他（她）的中国同屋。传闻历史系的一个学姐（工农兵学员），毕业后自费去加拿大留学，就是她的加拿大同屋帮她申请奖学金，为她做的经济担保，这在国门尚未开放的1978年堪称是一桩奇事。

"只是——这个法国留学生已经换了几个同屋。"

分管留学生工作的王老师欲言又止欲说还休。停顿。八个十个休止符。又说，"你去试试，应该没问题！"她在我肩头温柔地一拍,好似伴着琴音、踩着鼓点的一个戏曲动作。王老师40岁左右,白皙,丰盈,声音发闷,步态轻盈,是南大有名的昆曲票友——旦角。

据说旦角嗓音有三种类型。第一种,宽亮嗓音,声音宽亮响堂,但不易持久,比如名家梅兰芳、荀慧生、张君秋都是宽亮嗓子。第二种,"立音"嗓子,音色较窄,高低音音色一致,但很持久,比如梅葆玖先生到现在还能演出,而且嗓音还那么甜。第三种,是闷嗓子,声音发闷,易挂味不易响堂,程砚秋先生是闷嗓子类型,所以程派唱腔韵味浓郁,越听越爱听。王老师应该属于第三种:闷嗓子。

地上黄灿灿的枝条上,先于绿叶冒出几簇迎春花,金黄色染点红晕,正迎风摇曳。也许是在农村广阔天地"大有作为"过,我对迎春花十分留意,百花之中,数这迎春花开得最早,花后即迎来百花齐放的春天。且不畏寒威,不择风土,天南海北,坡地灌丛,池边田野,都能生长。

留学生宿舍在南园西南角。

几幢民国时期灰砖仿古建筑,大屋顶古朴典雅,四合庭院静谧安详。一楼公共活动区:阅览室、乒乓室、淋浴室。二楼住男生,三楼是女生。悄无声息。像是步入另一个世界,外面北风呼呼,里面却温暖如春。全封闭,有暖气,楼道里隐约飘浮着香水味,味道不同于"八舍"夏天驱蚊弥漫的花露水味。

开门进去。没人。左边，有一张木制单人床，灰色床褥，床前有把椅子，上面随便搭了几件衣服，书桌、书柜、衣柜，用品不多。右边，也是床、书桌、书柜、衣柜，等着我来填空。转身，猛然发现"她"就立在我身后。

金发碧眼，素面朝天。上身灰灰的毛衣，下身旧旧的牛仔裤，脚上运动鞋难辨其色，风尘仆仆，好像从很远地方来。但是，深蓝的大眼睛，分明是两湾结着冰的小湖，透出逼人的寒气，都说眼睛是心灵的窗口，经历过十年动乱的人能从"寒窗"里读出这种寒气。

有本时尚杂志，把法国美女归为五类。

其一，前卫型，大黑眼圈，假长睫毛，染各色头发，耳鼻唇舌各穿几个洞。其二，时髦型，一点点夸张、一点点英气、一点点妩媚，想紧跟时尚又不想失去分寸。其三，乡村型，垂两条细长小辫，小碎花或格子布连衣裙，让人联想乡间欢快奔跑、无拘无束的野姑娘。其四，清纯型，不施粉黛，学生打扮，肤色明净，身材干练，穿的是不显山不露水的牌子。其五，流浪型，一年四季，永远围一条百搭不变的大方巾，粗麻布衣裤，大头鞋或运动鞋。她们素面朝天，风尘仆仆，好像从很远的地方来，又仿佛不知道往哪里去。她们像是乞丐，又像是搞艺术的，也可能是某大学学生。看着她，我似乎有点醒悟。猜想，我的法国同屋可能也许大概属于"流浪型"美女。

二

  小时候，听家里老人讲，人这一生啊，遇见什么人，碰到什么事，都是命中注定的。人与人之间关系什么时候亲，什么时候疏，都有一只看不见的手在拨弄着间距尺寸，拨弄着你我他，都有"定数"的。迷信！迷信！我扭过头坚决不信。

  有时候，仔细想想也并非没有道理！

  要不，人海茫茫天地悠悠行走其中，我和这位法国留学生，本来，一个在地球的东，一个在地球的西，八竿子打不着的两个人；一个黑头发黄皮肤，一个金头发蓝眼睛，从我没见过面的高祖父、曾祖父、祖父，到我父亲、到我，"五服"之内，包括外围表亲，以及七大姑八大姨，都跟我这位法国同屋家族没有任何关系，非亲非故的，怎么就住到一个屋檐下一间屋里了？

  那时候，从六朝古都南京，到诞生了《国际歌》的"巴黎公社"，对我而言，其路遥远，其道艰难，简直比去天涯海角还要"难于上青天"，仿佛是，穿越地心走到地球的另一边。尽管我们小小年纪起就胸怀祖国、放眼世界，经常引用"四海翻腾云水怒，五洲震荡风雷急"这样的豪言壮语，或作为中小学作文的开头，或当成是一副春节对联贴在大门上，但对地处欧洲大陆的巴黎，说实话，遥不可及。

尽管遥不可及，高考"历史地理"差点就满分的潘同学，习惯性地在脑子里做做题：如果从南京到巴黎？有几个选项？向西走，要横跨欧亚大陆，遥遥几千公里，若有好事者乘船向东走，要横穿太平洋、巴拿马运河、大西洋。若是向南行，须绕道马六甲海峡、印度洋、苏伊士运河、地中海。若是向北飞，将跨越白令海峡、北冰洋、大西洋。嗨，也就是人们常说的"坐而论道"，纸上谈谈兵，潘同学那时的眼界和脚步尚未走出江苏和上海地界。

行李从"八舍"搬来留学生宿舍很快收拾妥。被褥铺到单人床上，我想将小碎花棉被叠成小时候学过的四四方方军营被子的模样来提提神壮壮胆，叠过来、叠过去，折腾来、折腾去，终是没成"四四方方齐齐整整豆腐块"，唉，遂作罢。汉语字典、英语辞典、几本笔记簿放到靠窗书桌上，余下的几样日用品、书籍、换洗衣服都摆放到书柜里。护肤品，只有一瓶当时女孩子常用的"雪花膏"，孤零零地守在书柜上，等着潘同学早晚洗漱后"垂爱"抹一次。不知是那时脸蛋小，还是抹得薄，还是"雪花膏"货真，或许是，太精贵舍不得用，总之，一瓶"雪花膏"可以抹一个学期还有富余。

至于"雪花膏"大家族的那些显亲贵戚们，什么去尘、去油、祛痘的洗面奶，什么香草、玫瑰、茉莉花精华露，什么防紫外线、防电子波隔离霜，什么遮斑、遮痘、遮皱纹粉底霜，什么"今年二十明年十八"的各种高科技眼霜、面霜、身体霜，统统不见踪影。即使用后来大行其道的极简主义者的眼光来看，那时大学生的学习和生活用品都称得上是"极简"到家了。

我独自对窗发呆。

忽然有些怀念"八舍"寒热交替的"门厅"。中文系我们这届总共招收 50 位学生。9 朵金花，1 朵是南大外文系某教授的千金，她住家里，也在南园，那种民国时期老房子二层楼，其余 8 朵都开在当时南大唯一的女生宿舍楼——"八舍"四楼的一间屋里，左边 4 朵，右边 4 朵，各自在属于自己狭小的天地里竞相绽放。

"花房"真的不大，四张桌子面对面摆放，两人合用一张，紧密相连由窗口铺开。上下铺共四张床八个铺，我的床铺，进门左手第一个，下铺，紧挨着门，金花们进进出出、开门关门都得经过我的床铺，我近乎住在"门厅"，夏天一股股热浪，冬天一阵阵寒气。

上铺是北京应届高中毕业生 C 君，比我小一岁，全班最小的"金花"，短发，戴一副白框眼镜，运动会跑 800 米我们班靠她拿名次。另一位"眼镜女"Z 君，戴深色框架眼镜的金花，从祖国的边疆广西考来南大，是我们班的文娱委员。看过音乐故事片《刘三姐》："唱山歌来，这边唱来那边合，山歌好比春江水也，不怕险滩弯又多喽弯又多……"知道"壮族三月三"是唱歌祭祖的"歌仙节"，Z

君虽不是壮族，但身材苗条四肢柔软，舞跳得好，据说她姐姐在歌舞团跳芭蕾舞《白毛女》里的"喜儿"。

下午打过照面后，我的法国同屋再没露面。

其间却有过五六次敲门。不用我起身，只需喊一声"请进！"房门便被推开，闪出一位、或几位，或男或女、或高或矮的外国留学生，都是找我法国同屋的。我想像自己是那位打着黑领结、戴上黑礼帽的侦探福尔摩斯，推断：一是法国同屋经常在屋里；二是法国同屋交友甚广；三，或许来者是想看看这个法国同学又换了一个什么样的"中国同屋"？到底是好奇心驱使还是有"打探"任务，不去研究追究了，潘同学还有繁重的学习任务要完成。

其间去了一趟洗手间。布局和八舍一样，也是外间洗漱里面如厕，但明显要比八舍干净整洁多，简直可以用"窗明池净"来形容，总之，没有臭烘烘的味道。除此之外，我始终坐在窗前头悬梁锥刺股般地苦读，像长在椅子上的一尊活化石。说来话长了，这是潘同学我的童子功——坐功。我们家兄妹四个，数我的坐功了得。还不会用语言表达心理学大师马斯洛分析的、人的五层需求最底层基本需求时，我外婆抱我在怀里，她一言不发，我一声不吭，一坐就是半天，不是看天空云卷云舒，而是看楼下人流潮起潮落，有人走过来，有人走过去。

后来会说话了，父母亲抱我在怀里，有人找他们谈事，一谈就是半天，有人刚出去，有人又进来，我瞪着一双大眼睛也是安静无语。再后来"停课闹革命",教室里乱哄哄的,孩子们追打跑闹做什么的都有,我自岿然不动,坐在自己座位上依旧不挪窝,透过乱哄哄的嘈杂声,专心听学校广播传达这个指示那个号外,听老师声嘶力竭的喊话,居然还能一字不落地做笔记。

窗玻璃结着雾气,窗外朦朦胧胧。

打开桌上日记本,竟想起战斗过的广阔天地。那个年代写日记相当普遍,类似于互联网时代写微博发朋友圈,有些日记满篇"心得体会",随时准备展示;有些日记句句"豪言壮语",时刻准备登台演讲。我的日记很琐碎,记平日生活的一些枝枝叶叶,带点文学色彩,比如人物对话、细节故事,类似于创作"小素材"。笔下人物,并非那个时期推崇的"高大全",可能有男有女,可能出口粗言,可能溜奸耍滑,可能吃了碗里看着锅里……

某日,记下田间发生的一场"闹剧"后,我顺手写道:"哦,这就是贫下中农呀?如果不来接受再教育,真不知道!"许是好奇,许是相中我箱子里某件物品,一位知青室友撬开木箱,偷看我的日记,由此"偷窥"上瘾,之后,竟然更多人加入。哪里会想到,其中有位"火眼金睛"的发现了我日记里对贫下中农的"攻击言论"。我的日记被送至有关部门,很长一段时间,那些"有关部门"虽不是一个实体单位,却是个很厉害的关键部门。

相比那个时期若干"日记门"事件里的男主或女主,

我要幸运得多,只是被"停职劳动"。所谓"停职",就是不做"笔杆子"了,不在文艺宣传队跳跳唱唱了,不在大型集会上风光无限地讲话报幕了,往日那些抛头露面的事,突然间都烟消云散了。所谓"劳动",就是纯粹地干体力活,孤独地埋头苦干,一天不说三句话地苦干,周围变得安静,冷寂,生活变得单一,孤独……

早晨六点广播准时响起。教室前,操场上,道路旁,只要能站人的地方,大家一起来做广播操。我从"日记门"里惊醒,几秒后,回过神来,意识到此刻不在农村广阔天地,而是在留学生宿舍的单人床上,我一跃而起。向法国同屋那张床望去。虽然拉着窗帘室内光线不甚明亮,但能够看出昨晚平复的被褥线条有了明显起伏,这法国同屋难道是花妖狐媚"莲香"?还是女鬼"宦娘"?什么时候悄悄溜进屋的?怎么一点动静都没有?我揉了揉眼睛,生怕自己掉进蒲松龄《聊斋志异》的故事里。

我总共进出房门三趟。像王实甫杂剧《西厢记》里书生张生潜入相国小姐崔莺莺的后花园,先小心翼翼地在地板上作移步状:慢步、中步、横步、叉步,梅兰芳先生说过的,移步不换形,然后屏住呼吸去轻轻地拧那门把手,生怕惊醒这位法国同屋,或《聊斋》故事里的花妖狐媚。第一趟我睡眼惺忪地去洗漱间,她一动不动。第二趟我身穿运动衣下楼跑步,她翻了个身。第三趟我背起黄书包去食堂,没想到我的响声是一次比一次大,她在被窝里使劲蹬了一下腿,就像蛙泳那个"夹蹬水"的动作,连蹬水带夹水,完成后双腿并拢伸直,蹬完腿,她接着继续呼呼大睡。

这花妖狐媚睡功了得!我暗自惊叹。

沿校园大道去教室,迎着冷冽的风,冻得通红的鼻尖,却隐约闻到了春天的气息。这气息里,有充满诱惑的明天,有流逝难返的昨天,当我用力去嗅闻时,这气息竟消失了,以为是瞬间错觉。怎么和法国同屋相处?这题有解吗?我边走边思忖。

古人云:和为贵。

忍一时风平浪静,退一步海阔天空。

和法国同屋相处,我想,还是试试孔老夫子的谦让之道。虽然前些年,中国儒家祖师爷孔夫子被举国上下唤作"孔老二",各处供奉祖师爷的"文庙"孔家店被砸得稀巴烂,但,毕竟孔孟之道已根深蒂固,毕竟子曰"有朋自远方来不亦乐乎?"有人说,老子和庄子的思想精髓,启蒙影响比儒家还要大,因为孔子已经定位在"人"了,可是老子和庄子是定位在"天","天"是比较接近神话。比如庄子讲的"浑沌",是一个说不清道不明的概念,我们的生命都从混沌来,每天给它一窍,七天以后,七窍生烟混沌就死了,这和《创世纪》的七日创造天地刚好相反,耶和华是七日之后越来越清楚。

不用七天,"大青衣"清晨"移步"一蹴而就。

公用洗漱间成了我的多功能厅,跑步时,棉衣、书包挂在洗漱间墙上;上课时,脸盆、牙刷搁在洗漱间角落里,坚信"天下无贼"。

早晨跑步,据我观察,江湖上有三大门派。

一是"就近帮",就在南园里跑,不越"园"一步。且,大多绕着"八舍"外的水泥路当400米跑道,一圈又一圈,就像小说《红岩》渣滓洞里"疯老头"华子良似的,也不嫌枯燥。我注意到,"就近帮"多是"年长者",所谓年长者,不是指七八十岁的老爷爷老奶奶哦,而是,那些66、67、68"老三届"的高中毕业生。我们班的党支部书记G君,他有时穿球衣,有时穿毛衣,奋力奔跑在"就近帮"的人群里。第一次在教室里见G君,穿一件蓝咔叽布中山装,脸上露出亲切、温和、内敛的笑容,我还以为他是我们的老师呢,这种感觉一直延续至今。据说G君66年高中毕业前已内定保送北大,延后十一年却考进了南大,这不是"北辕南辙"吗?

二是"求远帮"。先跑出南园,穿过汉口路,照直跑进北园,沿北园主干道跑进体育场,再沿体育场跑道一圈又一圈地跑。这帮人大多是学生中的少壮派,20未到,或者20郎当岁,体力好精力充沛,正是早晨八九点钟的太阳,朝气蓬勃兴旺时期,我属于这个帮。

三是"五台山帮"。注意,此"五台山"非彼五台山——山西那座佛教名山,而是指,南京五台山体育馆,出南园跑一千多米就到达。五台山体育馆四周有64根桩柱植根于基岩中，钢管网架结构，据说1951年建馆时就地焊接，用48部卷扬机整体吊装一次性成功煞是壮观。五台山体育馆闹中取静，环境优雅，清晨，从四面八方跑到这里发展体育运动、增强人民体质的，不仅有我们南大学生，还有南京师范学院、南京医学院、南京中医药学院、南京艺术学院等等，意气风发、浩浩荡荡在这里会师。日后，我在异国他乡偶遇这些同届，或者前后几届的，聊起五台山体育馆的晨跑，感觉是一起在井冈山黄洋界上放过炮、红军"小井医院"疗过伤，亲切，自豪。

晚自修我又回归抢座位的老行当。

那时的南大，只有位于南京市中心汉口路的一个校区，后来在南京新市区九乡河以东拔地而起，美丽、宽敞、现代化的仙林校区，那时连个"混沌"的影子都没有。僧多粥少，所以，我们晚自修去大小教室，或去图书馆，抢座位成为头等大事，是最最要紧的基本功。好不容易占到位子，如赵忠祥解说的"动物世界"里，自己抢到的地盘，绝对不会轻易离开，绝对不肯轻易放弃。直至待到拉闸熄灯，我才裹在莘莘学子脚步匆匆的人流里回到南园，独自走进暖融融的留学生宿舍。

不出所料，法国同屋基本在屋里。每当我推开房门，她要么埋在书堆里，要么在云里雾里发呆。头几天，我们只是打个招呼，说一两句天气云云，不咸不淡。偶尔，她问我一两个作业上的问题,我都一一作答。仅此而已。下意识中,屋里似乎有道"三八线",有堵"柏林墙",不管它是有形的还是无形的,我的活动范围都界定在自己这半边,正好是东半边,绝不会擅自穿越"三八线",或翻过"柏林墙"。波澜不惊平淡无奇相安无事。

某日,晚自修结束我回宿舍。一路上风裹着雨,忽东忽西,膝盖以下完全湿透。回到宿舍我赶紧换掉淋湿的裤子,洗后晾在暖气片上,那时,春夏秋冬四季,我只有两条外面穿的罩裤,一条绿军裤,一条蓝裤子。冬季,我尽量蓝裤子配粉底白点褂子,绿军裤配藏青褂子,上下颜色错错开而又不至于突兀,可是遇上雨天就不管配不配的啦,混搭,干爽就行。忙乱一阵收拾停当,我在窗前坐下,准备继续为"四化"挑灯夜战。法国同屋依然埋在灯下,没有外出的迹象。

"潘,教室很冷,你为什么不在宿舍学习?"身后传来法国同屋的问话,是流利的中文,平声、上声、去声、入声,声声准确无误,几乎听不出外国人的口音。

"屋里暖气太热,时间长了嗓子不舒服。"我回过头。"哦,那你要多喝水,我每天喝很多水。"她拿起水杯喝了几口。灯光映照下,蓝眼睛里的小冰湖明显有些融化,像是刚开春的天气,透出一股暖意。只是,变得柔和的蓝眼睛,看上去有些疲惫。

三

梦里，跌入蒲松龄的《聊斋》故事。朦胧中，书生安生觉得有人轻轻推他，略微睁开眼，竟是花姑子站在床边，不禁泪眼潸潸。花姑子低头凑近安生说："痴情儿何至到这个地步！"

悠忽听见隐隐的哭泣，似梦非梦。我倏地翻身坐起，花姑子和安生不见了踪影，夜深人静，哭泣声时隐时现断断续续。哦！怎么是屋里"三八线"那边，法国同屋床上有闷闷的哭泣声？再细听，果然，真真切切！我壮着胆拧开了灯。

又壮着胆穿过"三八线"、翻过"柏林墙"，走到法国同屋床边，像《聊斋》里的花姑子低头凑近安生，轻轻地问我同屋："马，你不舒服吗？要不要我去叫医生？"

静音几秒。

突然，像是我无意间心慌慌触碰到音响的哪个键，她放声大哭起来，脸埋在被子里，手压在被子上，被子随着她的哭声一抽一抽地抖动。我慌忙抽出她桌上的纸巾塞到她手里，当时，中国学生用手帕，叠得方方正正塞兜里，外国学生用纸巾，一次性用完扔掉。我用她茶杯倒上热水端过去，我知道，她和别的欧洲学生不一样，不仅喝热茶热咖啡，也能喝我们中国学生习惯喝的热开水。

"潘，坐这里！"她指了指床沿。

"我，我很难过，难过。"她一边抽泣一边说。

我默默地坐在她床沿，一言不发。如果梦里的那个《聊斋》故事继续往下推进，应该是花姑子用双手替安生揉搓太阳穴，安生觉得头上像是吹进一股麝香气，穿过鼻梁，一直浸润到全身骨髓里去。听家里老人讲过，如果从梦里醒来，然后又做梦，而且知道自己在做梦，就是"清明梦"，我知道自己没在做"清明梦"，知道自己不是什么花姑子，当然不会替我同屋揉搓太阳穴。

我坐在那里，既没问发生了什么，也没学着电影里的台词腔调安慰她说天亮就好了，只是静静地坐在那里，看着她一把眼泪、一把鼻涕地抽泣。小时候，碰到伤心事，我也这样的，一把眼泪、一把鼻涕。如果母亲问发生了什么？我会越发的伤心，越发哭得大河决堤似的不可收拾，所以，母亲知道，等暴雨过后，脸上小雨下得不紧不慢时，我会开口说的，当然，如果小四我想说的话。其实后来想想，也没什么大不了的事。

桌上的几包纸巾用完，法国同屋脸上的哗哗雨水终于止住。我准备起身回自己的床接着睡，她拉住我，从枕头底下掏出一张相片递给我。相片里，一位中国小伙，清瘦、白皙、谦和、平静，乡村教师模样，既不咄咄逼人、也不莫测高深。照片背景是北方冬天的原野，天空飘着雪花，地上积满了白雪，天地苍茫。照片翻过来，上面有两行字："雪的故乡在天上，是自由的纯洁王国；雪花静静卧在大地上,给人间披上天堂衣裳。"字迹古朴,像北方冬天忧郁的树丫,眼睁睁看着树叶从树枝上飘落,光秃秃的树枝无可奈何摇曳在冬天的寒风中。

法国同屋来南大前在沈阳某大学留学。如果你经常追国产历史剧,想必知道沈阳的曾用名,对的,在历史剧里沈阳常被唤作盛京,或奉天。1625年,清太祖努尔哈赤迁都于此,皇太极建起盛京城,并在这里建立大清王朝。明末李自成农民起义军打进北京城,崇祯皇帝朱由检自缢于煤山,也就是景山东麓的一棵老槐树上,李自成在京城没享几天福,清皇太极率八旗兵攻下紫金城,之后,历十二位清帝统治中国276年。

新中国建立后,沈阳的重工业相当厉害,用东北话说,杠杠的,老好老好了,有着"共和国长子"和"东方鲁尔"美誉的沈阳,令南京、武汉等兄弟城市羡慕不已。法国同屋留学的沈阳某大学,从1965年起接受留学生,是新中国教育部首批确定接受外国留学生的院校之一。

学校联欢会,欢天喜地,欢声笑语中,这位法国姑娘认识了相片上的中国小伙,中文系的学生。接下来,他辅导她汉语,她教他英文,许是一见钟情,许是日久生情,总之,就像是小说里、银幕上那些永不过时、永不落幕的爱情故事,双双坠入爱河。那时,学生在校谈恋爱属于"禁区",当然,实际上,还是有校园情侣"地下活动",校方也是睁一只眼闭一只眼。而跨国恋,是"禁区中的禁区",在当时不仅不被社会接受,一旦被发现,甚至可能被严肃处理。棒打鸳鸯一拍两散。法国女孩由沈阳转来南大继续留学,自从上个世纪初,清末"两江学堂"建校以来,南大就一直是国际交流与合作最为活跃的中国大学之一。而那位中国小伙,写了厚厚几沓"检讨",发誓与法国女孩断绝来往,终于保住学籍。

讲完这些,同屋像个不谙世事的孩子眼巴巴地望着我。唉,她哪里晓得哟,床边坐着的这位潘同学,貌似满腹经纶一肚子墨水,其实,是个没下过水的游泳教练,没打过枪的军师,某些方面,用互联网人士常说的,连个"菜鸟"都不如呢。

上小学时,男女生同桌,哪里是歌里唱的那样"同桌的你",无数张桌子中间画根"三八线",严正声明男生女生的楚河汉界不可逾越。到了上中学,倒是省事不用划线了,同桌的都同一性别。记得班上有位男生给他后排女生写了封情书,他俩都是品学兼优好学生,学习好,不调皮捣蛋,和同学团结友善,参加活动积极踊跃,同批加入了共青团。纯真的女生将那封稚嫩滚烫的情书上交老师,结果引起轩然大波,不仅共青团会议反复批评教育,而且责令男生在全班大声念检讨,女生本来是活跃的班干部,从此变得沉默寡言。

所以,当你道听途说那些50、60后的中、小学同学聚会,说着、喝着、笑着、唱着,幕间休息,突然冒出几个迟到了半辈子的所谓"爱情告白",不要笑"喷"了,不要不理解,不要不相信,他们只是想圆一个儿时的念想而已。虽然知道春天终归会来,就像知道河流结冰后还会融化流淌,但是在那些春天迟迟不来的日子里,对所谓的爱情,难免有些望而却步,甚至提心吊胆。

慌不择言,"菜鸟"潘同学竟然冒出一句:天亮就好了!其实,天已经亮了,幸好天亮了!古今中外流传的爱情绝唱,莫如梁山伯与祝英台,林黛玉与贾宝玉,罗密欧与朱丽叶,他们皆以死亡的方式,实现《诗经》所描绘的"谷则异室,死则同穴"的爱情最高境界。我这位法国同屋夜里哭得死去活来,会不会也来个以死抗争?或是殉情化蝶之类的?我越想越害怕。

紧急"预案"紧锣密鼓出台了。

一是中午回宿舍,查探法国同屋在哪?

二是晚上不去北园自习了,留在宿舍"陪读"。

三是夜里睡觉,留一半清醒给我的法国同屋。

总之,那几日,如果有马就套上了鞍,如果有枪就拉开枪栓,子弹上了膛,二十四小时我高度警觉,总是悄悄地提防着,万一……

嗨,潘同学你多想了,潘同学的担心纯属杞人忧天,多余。法国同屋既没像祝英台那样,和梁山伯双双化成彩蝶从墓中翩翩飞出;也没学林黛玉,拿着个小铁锄到后花园葬花;更没仿朱丽叶开枪自尽,赴黄泉和罗密欧相会。

没到一周，法国同屋的梨花泪和清鼻涕已经消失云天外。

"香奈尔说过，不用香水的女人没有将来。"

法国同屋正在喷洒她的"将来"。有则故事：菲律宾的一个渔夫，走进一家昂贵精品店，沉默地伸出五根手指头，就买到想要的一瓶香水：香奈尔5号。唯一一款用人名和数字做品牌名字的香水。名字背后，可可·香奈尔的罗曼情史，比香奈尔5号更加扑朔迷离。玻璃小瓶，方形盖、方形身，晶莹剔透、简洁高贵，香奈尔5号握在手里，像是一块醇香液体琥珀，活生生地充满诱惑。乙醇、植物与多种鲜花结合，有一种独特香味，是专为女人设计的高档品。法国同屋一边跟我说，一边朝她耳根、衣领、胸口小心地喷几下。

还真是！一股未曾闻过的独特香味在屋里弥漫，和我熟悉的花露水、雪花膏味道两样的。花露水与雪花膏、生发油、牙粉、果子露，曾是上海女人时髦梳妆台上的"标配"，有段时间，凡是青葱年纪时髦女子，或是赶去会见心仪之人的小女孩，身上总要洒几滴花露水。要不，就攥着一块洒了花露水的手帕，那种罗曼蒂克丝毫不逊于"香奈尔5号"。

法国同屋把一头金发束得高高的，显得身材更加高挑。一身黑，烘托得桃红色口红更加妩媚多情。法国同屋说，法国女人口袋里永远放两支口红，白天用优雅的哑光，晚上用性感的亮光，哪怕不换衣服，口红的转变也能轻易地配合白天与夜晚的不同风情。类似这样的小技巧，法国女郎个个都是高手，身上的颜色最多不要超过三种。我下意识地打量自己：从头到脚五种颜色，还行，我舒了口气，指标没翻番。巴黎街头时髦女郎的看家本领，往往是运用黑、灰、白三色，然后加入其他颜色作为点缀，比如法国同屋这样，黑色配艳红，妩媚又抢眼，今晚，她去华东水利学院参加留学生的周末聚会。

据说治疗失恋药方，一是不能独处，独处时容易"感时花溅泪，恨别鸟惊心。"二是要把时间填得满满的，填到每个缝隙，不给伤心落泪留下余地、排出档期。所以，法国同屋像法国电影明星苏菲·玛索似的，档期总是排得很满，比如，她和一位日本留学生交换学习语言，他教她日语，她教他俄语，注意哦，是俄语，不是法语。

我这位法国同屋大概是职业留学生。

到沈阳前，她曾在前苏联学习俄语，听我们南大留苏教授说，她的俄语可以去做播音员，字正腔圆很地道。可是，她很少和我聊苏联，有一次，她说她受不了教室里冬天没暖气，因为在苏联拘留所把腿冻坏了。拘留所？我以为自己听错了。又有一次，她在梦里说俄语，滔滔不绝、慷慨激昂，像法庭上的辩护，推醒她时，惊恐万状的表情着实吓了我一跳。除了母语法语，她会英语、西班牙语、意大利语、俄语，还有汉语普通话。在这位语言大神面前，"大一"英语成绩八九十分的潘同学自愧不如，默默地下定决心排除万难把外语学好。真佩服她能在几种语言之间自如切换,歌德说过,一个人会多少语言,就有多少种生活。

总觉得那位日本留学生在哪里见过?

清瘦、白皙、谦和、平静,哦——我忽然想起相片上的那位中国小伙,还有那几句配词:"雪的故乡在天上,是自由的纯洁王国;雪花静静卧在大地上,给人间披上天堂衣裳。"仔细观察,发现这位日本学生不似乡村教师风格,在谦和、平静背后,有一种自信和冷静,不经意间流淌在目光里、腰板间、语调中。

上世纪七八十年代日本快速腾飞,二十年创造出惊人奇迹,把那些老牌资本主义们甩出几条街。新暴发户日本人在欧美攻城掠地,日本旅行团游走地球各个角落,巴黎圣母院、威尼斯圣马可大教堂、拉斯维加斯赌场、纽约帝国大厦,到处是日文"指南",到处是讲日语的。我80年代在北京工作,"受命"奔走于世界各地,因为是亚洲人长相,在国外频频被"导购"们当成日本人弯腰鞠躬"一来下一吗塞"(欢迎光临),起初很生气,"没见我的细长腿站得直直的吗?!"时间长了,后来也就见多不怪了。从我进校的1978年开始(77届推后半年入学),日本外务省每年派2—3名外交官到南京大学脱产学习,这一传统持续至今,所以日本外务省有一批外交官是南大校友,他们自称"南大帮"。

"潘,你穿毛衣很好看,为什么外面要罩个修女袍?当然,修女的好身材留给上帝,不是给世人看的。"法国同屋语气带点她的法国同胞喜剧大师莫里哀的戏谑,把我经常套在毛衣外面的那件松松垮垮的棉罩衣称之为"修女袍"。

"可是,潘,很奇怪,你穿得像修女,表情像修女,还是有许多男同学注意你,他们跟我打听你,说你的眼睛很干净!"她换了一种表演方式念台词,仿佛是在念我们中国的快板书,抑扬顿挫朗朗上口带点押韵。我知道她在开玩笑,我们熟悉以后,她会开一些类似的、无伤大雅的玩笑。

我推测法国同屋年龄比我大几岁。我从不询问法国同屋年龄,问外国人年龄被视为不礼貌,尽管我们每天生活在一个屋檐下也得谨记。当然,推测年龄无妨。现在潘同学不学福尔摩斯了,改拜"侦探女王"阿加莎·克里斯蒂门下,尽管放心,留学生宿舍太平得很,既无"东方快车谋杀案",亦无"尼罗河上的惨案"。也不问她情史。除非她主动告诉我,或神采飞扬、或痛哭流涕,她说,这样的倾诉让她感觉很舒服。

风开始暖暖的,丝丝缕缕捉不住、拉不直的感觉。法国同屋约我下课后在北大楼草坪碰头。提到北大楼,南大学生没有不知道的。一幢五层高的方形塔楼,建于1917年,早于"五四"运动两年,那时正是中西方文化撞击交融的年代,北大楼俨然成了中国民族风格与西方审美之间的强强牵手和无声对话,又像是,沟通东西方文明的一座立体"桥"。

整座楼分成对称的东西两半,中庸和谐、不偏不倚,属

从图书馆眺望北大楼

于中国传统特色；塔楼的顶部十字形脊顶，却是明显的西洋钟楼变体；而楼体，由600多年历史的明代城墙青砖砌筑而成，上面攀满了常春藤，颜色和旁边的古松树一样，也是古苔绿。常春藤是一种阴性藤本植物，也能生长在光照环境中，耐寒性强，喜湿润、疏松、肥沃的土壤，但对土壤要求不严，所以才能够攀缘于古木大树、林下路旁、岩石和房屋墙壁上，通常是，攀缘于有年头的老屋、老楼、老树。

从北大楼的坡上朝正南方向望，图书馆前的桃花开了，呈深红、绯红、粉红，阳光犹如一条条金色的小溪，流淌在一片片桃花中，让粉嫩的桃花更加鲜美动人，也为美丽的春天增添了更多娇艳。一株株天真灿烂的桃花，每一瓣都薄如蝉翼，好像轻轻一碰就会飘落而去，"人面不知何处去,桃花依旧笑春风"。

抗战初,南京沦陷。

南大前身"中大"校园成了日本侵略军医院,图书馆成了医院病房,从国外购置的钢铁书架桌子椅子都没了。到了这个地步,没有一张平静书桌的学生依然跑到紧邻的成贤街中央图书馆去上自习,当时中央图书馆签到簿上99%是中央大学的学生,在艰难地、刻苦地发奋读书,吸收知识的养分,立志报效这残破的祖国。"嚼得菜根,做得大事。"从上世纪初清末"两江学堂"开始,从根子上起,苦读,已经成为南大学生的禀赋习性和内在特质。

想起金蝉定律。

真正优质的蝉,往往要在地下蛰伏三年之久。甚至还有一种蝉,要在地下"潜伏"十七年,忍受着地底下的黑暗和孤独,吸收土壤里的养分,养精蓄锐,等待得见天日的那天。而那些等不到蛰伏期就迫不及待爬出洞的蝉,看了一眼熹微的晨光,就会面临夭折而消亡,因为它们没有为蜕变做足准备,积蓄必要的能量。只有那些熬过漫长等待的蝉,才能在夏天来临的时候,钻出土壤,爬上树枝,蜕变成蝉,然后高傲地飞在枝头上歌唱,飞向属于它们的自由和辉煌。

夕阳下,由远而近,是法国同屋在草坪上飞奔,与其说像一只蜕变的蝉,不如说更像是一只翩翩起舞的蝴蝶,在桃花间,扇动欢快的翅膀,朝北大楼飞来,飞奔的目标指向我。她掏出一张纸递给我,纸上只有八个字:一日不见如隔三秋。字迹古朴,像北方冬天忧郁的树丫。我有些惊讶,这……分明是那位中国小伙相片背后的字迹。

四

"一日不见如隔三秋"。

中文系的学生对《诗经》不陌生,尤其是那首脍炙人口的名篇《采葛》:"彼采葛兮,一日不见,如三月兮!彼采萧兮,一日不见,如三秋兮!彼采艾兮,一日不见,如三岁兮!"悠悠岁月朗朗诵吟,久而久之,后人常用"一日不见如隔三秋"来比喻思慕殷切、度日如年的心情。我望着法国同屋,猜想她能不能读懂这八个字的含义。

那位中国小伙,如果真像他"检讨书"保证的那样,断绝与法国女孩的来往,把这段异国恋情藏于心底,或密封于地球的某个角落,盖得严严实实的,贴上水印封条,刷上防水、防雨、防霉、防君子也防小人的万能胶,然后,或找一个如花似玉的小娘子,或娶一房知情达理的贤内助,一辈子看似幸福地活着,"琴瑟在御,莫不静好"?可是,保留学籍、分配工作后,他好像是突然地忘记曾经的检讨和保证,突然地悟到什么,突然地心有不甘、死灰复燃、旧病复发了,又或者,压根就没痛改前非。

大概是吸取了上次的教训,此次他由现实主义转向浪漫主义,借用《欧洲文学史》课上赵瑞蕻教授讲的法国小说来比喻，就是由巴尔扎克的《高老头》转向了雨果的《悲惨世界》。可是，手法上，又仿效中国文人惯有的委婉含蓄，惯用的"猜猜猜"小游戏，向这位法国姑娘抛出浪漫又含蓄的"绣球"：

"一个同学写给我的！"法国同屋指着"绣球"对我说。恋爱的阳光洒落在她脸上，暖暖的，泛着红晕。两湾结着冰的"小湖"分明是融化了，眼神里充满了兴奋和好奇，还有些顽皮和得意，忽隐忽现、交替闪过。天空中仿佛飘来柴可夫斯基的幻想序曲《罗密欧与朱丽叶》，当劳伦斯神父的音乐形象出现，在长笛和单簧管的表现下，色彩显得柔和而明朗，此时的低音部大提琴是密集的三度进行，似恋人的窃窃私语，旋律优美的曲调混入大地与季节的气息。

都说世上最浪漫的民族当属法兰西民族。中文里，"浪漫"经常与纵情随意、不切实际相对应，两个字拆开了有"浪荡""散漫"和"不拘小节""漫不经心"的意思，也可以解释为充满幻想，富有诗意。实际上，法国人心目中的浪漫，就感情而言，不是轻浮，而是要去追求超凡脱俗的、忠贞不渝的爱情。小仲马笔下《茶花女》那样，曲折凄婉的爱情故事；梁山泊和祝英台那样，为了爱情，双双化为蝴蝶，实现"恨不能同时生，但愿同时死"的美好理想。

法国人把"调情"也当作浪漫的要素。法语中有个词叫做"draquer"，直译成中文是"勾引"的意思，尽量艺术化，也常被译成"调情"。中国人听到这个词，往往会联想到一连串贬义词：不正经、不要脸、甚至卑鄙下流等等。但实际生活中，这个词是法国人，甚至西方人经常挂在嘴边的褒义词，用来赞扬异性，并不带有猥亵、轻浮的意味。法国同屋说，不懂得"draquer"，不懂得对别人表示友好和欣赏，这个缺陷在法国简直不可原谅！

"一日不见如隔三秋"。

我整了整衣服，清了清嗓子，开始给我法国同屋传道诗、书、礼、乐、教，当然，是从中国古代最早诗歌总集《诗经》开始讲起。仿佛，北大楼草坪，俨然成了供奉"孔圣人"的文庙，"孔圣人"复活了，眼前有弟子三千浩浩荡荡，身后有通六艺门生"七十二贤"紧密相随，三千年风声雨声读书声声声入耳，家事国事天下事事事关心。毕业后，我"周游"过"孔圣人"的故乡鲁国都城曲阜。由一辆"黄包车"拉着，参观了具有皇家格调、气势恢宏的孔府，拜谒了曾经"纸上谈兵"给我法国同屋讲过的孔庙、孔林，记得有不少外国游客。那时"三孔"还不是5A景点，"孔圣人"还没在户外实景大戏里演男一号，现如今"孔庙"祭祀大典，锣鼓喧天歌舞乐起人声鼎沸，表演"孔圣人"率弟子三千浩浩荡荡，颜回、闵损等"七十二贤"紧密相随的壮观场景。

中学时，"批林批孔"如火如荼，批"孔老二"读那些"原始材料"，"孔老二"为"克己复礼"车马劳顿游走于列国，吃闭门羹，或者开了门不受待见，靠收取学生的"腊肉"当学费而被耻笑。这个寒酸潦倒的老夫子,有血有肉活生生的一个人,或许,更接近于真实的"孔夫子"。难怪乎北大楼草坪,我给法国同屋讲"孔夫子",她一听就明白了,说这位有理想有抱负的"孔夫子"孔先生,不就是法国启蒙思想家、文学家、哲学家伏尔泰嘛!

传为尹吉甫采集、孔子编订的诗歌集子,先秦时称为《诗》,或取其整数称为《诗三百》,西汉时尊为儒家经典,始称《诗经》。记录时间,从西周初年(公元前11世纪)到春秋时期(公元前6世纪),时间跨度大概有五六百年。周朝设采诗官,每年春天,摇着木铎,到民间"采风"收集歌谣,整理后交给太师谱曲,演唱给周天子听,欢乐疾苦,民风民情,既可休闲娱乐,又可作为施政的参考。"一日不见如隔三秋",此语出自《诗经·王风·采葛》。王,是"王畿"的简称,就是东周王朝的直接统治区,大致包括现在河南省的洛阳、偃师、巩县、温县、沁阳、济源、孟津一带,"王风"就是这个区域的诗歌民谣。

一天不见,就像过了三个季节,形容思念心情非常之迫切,用爱因斯坦的相对论实验来解释:一个男人与美女对坐1小时,觉得只过了1分钟;如果让他热火炉上烤1分钟,觉得过了不止1小时。张仲素的《燕子楼》"相思一夜情多少,地角天涯未是长",李冠的《蝶恋花》"一寸相思千万绪,人间没个安排处",都是中国古诗里形容相思的金句,也运用了相对论。进入南大中文系后,潘同学我给自

作者（大学时期）

己立了一个小目标：在《诗三百》后加个0——熟读背诵古诗3000首。面对法国同屋的敏而好学、虚心请教，我也就情不自禁地诲人不倦、循循善诱，不知怎的，我的古诗"背"功突然间发力，感觉自己就要腾云驾雾飞起来了。

幸好及时收住。

当然，一日不见如隔三秋，既可以形容情人之间相思之切，也可以形容朋友之间念想之苦，我特意在"朋友"两字上用了重音。"那怎么知道是情人还是朋友呢？"法国同屋有些着急了。"那就看你自己的感觉了。我没见过你那位同学，算命也要看看面相吧。"我依然慢条斯理不紧不慢，在我印象中，诲人不倦的老师都能把控住说话节奏非常沉稳的,我似乎也得稍稍端着。

"那,那我怎么回答他呢?"她可怜兮兮地望着我。

像巫师对着水晶球,我对着法国同屋手里冰冷又有温度的八个汉字,左看右看,上下打量,暗自揣摩,然后踱着方步,思忖片刻,灵机一动,给出两卦。

一是唐朝诗人王勃的"海内存知己,天涯若比邻"。二是王维的《红豆》:"红豆生南国,春来发几枝,愿君多采撷,此物最相思。"潘老师我一本正经而又庄重严肃地给这位孺子可教的法国学生出谋划策:"若是朋友,用前面的10个字。若是情人,用后面的,字数多的。"法国学生一脸崇拜望向中国老师,然后一笔一画,恭恭敬敬地抄下"两卦",如获至宝。

花开两朵,各表一枝。

在匡亚明校长倡导下,学校开始举办舞会。我们班组织到玄武湖排练"集体舞",中文系我们这届50人,一个班。班长L君高高的个子,白白净净,经常穿一身宽宽大大的黄军装,一看就是小时候营养不差的城市青年。我没有做过统计班上属于农村青年的男生有多少(插队不计)?估计至少得有四分之一。班上有四位男同学穿黄军装,一颗红星头上戴、革命的红旗挂两边,是真正的军人,班长不在其中,入学前他是南京某中学的教务处副主任。不仅此,因他母亲曾是南大中文系的"调干生",属于"南二代",许多任课老师见到"南二代"班长,那种发自内心的隐藏不住的怜爱，就跟见到自己孩子似的，那个亲。

至于副班长我，给自己的定位，打个不恰当的比喻，就是副总统。美国自开国 200 多年来，历 46 位总统，从首任总统乔治·华盛顿到现任总统约瑟夫·拜登，有谁记得哪位副总统的名字吗？没有。美国的副总统有实权吗？没有。总统的超级备胎而已。如果总统任期内死亡、辞职或者被国会弹劾下台，副总统就可以继任美国总统，完成总统任期，比如副总统杜鲁门，因为罗斯福总统任期内去世，他才继任了美国总统，开启了美苏冷战。既然上述几种可能性对于我们的这位班长几乎不存在，所以，我这个副班长做得比美国副总统还低调。不能不低调。班上学霸高手卧虎藏龙且不说，单是组织同学到玄武湖排练集体舞这一件事，充分显出这个班长不好当。

南大中文系 77 级在玄武湖

某种意义上，称玄武湖公园是南大"后花园"一点不为过。出汉口路校门向北走，途经鼓楼，步行一两公里，便是玄武湖。东边枕着紫金山、西端倚着明城墙，一副身心放松舒舒坦坦的"葛优躺"姿势。细分，又为北湖、东南湖和西南湖，湖中又有环洲、樱洲、菱洲、梁洲及翠洲，可谓湖中有湖，湖中有洲。

　　逢杨柳依依，或小荷才露尖尖角，许多同学独自，或三五结伴来这里，感受时节更替拥抱大自然。班级的一些活动，中秋诗歌朗诵会之类，也是在玄武湖草坪上摆开阵势，和电影《刘三姐》里"壮族三月三"唱山歌的阵势有一拼，"巾帼"对"须眉"，自由体对格律诗，豪放调对婉约词，难分伯仲。虽然，玄武湖名气不及杭州的西湖、无锡的太湖、扬州的瘦西湖，却是中国最大的皇家园林湖泊，湖泊面积近4平方千米，也是仅存的江南皇家园林，六朝时，曾是皇帝检阅水师的场所。幸好六朝皇帝没来检阅我们的"集体舞"。

　　电影里有不少舞会场景：《茜茜公主》第一部弗兰茨国王向茜茜求婚之前的盛大宫廷舞会；《乱世佳人》郝思嘉、白瑞德和一群人翩翩起舞；《魂断蓝桥》共舞的场面；以及印度电影《平民窟的百万富翁》最后的集体舞……哪里见过我们这样的集体舞？

　　据说幼儿园的集体舞，是指全班幼儿共同参与的一种舞蹈类型，在简单的动作练习、丰富的队形变化中，进行情感的、体态的、非言语的交流。绝对不是说笑哦，那时我们排练的就是这种幼儿园似的集体舞。教儿童跳集体舞，首先要让儿童感到，他们是在为自己而跳，是为了获得运动的快乐和交流的愉悦而跳。幼儿园的诸位老师大概不会想到，我们这些经历了长时间情感"禁锢"的"巨婴"，即使是跳这种原始人类就有的、最为简单的集体舞，也如李白所叹，蜀道之难，难于上青天啊！我们班男女同学跳集体舞，虽不至于授受不亲，但均不对视，东张西望，表情严肃。

毕业后，在国外观看探戈舞，居然联想到我们当年在玄武湖排练"集体舞"的熟悉印记，不禁哑然失笑。探戈舞最早起源于情人间秘密舞蹈，所以男士原来跳舞时都佩戴短刀，后来虽然不佩戴短刀，但舞者表情严肃这一传统承继下来，舞时东张西望，惟恐被人发现。所以，记住，跳探戈舞时不得微笑，表情要严肃！

"集体舞"和"情人"间的秘密舞蹈都在进行。

那个像北方冬天忧郁树丫的字迹又出现了。

到底是中文系同行，我佩服得想要双手作揖："久仰、久仰，幸会、幸会"。对方完全照中国诗歌发展的时间顺序来按部就班地对阵，这回，从《诗经》走到乐府民歌《上邪》："山无棱，江水为竭；冬雷震震，夏雨雪，天地合，乃敢与君绝！"依然没有抬头，没有署名。天哪！这位中国小伙该不会有传说中的千里眼顺风耳吧？怎么知道法国女孩身边有位还够不上"德高望重"的古文"老师"呢？这几句古诗，对法国同屋而言，简直就是天书！

没办法，老师骑在墙上下不来了，只好又诲人不倦。"这是中国汉代一首表白爱情忠贞的乐府民歌，作者以五种不可能出现的自然现象，来比喻不可能的离散，感情炽烈、泼辣，风格质朴、坦率。"没等"老师"讲解完毕，法国学生已经喜极而泣，脸上大雨滂沱，她终于道出实情，果然是出自相片上的中国小伙之手。泪雨未停歇，法国学生依葫芦画瓢突然蹦出一句中国古诗："在天愿作比翼鸟，在地愿为连理枝。"老师我哑然失笑，觉得孺子可教，想模仿中国戏曲里老生常有的动作，捋一捋花白胡须再用本嗓开腔，但见，那孺子的串串泪珠滴在"连理枝"上。

信中的相会，就像远隔重洋的两个巨浪，不远万里地奔向对方，拥抱在一起，惊涛拍岸。无意间成了现代版"红娘"，而且是跨洋的，带着国际范，解读情诗时，像在上"作品赏析"课；辅导情书时，像在批改学生作业。横跨两个语境，两种文化，很有趣。

"潘，我来教你法语吧，世界上最美丽、最高贵的语言。教你一口纯正巴黎口音，不是那种外省口音。"法国同屋翻看她手里的成语小词典："对，千载难逢！"大概是不好意思占用了我极其宝贵的学习时间，她循循善诱要教我法语，不经意，透出法兰西民族"明显的高人一等"。何如教授告诉我，曾经，法国人是有资格那样傲视群雄的，几乎所有西方文明人士说法语，看法语书刊，如同清末民初"文明棍"是文明的标志。直到第一次世界大战，国际商务和外交往来几乎全部法语完成。

何如教授何许人也？

在中国法语教育界，南大何如教授曾经是神一般的存在。何以见得？将《毛泽东文选》四卷翻译成法文，中外学者济济一堂，但最后定稿只有一人：何如教授。又，《毛主席诗词》的英译本是集体翻译，译成自由体；而法译本由何如教授独立完成，译成格律体，且被法国教材采用。所以，当你知道何如教授是我国首批唯一的法语专业博士生导师时，也就不感到奇怪了。

如果你看过奥斯卡获奖影片《圣雄甘地》，可能记得片中甘地的扮演者本·金斯利，长相含多重地域、多重血统的混合，身板紧实，眼神如炬，印象中，何如教授长得和本·金斯利有几分相似。虽已到70古稀，但气色红润、动作敏捷，传说何如教授每周要炖一只老母鸡补养，我没敢和教授当面求证此事。通常，傍晚时分，何如教授会出现在南大北园体育场附近，活动下筋骨。有时我们聊聊中国古典诗词，因为潘同学正奋力向中国古诗3000首的小目标进击，大脑处于中国古诗储存量的最高峰值，何如教授聊到哪，我脑子里好像有台百度搜索引擎，迅速地搜出诗名、作者名、朝代等等，这着实让教授有些惊讶。

和中文系教授讲中国古典诗词有所不同，何如教授解读的角度，或化身美术老师讲诗歌的色彩、视觉，或化身音乐老师谈诗歌的旋律、节奏，或化身哲学老师讲诗歌的思辨、逻辑。何如教授1927年留学法国,在巴黎大学文学院攻读文学、历史、哲学,著名翻译家傅雷先生是何如教授的学弟,也出自这所著名学府,晚一两届。1936年回国后,他曾在国立艺专、中央政治大学、东方语专、金陵女子文理学院、中央大学等校任教,讲授西洋艺术史、逻辑学、法国文学等课程。

有一天,何如教授带来一个小布袋。像武侠小说里的江湖侠客那样,他用眼神横扫四周,再小心翼翼地抽出秘笈:一本硬壳封面薄薄的小册子。翻开,里面是法语,有几幅黑白插图,哦!这难道就是学界传闻已久、何如教授1935年在巴黎出版的法语格律长诗《贵妇怨》?长四百八十二行,叙述唐明皇和杨贵妃的爱情故事,在法国曾引起轰动。这位来自广东梅县的富家子弟、青年诗人,最初背负家族重托漂洋过海到巴黎,是要学经世致用的建筑学,他告诉我,是"听从心的呼唤"换了专业。哦!我猛然想起自己高考前夕,"鬼使神差"将第一志愿改成南京大学中文系,如此说来,应该也是"听从心的呼唤"。

"谢谢何先生给我看这么珍贵的物件!"我深知小册子沉甸甸的分量。"潘,如果有一天要写《何如传》,希望由你来执笔,不仅仅是文笔,还有用心倾听,静心思考,都是你最珍贵的禀赋和特质,要保护好,不要浪费了。将来,将来你一定会走向更远的地方,更大的世界。"他如炬的目光变得柔和,师生对话俨然有了爷孙恳谈的意味。

法国同屋继续絮絮叨叨劝我学法语。"潘，有一天，你会去看巴黎圣母院的，不在小说里。你会在塞纳河畔散步的，不在电影里。那时，你会后悔的！"她连续用了三个"会"来强调学法语的迫切性，用词造句开始显出中国文学的浸润，不知为何，我学泰山顶上一棵松，岿然不动。那是1979年，中国改革开放元年，我大二。

1984年，我从北京派到法国公务。

操着略带外省口音的法语，在巴黎圣母院的书店，我买了几张明信片寄回中国，其中一张寄至：中国江苏省南京市汉口路22号南京大学外语系何如先生。想必你还记得，1978年2月，寒风中的我，穿一件藏青色中式棉罩衣，围一条米灰色毛线围巾，套着肥大宽松的绿军裤，扬着青春无敌的笑脸，带着父亲母亲溢满天空的《欢乐颂》，神采飞扬意气风发迈进南京汉口路22号——南京大学校门。

在法国闲暇之余，如我法国同屋说的，我去看巴黎圣母院，不在小说里；在塞纳河畔散步，不在电影里。

路过无数大大小小的咖啡馆。海明威要一杯咖啡在那里写书，惊世骇俗的情侣萨特和波伏瓦在那里吵架，还有喝醉酒的玛格丽特·杜拉斯，依稀记得她的《情人》那段精彩的开场白是这样写的：我已经老了。有一天，一个男人主动向我走来，介绍自己，那是在一处公共场所的大厅里。他对我说："我认识你，永远都不会忘记。那时你很年轻，大家都说你美丽极了，现在我特意来告诉你，在我看

作者在法国巴黎（1984）

来，现在的你比年轻时更美，你现在这张备受摧残的面孔比年轻时娇嫩的面孔更让我热爱。"

我用省下的"零花钱"要了一杯咖啡，临河而坐。望着行走在塞纳河畔的男男女女，期盼有一个法国女人向我走来：粗麻布衣裤，大头鞋或运动鞋，素面朝天，风尘仆仆，好像从很远的地方来，不用介绍，永远都不会忘记。

那个流浪型法国美女不知"流浪"何处？

此时，此地，若和法国同屋相见，会聊些什么？诗？或是法语？也许，她会扑过来，对我说：一日不见如隔三秋。

2012年原稿

2021年4月修改

上海印象之房东

一

上世纪90年代,我"受命"从"帝都"来到"魔都"。本以为待两三年就打道回府,该干嘛干嘛,没想到,这一待,竟然待到现在。众多同事同僚同仁,还有各类熟人朋友,想想,给我印象最深的,排排队,初到上海我的房东当在此列。

或许你看过电影《八佰》?"八一三"淞沪会战,80万国军惨败于25万日军,为掩护大部队撤退,中校团副谢晋元奉命率领八百将士进入上海闸北四行仓库作最后的抵抗,以拖延日军侵略的步伐,吸引世界的目光关注中国战场。在抵抗日军四天四夜后,幸存将士冒死冲过"新垃圾桥",退守至苏州河南岸的英美公共租界。我初到上海的办公地点,恰巧,就在八百壮士拼死血战的新垃圾桥,后来改名西藏路桥的边上。

那时我,通常穿一双高跟鞋,黑颜色居多,鞋表面简简单单无花里胡哨的配饰,其实里外真皮细腻柔软做工讲究。穿着做工讲究的高跟鞋"嗒、嗒、嗒",我踏过电影里的"新垃圾桥",从苏州河南岸款款步向北岸,深色西装,齐膝短裙,黑色皮包,俨然一位时尚"职业女性",而且是重担在肩的那类。

虽然满脸充足的"胶原蛋白",像影星梅丽尔·斯特里普在《穿普拉达的女魔头》里的那位"女魔头",乍看光彩夺目自信笃定,可是,仔细看,满脑门子的紧张焦虑呼呼地往外冒着,焦虑度随时间、场景、事件而切换。大学毕业从南京到北京,二十出头到三十多,职业生涯的黄金十三年,赶上中国改革开放初始腾飞期,那个从画里飘飘袅袅走出来的江南青涩女大学生,变成了京城小芝麻官。握一本因公护照,拉一只沉沉的行李箱,到过三十多个国家和地区"公干",在那个国门初开,不知"自由行"为何物的年代,堪称"奇人"。"奇人"有时一觉醒来,睡眼惺忪如梦如幻,不知身在何处?是巴黎、纽约、法兰克福,还是米兰、伦敦、阿姆斯特丹?有时得用手使劲拍拍坚实牢靠的门,以确信自己是不是在现实世界里,确信穿着高跟鞋的我是不是站稳了脚跟。

办公室在二楼,窗外便是苏州河上的西藏路桥。上海同事告诉我,这桥1853年建成,名为"泥城桥";1922年拆除重建更名"新垃圾桥";1942年又更名"西藏路桥"。轰隆隆、轰隆隆——驳船从窗外的苏州河不间断地驶过,载着各色货物:水泥、石子、砖头、木材,河水几近墨绿色,散发阵阵刺鼻恶臭味道,人们走过、路过,纷纷掩鼻而过,办公室的窗户不得不紧紧地关闭。

"这是上海的母亲河——苏州河吗?"

合作外方负责人耸了耸肩表示难以接受。这位佩雷斯先生来自哥伦布发现美洲新大陆的始发地——西班牙,当他在遥远的地中海北岸，对着英文版的上海地图，憧憬未来的上海办公室，应该是，伴着琵琶声、二胡乐，枕着上海的母亲河——苏州河的潺潺流水，真想"踢踢踏踏"跳上一段佛拉门戈舞，应该是欢快的，不是悲伤的那款。我多次观看西班牙艺术家表演的佛拉门戈舞，真是棒，秉持吉卜赛的自由随性，融合了欧洲的高贵华丽以及美洲的奔放热情。

在遥远的地中海，佩雷斯先生遥想中的苏州河，应该是像西班牙塞维利亚的母亲河——瓜达尔基维尔河那样的，清澈而静谧。都说一座城市有一条河才有韵味，仿佛有了流淌的血脉，城市就会鲜活灵动起来，巴黎的塞纳河，伦敦的泰晤士河，当然，还有塞维尼亚的瓜达尔基维尔河。窗外的苏州河通向黄浦江最终融入太平洋，而瓜达尔基维尔河却是一条通向大西洋的河。哥伦布逝世几十年后，探险家淘金者在美洲新大陆发现大量白银黄金，之后，近百年里，装满黄金白银的西班牙"无敌舰队"乘风破浪于大西洋，等涨潮时，舰船从大海驶入瓜达尔基维尔河到达塞维尼亚，先将黄金白银装入"黄金塔"，再运往戒备森严的皇宫。

1992年，是哥伦布航海发现"美洲新大陆"500年，西班牙三喜临门举国欢腾，另外两个喜，一是巴塞罗那奥运会，一是塞维尼亚世界博览会。当我穿着高跟鞋"嗒、嗒、塔"走在塞维尼亚世界博览会，绝对不会想到，2010

年的世界博览会将在上海举行,更不会想到,我会在2010上海世博会指挥部工作。夕阳西下落日熔金的时候,我看到,阳光在最后一瞬间把那座"黄金塔"染成金色,让人们在瓜达尔基维尔河粼粼的波光中去遥想"黄金塔"当年的辉煌。

当瓜达尔基维尔河失去喧嚣,回归静谧。

十九世纪初至二十世纪30年代,苏州河作为上海主航道,通往临近城乡却热闹喧嚣起来,上海至杭州、嘉兴、湖州、苏锡常等地的客轮航线,都汇集在苏州河。同时兴隆的,还有货运船只和货运码头,大宗货物蚕茧生丝、麻棕鬃刷、茶叶鸡蛋,以及稻米鱼肉、蔬果调料、砂石建筑材料,在苏州河上来来往往,大量"洋油""洋布""洋火""洋参"之类舶来品,经由苏州河撒向杭嘉湖、苏锡常地区。两个世纪过去了,苏州河像一位疲惫的母亲不堪重负。

哐当哐当,打桩机、掘土机,通宵响个不停。

浦东开发号角吹响,从浦东到浦西,整个上海成了世界上最大的建筑工地群,据说有2000多个工地同时在建,My God!(天哪!)一批又一批同样爱冒险来上海滩掘金的"老外"瞠目结舌。中午用餐,佩雷斯先生和楼里的党委书记,通过翻译,加上丰富表情和强有力手势,兴致勃勃地聊起二战后的"马歇尔计划",就是那个"欧洲复兴计划",美国援助130亿美元的资金、技术和设备,去重建被打得破败不堪的欧洲,当时整个欧洲(西欧)的建设工地加起来,也不及"浦东开发"上海一座城的阵仗,哈!

西藏路桥北岸,我们这幢蓝灰色、五层高的办公楼,属于北京总部在上海的分支机构。楼里几位"领导",只有这位海军转业的党委书记看着"脸生",其余几位以前都见过,"一回生两回熟",算熟人了。我推测,书记年龄在50岁左右,光看外表很难猜准年龄,不似北方有风霜雪雨伺候,上海这边烟雨蒙蒙滋润皮肤,不要说女孩子们一个个鲜嫩光艳,就连男士们也是细皮嫩肉的不好猜年龄。

楼里食堂可容纳百十号人同时用餐。食堂"本帮菜",让我推介,清淡素雅的,首推夏秋季节的糟货:糟鸡、糟猪爪、糟门腔、糟毛豆、糟茭白;爽口鲜嫩的,荠菜春笋、水晶虾仁、芙蓉鸡片;显示刀工的,则是"扣三丝",将火腿、鸡脯、鲜肉切成细丝;至于浓油赤酱类:响油鳝糊、油爆河虾、油酱毛蟹、锅烧河鳗、红烧圈子、红烧回鱼、黄焖栗子鸡等,对于我这以素为主的肠胃,只能偶尔见天犒劳下,否则"吃不了兜着走"够受的。

据说"食堂菜"被网络称为中国第九大菜系,广泛分布于全国各地大小不等的单位,依我看,这楼里食堂的"本帮菜",和上海滩那些百年老店,上海老饭店(荣顺馆)、老正兴菜馆、老人和饭店(人和馆)、三林本帮馆,差别甚微。或可能,在吃了十余年北京单位食堂的炸油饼、炸酱面、拍黄瓜、木须肉、宫保鸡丁、土豆白菜后,你的味蕾跟我一样,变得不那么挑剔了。

下班后去看房子,准备从暂住的酒店搬出。

晚高峰时段,人流车流密密麻麻。年前上海第一条高架——内环高架通车,只是还没连成环,浦东有一段,浦西有一段,隔江相望。没通高架时,有一回,我从虹桥机场到西藏路桥,路上用了两小时。司机用上海话说:嘟粗子(堵车),介西多(许多)上海宁(人)车子上头学会港(讲)外语,正宗哦,勿似(不是)洋泾浜!堵车堵到乘客可以在车上学会正宗外语!行驶在灰蒙蒙车流中的这辆蓝色"奔驰",米色真皮实木内装,车顶上,有一扇可移动、可吹风、可照光的天窗,是北京单位配给的小轿车带到了上海。

读过一本"苏修"小说《多雪的冬天》。主人公是卫国战争时期白俄罗斯的一个游击队队长,战后在农业部门任领导,某种原因被迫退休。早已习惯专车接送的安东纽克退休后出行,连基本的公共交通设施都不会使用,废了。和书名一样,是本忧郁的书。上世纪60、70年代,为配合"反修斗争",内部出版过一批前苏联"反面教材",封面一律用灰色纸,不作任何装饰,统称为"灰皮书",封面、扉页上都印有"供内部参考"或"供批判用"的字样。大概那时书少,《多雪的冬天》《人世间》《你到底要什么?》印象深刻。

上海西区一幢带电梯的浅色公寓楼。

房东男性，看上去三十左右，少言寡语，打扮得颇为潇洒，白衣黑裤，头发松松的看似随性的往后，亮出一马平川的前额，这——和我预想中的房东完全不一样！英国作家狄更斯《大卫·科波菲尔》里那对生活不如意的房东密考伯夫妇，老舍《我的几个房东》里的英国房东是两位勤苦诚实的"老姑娘"，电影《七十二家房客》里的房东炳根夫妇，则是欺压房客的流氓恶霸，而眼前这位风度翩翩者，仿佛是我的同龄人，居然有可能成为我的房东？这是一位什么样的房东？

实用的大室小厅户型。主卧和次卧均朝南，光照充足，小厅和厨房、卫生间朝北，总共将近80平方米。装修陈设婉约细致讲究，白色门窗配白色家具，实木地板，银色窗帘，亚光墙纸，布艺沙发，用上海话来点评，介有腔调。而北京那时家庭装修普遍走"豪放"路线，墙壁刷刷白，水泥地用大拖把拖拖干净，顶多再铺一层光鲜亮丽的人造革地板，妥了。

我停在次卧改成的家庭视听室，日本宽屏电视，配黑桃木丹麦组合音响。见我关注那套音响，在旁一直做沉默状的房东终于开腔了，讲普通话："在小空间里听音响，有最早听到的直达声，有弹回来的反射声，两种声音交杂重叠，破坏了声场均匀度，造成拖泥带水、声音失真，所以，装修时，要用一定厚度的薄松木板，用高密度的吸音棉，吸收低频、扩散中高频，这样，高音不散、低音不粘、强声不燥、弱声不虚,演唱者的喉音、齿音都能解析出来。"他一边说,一边用两手做敲击动作,两脚配合着,就像踩着汽车离合器。

讲得这么专业,我有些惊讶。原来房东是个鼓手,在某乐团演奏"定音鼓",一种打击乐乐器,我暗自庆幸:不像是炳根帮,上帝保佑!

再看周边环境。

旁边是鼎鼎大名的武康大楼,匈牙利籍建筑师邬达克设计,上海第一座外廊式公寓大楼,始建于1924年,由万国储蓄会出资兴建,原名叫诺曼底公寓(以法国西北部半岛诺曼底而命名)。解放后,一些文化演艺界名流入住,有赵丹、王人美、秦怡、孙道临、郑君里、王文娟等等,后来我在附近的上海影城,经常看到晚年的孙道临,虽然看上去有些孤寂落寞,但风采风度依旧。

南边是上海宋庆龄故居。在这个红瓦白墙小洋房里,宋庆龄住了十六年,比住北京故居时间长。1949年,宋庆龄在这里欣然接受中国共产党的邀请,北上参加第一届中国人民政治协商会议开国大典,并当选为中央人民政府副主席,这里也是后来主旋律电影《开国大典》的实景拍摄地。在北京,有几年我住海淀,单位有班车从海淀直达东城,那时年轻,精力旺盛,风和日丽阳光灿烂之时,我骑一辆自行车,从海淀穿越西城到东城的"皇城根"上班。中途经过后海北沿宋庆龄故居,歇下脚,惬意得很,那时的后海和瓜达尔基维尔河一样，清澈而静谧。

无意间，租了鼓手的房子，鼓手成了我的房东。

无意间，搬到了传说中的上海"上只角"。"上只角""下只角"是上海独创的方言词汇，许多上海人不止一次跟我讲过这个词汇，比如上海大剧院总指挥L总。

上海大剧院是当时2000个在建工地之一，我和佩雷斯先生去坑坑洼洼的工地拜访L总，他戴一顶黄色安全帽，也给我们每人发了一顶，"戴上！""好，谢谢！""不客气，边走边聊。"大概是做过记者又做过几家企业老总，L总讲话语速极快，带上海口音的普通话，走路速度也极快。到了饭点，L总执意让我们留下来"工作餐"，结果我们头顶安全帽，像淳朴的"永贵大叔"那样蹲在工地上，每人捧一大碗上海"阳春面"。

吃完面，L总又说要请佩雷斯先生吃咖啡。对的，L总说"吃"咖啡，他从来不说喝咖啡，我注意到，不仅L总，许多上海人都说"吃"咖啡。佩雷斯先生说办公室有事等着，婉拒了L总"吃"咖啡。可是佩雷斯先生回到办公室，第一件事便是喝咖啡，他煮了一杯西班牙浓咖啡，两口饮下，说是工地上迎风吃"阳春面"肚子着凉了，用他自己家乡的"土方"西班牙浓咖啡治下。

吃过"阳春面"没几天，L总来我们西藏路桥办公楼回访。"嗯哟，小潘，办公室怎么在闸北？这里是'下只角'呀！"L总没拿我当"外人"悄悄提醒我，担心这个"下只角"影响我们在上海滩的形象。L总生于上海一个文化人家庭，一直在上海没挪过窝，是地地道道的上海宁（人）。他后来成了上海滩赫赫有名的"剧院之王"，主持过上海大剧院、音乐厅、文化广场、舞蹈中心等上海地标性建设。

1843年开埠以来，仅百余年，上海一跃成为远东第一大都市，基于其优越的地理位置和租界史的缘由，导致上海人的地域概念特别强烈。大约在上世纪30年代，上海人开始把买办、洋人、社会名流聚集的地方称为"上只角"，主要指租界一带，以现在南京路和淮海路为中心发展的豪华地区，而把闸北那一带以及南市区为中心发展的贫民居住区称为"下只角"。

"上只角"最广为流传的一个段子是，在周润发主演的电视剧《上海滩》中，吕良伟饰演的上进青年丁力说："我有一个梦想"，就是把家从闸北搬到霞飞路（今淮海中路）或静安寺，也就是从下只角搬到上只角。丁力的梦想反映的是近代上海人的普遍心理，近代上海人，房子在哪里，是社会身份的重要标志，所以，初次见面，上海人通常不会问你是哪个单位的，只是问你住哪里？便已掂出该人轻重大概分量。看房那天，房东不动声色地告诉我他住"新华路"——上只角！他父辈，或是他自己，是不是也有着像丁力一样的梦想？并且梦想变成了现实？不得而知。而北京人，不只是吃瓜的"朝阳群众"，通常会问你是哪个单位的？回答时，如果是住大院的，再补充是哪个"院"的，可以分辨出工作单位的性质和等级。

说起下只角，鲁迅先生的生花妙笔形容最为贴切："倘若走进住家的弄堂里去，就看见便溺器、吃食担，苍蝇成群地在飞，孩子成群地在闹，有剧烈的捣乱，有发达的骂詈，真是一个乱哄哄的小世界。"据说，鲁迅晚年也想将家从虹口搬到法租界，但经济实力不够，没能将理想变成现实。老上海的文人，住不起上只角，又看不起下只角，他们比较集中地居住在虹口区四川北路一带，自称"中只角"，仅多伦路一条小街，全长五百多米，鲁迅、茅盾、郭沫若、叶圣陶、冯雪峰都住过，现在成了文化名人街，闲暇时，可以在那里感受一下文人的气息。

我母亲有位儿时"闺蜜"，我们唤作"华姨"，小时候来上海，我们都住"华姨"家——虹口公园附近的海军宿舍，到鲁迅故居溜达过去十分钟，对现在的"多伦路文化名人街"倒没什么印象，只记得那里有个四川北路菜场，"闹忙"得很。抽水马桶、马赛克拼花瓷砖、纱门纱窗，都是在"华姨"家第一次见识开眼的，那时以为上海家家户户都用抽水马桶，其实到现如今上海还在做消灭传统马桶的"惠民工程"扫尾。

"华姨"家的海军宿舍建筑图纸，系"八一三"事变后，日本人在日本海军"管辖"虹口时设计的；抗战胜利，国民政府接管后按图纸施工造起房子；到后来，解放战争结束新中国成立，中国人民解放军第一支海军——华东海军成为这三排楼的第一批住户。1949年4月23日，中国人民解放军占领国民党"总统府"解放南京，也是那一天，"华姨"和"华姨父"双双由陆军转为中国人民解放军的第一批海军。和蔼可亲、年近百岁的离休干部"华姨"至今仍住在"中只角"，虹口的那个海军宿舍。

所谓的上只角与下只角往往靠得很近，在一条河的面对面，或一街之隔。电影《八佰》里，以苏州河为界，一边是灯红酒绿的天堂，一边是血雨腥风的地狱，为了追求艺术效果，形象地放大了这种对比：北岸，战火纷飞；南岸，歌舞升平。在这两极的荒诞间，人的命运却是天壤之别。实际生活中，上只角与下只角更难具体区分，并且一直在变化。或许，上只角与下只角最主要的区别存在于社会生活与文化中，甚至，只可意会不可言传。

搬去"上只角"后，有一天，家里热水器突然打不着了，我母亲正在上海小住，热水器坏了没法洗热水，有点急。我看看电源插头指示灯亮着，先排除供电问题；打火时再仔细听听电磁阀有"嗒嗒嗒"的电磁声，又排除了电磁阀损坏的可能；捣鼓了半天，黔驴技穷，只好给房东打电话。

这次见房东，又惊到我了。房东换了一身行头，穿一件茄克，背一只肩包，因为已经知道他是打定音鼓的，是个乐手，或者说，是个我行我素特立独行的青年艺术家，怎么会是这身装扮？那感觉，像极了后来看的香港电影《桃姐》,刘德华扮演的那个精明会算的电影制片人罗杰,被当成修空调的师傅,也是穿这款茄克,背一个类似的肩包。

他从肩包里掏出一个精致小包,黑色,皮质,里面齐齐整整几排改锥,不同颜色,不同长度大小,不同头型:一字、十字、米字、梅花型、六角型,如此专业,难道是他捣鼓"定音鼓"的工具?打开热水器外罩,他用带来的专业工具拧拧这里,试试那里,哦,是感应针!他拿出一块鸡皮,小心仔细地把感应针擦亮,重新安放好,果然,热水器打着了!音乐工作者,还是一个专业修理工?这两者之间,对我而言,似乎有些距离,然而,却在房东身上浑然一体,转换得天衣无缝、毫无瑕疵。

我母亲和房东聊得很欢,而且居然聊的是音乐!也不晓得母亲怎么说起朱逢博,就是芭蕾舞《白毛女》中"喜儿"的伴唱,母亲喜欢她的歌:"刹时间天昏地又暗——"悲怆高亢撕心裂肺、夺人魂魄。儿时,为了唱好这几句,有段时间,每晚七点,我放开嗓门来一阵,准点,如同后来的央视新闻联播。左邻右舍苦不堪言,纷纷关窗闭门,不晓得潘家小四这样的乖孩子闯了什么天大的祸,受到父母什么样的"酷刑"。

朱逢博!嗨!房东来了兴致,提高了嗓门,仿佛是说到了他的专业同行,话语间有些亲近,有些自豪,她乐团团长不做了,下海,开了"朱逢博酒家",就在附近,阿姨要不要去看看？房东已经收拾好那些专业工具，原本拘谨的面孔完全放开了。

二

深秋初冬，一阵秋雨一阵凉，一阵秋风一阵寒。

新华路上法国梧桐高大拱顶，苍劲有力，枝干伸向苍天，像是艺术大师邓肯开启的现代舞肢体语汇，似乎有许多神秘的故事向你叙说。秋风吹落那宽大的梧桐树叶，飘飘忽忽摇摇晃晃，落在路上落在树旁落在根部。望着这些寻根的落叶，我在想，我的根在哪？秦淮河畔的金陵？白雪覆盖着的京城？还是梧桐叶飘落的上海？显然，我还在 Gone with the wind（"飘"），还在寻找的路上。

皮鞋踩在绿的黄的红的、缤纷落叶铺就的人行道上，发出清脆的"咯吱咯吱"声音，跟我房东做的行当——打击乐有些类似，所以他踩得颇有节奏感，让我想起好莱坞电影《雨中曲》中的那个男演员，撑着雨伞在雨中尽情欢唱"踢踢踏踏"翩翩起舞的经典镜头。一身修理工打扮的房东两眼炯炯有神，英姿勃发，指这指那，谈笑间，俨然成了二千多米长的新华路"房东"。

他指着一栋洋楼，说，这个原先是"造纸大王"金润痒的房子，军统头子戴笠知道哦？他和胡蝶在这里住过三年。"就是那个电影明星胡蝶吗？"我母亲问。她小时候来上海,在"国泰影院"看过胡蝶电影。"对的,就是大明星胡蝶,模子好,演技又好,天生是老天爷赏饭吃!"房东笑了笑,颠了下肩上那个装有修理工具的大包,接着说,"这幢房子,立面水平线条流畅,大玻璃窗、钢门、钢架,简洁,无繁琐的装饰。而英国乡村式花园住宅,白色粉墙露出黑色的木框架;法式风情建筑,布局上轴线对称,廊柱、雕花、线条制作工艺精细讲究,屋顶上有精致的老虎窗,贵气典雅。""嗯,确实典雅!"母亲听得津津有味赞叹不绝,像是跟着房东在游览万国建筑博览会。敲定音鼓的房东,背着修理工的肩包,滔滔不绝如资深讲解员,三个不搭界的工种,怎么会如此和谐统一在一个人身上?真是令人难以置信。

除去英式、法式、德式建筑,新华路上也有气势恢宏皇宫似的中式建筑,就在邮政局旁边,据说原先是陈果夫旧居,再早些时,是一栋道观、或者庙。还有荷兰、意大利、西班牙风格的老建筑,有幢双层圆形的房子,蓝色屋顶,这个形似奶油蛋糕的"蛋糕房子",我知道,曾经是西班牙驻上海总领事馆。

某日,照常在办公楼食堂用中餐,照常是一荤一素一汤"本帮菜"。吃着吃着,佩雷斯先生忽然和楼里那位党委书记聊起上海国际电影节,我在旁一脸诧异:不远万里来到中国的佩雷斯先生居然还知道上海国际电影节!一直以来,我关注遥远的美国奥斯卡金像奖、法国戛纳电影节,留意意大利威尼斯电影节、德国柏林电影节,唯独没在意身边这个上海国际电影节,居然对这个电影节的后起之秀一无所知!

看出书记也是一脸茫然状,佩雷斯先生笑了笑,有几分得意,说,如果不是西班牙语影片获奖,他也不会注意这个电影节。因为阿根廷的官方语言是西班牙语,所以阿根廷拍摄的电影,属于西班牙语影片,而不是西班牙电影。影片在上海国际电影节获奖,事情来得有些突然,有些措手不及,摄制组来不及日夜兼程赶赴万里之外地球另一端的大上海。

咋办?阿根廷通过西班牙驻京大使馆文化处,请上海外语学院西班牙语教授佛朗西斯先生代为出席闭幕式,代摄制组领奖。

孟子说过,天将降大任于斯人也,必先苦其心志、劳其筋骨、饿其体肤、空乏其身,恐怕是有道理的。教授佛朗西斯就是中国小说《最后一个道士》的西班牙版"道士",一副清风瘦骨,虽然瘦,但很有精神,很有仙家气势,他自称不喜抛头露面才干起教书这行当,谁知,这回,与情与理,西班牙版"道士"必须抛头露面了。

佛朗西斯辗转难眠,不知道该怎么办,只好求助于在上海的同胞佩雷斯。没问题!身型矫健如西班牙斗牛士的佩雷斯先生,以西班牙斗牛士的风骨和气势,极力安慰一脸愁容的"道士"佛朗西斯,没问题!多找几个人就是了！问题是，当时长住上海的西班牙人，连同经商的、留学的凑一打都凑不齐，而且关键时刻，那些西班牙斗士仿佛做人很不厚道，玩人间蒸发，都消失得无影无踪，那时候，没有微信，也没有脸书，手机电话都很少有人用。

咋办？

已经将我们食堂"本帮菜"想象成超大号西班牙海鲜大餐的佩雷斯先生脑筋急转弯，请我"加盟"。"好！好！好！"党委书记看看我，又看看佩雷斯，连声三个好！称赞佩雷斯先生出的这主意啊——仅次于哥伦布当年航海远赴美洲新大陆的"金点子"。然后猛地拍了下餐桌，像是众多影片里那些运筹帷幄决胜千里之外的大将军，又像是我的房东在敲定音鼓，一锤定音——就这么定了！

坚辞。都说人贵有自知之明，我那点西班牙语"二把刀"自己心里有数，岂能众目睽睽之下登国际电影节大雅之堂？我越推辞吧，道士佛朗西斯教授和斗牛士佩雷斯先生的意念越执着，意志越坚定，坚称，怎么越看我越像本届西班牙瓦伦西亚小姐冠军得主：黑头发、白皮肤、大眼睛、瘦高个，绝对！是"加盟"领奖不二人选！奉劝我站在中西友谊桥上，拉把手，帮个忙，把中国传统"谦虚"美德暂时放一放。

这样，几位临时客串"剧组"嘉宾，驱车来到新华路160号上海影城。教授佛朗西斯黑西服、红领带，他知道，红色在中国是喜庆颜色。佩雷斯先生也是黑西服，一根蔚蓝色领带衬得他那双地中海蓝的眼睛格外蓝。至于"山寨"西班牙小姐我吧,一改平日职业女性着装穿衣低奢内敛风格,用一条艳丽丝绸大花裙,来极力传递世界上距离中国最遥远的国家——阿根廷民族的热情奔放和神秘魔幻。

我们一同走进上海影城第二届上海国际电影节闭幕式会场,如果闪回到上世纪20、30年代,这里是上海英美公共租界的英国"哥伦比亚马术学校"。1991年建成上海首家五星级影院,开创中国多厅影院之先河。闭幕式进入颁奖流程,瑞士《打破沉默》获最佳影片,阿根廷《火屋》和俄罗斯《美国女儿》获评委会特别奖。《火屋》讲的是阿根廷医生马萨博士的故事,一位白求恩式的好医生。

顺利而又光彩夺目地代表阿根廷摄制组领完奖后,清风瘦骨的佛朗西斯教授喜笑颜开,执意领我们到新华路上一幢双层圆形房子,蓝色屋顶。他用规范化的西班牙语,重音落点非常准确,郑重其事地告诉我们,这幢房子曾是西班牙驻上海总领事馆。民国时期在上海的西班牙人没有详细数据,但估计,组团领奖应该不是什么难事。后来,如同电影片尾有时打上字幕:教授佛朗西斯离开上海后去了南美,继续教授世界第二大语种——西班牙语。

房东说的"朱逢博酒家"就在上海影城对面。

一幢小洋楼,霓虹灯招牌在夜幕里闪烁不停,好像是在招揽我们,母亲和我不约而同地加快了脚下的步伐。走近看,倒抽一口凉气——门上贴着封条,里面黑灯瞎火。

房东踩上几块砖头朝里张望。

酒家一楼是临街的西餐厅、酒吧，透过落地大窗，可以欣赏新华路的优雅。二楼中餐厅，正宗典雅，三楼卡拉OK演歌厅，设备一流，音乐圈里的人都爱来这里，都是冲着朱逢博老师的名气来的！点歌唱，写字条，朱逢博老师也常为客人一展歌喉。房东一边朝里张望一边做同期声解说，霓虹灯继续闪着，一切都显得朦朦胧胧有如梦幻。

可惜封门了，进不去！房东的热情之火瞬间熄灭，他从砖头上跳下来，看上去有些尴尬。岂止是尴尬，简直是垂头丧气了。没事！没事！细心的母亲察觉到了，执意要请房东一起吃饭，哪怕是一碗面！房东思索片刻，好吧，去吃面！

我们又随房东走到和新华路相邻的法华镇路。

法华镇路得名于北宋开宝年间所建的法华禅寺，从前是个繁华小镇，传说是上海最早的小镇，所以民间都说"先有法华、后辟上海"，搞得那些住法华镇路的"镇民"有一种坐看潮起潮落，笑谈云淡风轻的飘逸和超然。和隔壁的新华路洋派"高大上"迥异，法华镇路上依旧保留小镇亘古不变的日常，那些小吃店、杂货店、理发店、肉摊、鱼摊、糕饼摊挤挤挨挨，其味相互交融，你中有我、我中有你，街面路上，飘溢着一股浓浓的人间"烟火气"。临街路边大小不一长短不齐规格不同的各色窗户泄露出来的灯光，映在地上，闪闪烁烁，真是非常的卡夫卡。

走进路边一家面馆。

里面有五张台子。"啊!是童祥苓?"京剧《智取威虎山》"扬子荣"的扮演者童祥苓!我大吃一惊,"扬子荣"可是我们潘家上上下下全票一致通过的偶像,《智取威虎山》孤胆英雄"扬子荣"的电影海报,一度,曾经是我们家白晃晃墙壁上唯一的装饰和亮点。当年看过京剧电影《智取威虎山》回家,我母亲用钥匙打开卧室大壁柜,从枣红色皮箱里翻出她压箱底的羊皮大衣,衬里和杨子荣的大衣一模一样,是雪白雪白萝卜丝般的长羊毛。破天荒的,母亲让我们几个孩子轮番上阵,穿上她珍贵的羊皮大衣,学着杨子荣的动作摆姿势。关键是,最后一个亮相动作,必须要展示皮大衣的里衬——雪白雪白的长羊毛。

"是的,是童祥苓老师。"房东肯定地回答。

一年前,58岁的童祥苓从上海京剧院提前退休。他拿出与"杨子荣"和朱逢博一样的勇气,下海!领着一家四口开了这家"童祥苓面饭馆",墙上隐约有些裂缝,那张全国人民熟悉的《智取威虎山》宣传海报格外醒目。画中,孤胆英雄"扬子荣":军服,披风,瞪着一对精气神十足的大眼睛,穿林海、跨雪原、气冲霄汉。画外,京剧名伶童祥苓,八岁学戏,拜马连良、周信芳为师,曾经红遍大江南北、长城内外,现是面馆老板兼"店小二",正忙着招呼生意,真是"来日方长显身手,甘洒热血写春秋"。

房东喊了声:童老师,请来三碗面!看出他是这里的常客。好!"杨子荣"声音依然洪亮,标准京腔。房东跑进厨房去打招呼,尽管他背的是修理工常背的那种肩包,不是黄书包,也没穿"文革"时兴的"黄褂子",但母亲认定房东是"部队的孩子!"不得不佩服母亲眼力了得!

当年,房东的父亲穿上黄军装,佩上五角星、红领章,从黄河边出发,脚踏祖国的大地,向前,向前,一路向前,向前到黄浦江,向前到大上海。赶上后来的"三支两军",三十郎当岁的人,成了"军管会"代表,意气风发,执掌大权。后来,和我母亲儿时的闺蜜"华姨"一样,转业留上海,留在了"上只角"国宾道新华路。每到中秋,圆圆的月亮升上来,隔水蒸上一锅正宗的阳澄湖大闸蟹,再配上镇江产的香醋,房东的父亲几杯酒下肚,高兴了,就会和儿子说说当年从故乡来到大上海,说说那些光宗耀祖的事。想想也是,上海是他一生中的辉煌篇章——结婚生子、步步升迁,那时目光随便扫一下天空,那片云彩就得下雨呀!据我儿时观察,如果四周是一片平地,一棵树或一个房子,会显得比它本来体积至少要大两倍。

见过房东的父亲,高高的个子,宽宽的肩,长长的腿,不管站在何处,挺得笔直。这些,房东都遗传了。父子俩的眼睛,乍看,都不显山,不露水的,但仔细看,目光差别很大。父亲,沉稳中透出坚定,像远洋船上的船长,经历过风雨,见过事、掌过事、成过事的那种。儿子呢,淡然平静中会闪闪电,像爵士乐插入打击乐,处于人生调试阶段。比如说,从单身到成家的调试。

搬去"公寓"那天,见到房东新婚不久的太太,画着淡妆,黑黑的直发齐到脖子,眼神清冽而毫不犹疑,小巧玲珑短跑运动员的身型看似单薄,却有极强的爆发力。虽然她自始至终隐于房东身后,且不多言不多语,但是,依我看,是一位大家心目中的上海女子——精致又精明。

北方人如果初来上海,看到当地的女子,可能会被惊艳到。这些女孩子的气质,是骨子里带的精致,温柔如水,却又坚韧如水。早在民国初年,上海就不乏职业女性,1920年代上海银行界的女精英:欧谭惠然、严叔和、谢姚稚莲,还有诗人徐志摩的前妻张幼仪。再后,宋氏三姐妹、阮玲玉、胡蝶、周璇等等,她们都是性格温婉、又柔中带刚的女人,缔造了一个个光芒四射又繁华落尽的故事神话。张爱玲、苏青等更是上海知性美女的经典,期期艾艾的小资情调在她们的身上、笔下发扬光大,成为这座城市另一种独特的符号。一方水土养一方人,黄浦江的水和西太平洋的风造就了上海女人精致又精明。

上海女人的精明似乎是早就见识过的。

小时候,我们院里有不少上海人,有家女主人和我母亲同姓"施",男主人对城里"体面"职位没兴趣,宁愿在市郊的"节制闸"做一个默默无闻的水利工程师。一个大男人,每天骑一辆"二六女车",前面没大杠的那种小巧自行车,风雨无阻。下班返回,车后座从来不空着,总要从乡下或是水库给女主人捎点什么，要么鱼、要么虾、要么螃蟹。

等院里孩子馋巴巴地闻到鱼腥蟹味时，这些河鲜江鲜，或者卧倒在案板上，或者早已下到锅里。正是上世纪 60 年代，物资食品供应极其匮乏，院里孩子一边咽着口水一边猜测议论他们家的菜谱，我就是由这样的"纸上谈兵"，知道了上海"本帮菜"：水晶虾仁、响油鳝糊、油爆河虾、油酱毛蟹、红烧鲴鱼……

有一回，某叔叔到上海出差，有人让他捎一个电动小火车玩具给"施先生"，他便想当然地送到我家。在一片惊呼声中，我哥将电动小火车开起来！谁知，某叔叔搞错了，小火车应该捎给那家上海人"施老师"。我母亲急忙将小火车和铁轨擦拭得干干净净，仔细查验无一损坏和碰瓷，才仔细装回盒子，交给某叔叔带走，说实在不好意思让小民拆开了玩过一次。几天后，某叔叔又提着小火车盒子来我家，那个"施老师"说了，既然小民玩过了就留下玩吧。我母亲打开盒子包装，里面赫然多了一张发票。我母亲笑笑，转身进了卧室，从壁柜里拿出小匣子，按照发票上的圆角分一分不差地请某叔叔转交那位上海人"施老师"，这大概是我们童年玩过的最高档电动小火车，加上个中曲折，所以印象极深。

我租住的这套上只角"公寓"，本是房东父母给小夫妇准备的婚房，专门请了五星级饭店的工程队，从设计施工到陈设布置都花了一家人很多心思。等到结婚照拍了,婚宴酒席摆了,婚房给亲朋好友也展示过了,乘着公公婆婆外出不在家,新娘子和新郎官盘算,新房还是出租比较"划算",一是租金相当于两个人的工资,二是婆家新华路有地方住,而且不用另外开锅了,对婆家而言,也就是"添了一双筷子",对他们小两口来说,既省钱又省下时间,好去做许多别的事体。

房东父母家,真巧了,紧挨那幢"双层蛋糕"房子——民国时期的西班牙驻上海总领馆。第二届上海国际电影节闭幕颁奖那晚,佛朗西斯教授如果喝点小酒,醉眼蒙眬中看岔了门牌号码,用手指敲击的,恐怕就是房东父母的家了。也是西班牙风格二层别墅,外墙爬满绿绿的藤萝,墙角开满淡淡的紫罗。宽敞气派的客厅,四四方方,通向主卧、次卧、书房、餐厅。两组皮质沙发面对面放着,中间隔着方形矮桌,仿佛是要等着会谈的架势。壁炉对面,一台立式钢琴,是整个客厅的聚焦点。

新郎官听了小娘子一番"盘算"大吃一惊,他父母就是不想有大家庭的麻烦,才给他们另外买了婚房,这且不说,亲朋好友晓得他们把新房出租了,那是多么的没面子啊!他习惯性地坐到三角钢琴前。

钢琴,房东说过,这个让他又爱又恨的玩意儿,就像拨动他心弦的初恋,伴他走过童年、少年,和正在走着挥洒的青春。和普天之下那些幸与不幸的琴童一样,他的童年很少童趣，少年很少玩伴。也和被馅饼砸中、中了彩票的幸运孩子一样，他如愿进入上海音乐学院附中（小），这是著名音乐家贺绿汀一手创办的音乐家摇篮，东方梅纽因学校——每一个窗口都有一个天才：三岁学琴、五岁登台、十岁获全国少年钢琴比赛冠军的钢琴家刘诗琨，生于"钢琴之乡"鼓浪屿、创作钢琴伴唱《红灯记》，主创钢琴协奏曲《黄河》的钢琴家殷承宗，这些在音乐界如雷炸耳的"大腕"，均出自上海音乐学院附中附小。

房东一边弹琴一边慢慢平复心情梳理头绪。嗯，财务专业毕业的小娘子讲得也有道理，实惠！实惠，是上海这个市民城市过日子的基本准则，应该说，是上只角和下只角的共同点。上海男人是实惠的，上得厅堂、下得厨房，不充大、不滋事，更不为一时豪迈买无谓的单。照北方女人的标准，这也许是一群不大口吃肉、不大口喝酒、不大声喧哗、不大拍胸脯、包打天下，缺乏大男子汉气势的男人，但照过日子的标准，他们实在是实惠。所以，冲着实惠，上海男人宁愿在市郊做一个默默无闻的水利工程师。以物质为度量衡，复杂的事情简单化。所以，和上海人谈生意，无需喝大酒，无需称兄道弟，无需假装朋友，只需告诉上海人利益切分。上海是个做合法生意的地方，连北京人都说，上海人作为生意人——靠谱。

当然，住久了你便晓得，上海也不全是生意人。

比如我熟悉的上海音乐学院教授黄白。

第一次见黄白教授，她素面朝天，上身套一件白色钩针衣，里面是毛蓝盘扣中式短衫，快奔七的人，身型紧致、匀称，目光温暖、清澈。或许，因为都有风车之国荷兰生活的经历，都有荷兰缘吧，我们一见如故。我们聊的，经常都是些"虚"的不实惠的话题，比如音乐，比如荷兰四宝：风车、木鞋、奶酪、郁金香，比如阿姆斯特丹中央火车站旁的那个著名水坝广场，到处充斥的咖啡香味，搞怪的街头艺人，还有来来往往的各国观光客，常常聊得哈哈大笑，聊得乐而忘归。

黄白教授聊过，上世纪80年代，有个叫Kowwenhoven的荷兰女孩，父亲是荷兰贵族，可她对继承爵位没兴趣，开了一个小庄园，经常资助别人，还喜欢上了在西方人看来比登天还难的语言——汉语。为学汉语来到中国，后来竟然迷上了江浙一带的"吴歌"，就是距今已有三千多年历史的吴地民歌民谣，又到上海音乐学院上黄教授的课，对中国民间音乐产生兴趣，从此一发不可收。这位金发蓝眼荷兰女孩，顶烈日、冒寒风，踩一辆"二八"男式自行车，到江南各地采风，收集、研究各种民间音乐，足足有两年时间！

这世界很大，有时又很小，小到黄白教授，竟是我房东的"学姐"！追根溯源，上海音乐学院附中（小）前身，是音乐家贺绿汀教授于1951年创办的少年班，当时招收了25名学员，也是新中国培养的第一批音乐家。60年后，首届"少年班"25位中的14位同学,从香港、北京、新疆、南京等地赶到上海,重访学思湖畔当年的第一琴房楼,贺绿汀老院长当年的办公室,追忆当年飞奔在童话般世界里,树木葱郁、假山叠垒,古樟与小楼相映、琴声绕彩虹共飞,情不自禁地唱起60年前课堂上唱过的试唱曲、合唱曲,泪如雨下不能自禁。他们当中,有小提琴协奏曲《梁祝》首演者、著名小提琴家、小提琴教育家俞丽拿教授,还有房东的"学姐"黄白教授。

房东问我10岁在干嘛?

对呀,这个年龄的我,在干嘛呢?

想起来了!10岁那年,因为"脑膜炎"休学,我"幸运地"随母亲去了农村,我哥随父亲去了另一处农村,我大姐和二姐哭成一团,被留在城里家中。我们住在一间像仓库一样的女生宿舍里,有二十张床,晚上,我和母亲挤在一张小床上,像婴儿躲在妈妈的子宫里,很安全。白天,大人们去工作或下地,周围大片的庄稼地,望都望不到头。偌大宿舍只剩我一人,翻翻几本卷了边的书,写写字、做做题,数数自己的心跳,有时也会望天上云卷云舒。

后来,我发现了一个好去处——伙房。忙不完的三餐,忙中取乐的恶作剧,又热闹、又暖和。为了能待在伙房,有时,我得装成空气,什么大师傅给某个漂亮阿姨几块鱼呀,师傅们把肉吃了留下一锅菜呀,这时,我是假装不存在的。有时,我得变成收音机,什么"武松打虎"呀,

"三打白骨精"呀,我从念书、背书发展到,带着表情、敲着水盆,在伙房说书。熬到这份上,总算吃到香喷喷的大锅巴了,那香,至今想起来都流口水。最后,十八般武艺,唱、念、做、打,全上!我请房东原谅,用了这么专业的词汇,想给自己壮壮胆,往他们那个艺术圈里靠一靠,没别的。

人生如同流动的河,时而湍急,时而徐缓。河水带着你,一会儿飞流直下,一会儿在回流中原地打转,一会儿滞留岸边看风景。不知什么时候,吹来一阵风,飘来几滴雨,起身上路。

三

据传,词作家阎肃老先生当年为86版电视剧《西游记》创作主题歌,凭记忆中小时候读到的《西游记》故事,自然而然地写出了歌词的前半段:"你挑着担,我牵着马,迎来日出送走晚霞……"叙述唐僧师徒的坎坷艰险和酸甜苦辣,却感到缺乏深度,闭门数日反复琢磨故事情节也不得金句。他在屋里来回踱步,弄得一旁复习功课的儿子说地毯上都给你走出一条道来了。额哟!一语惊醒梦中人,他拍拍后脑勺,猛然想起鲁迅小说《故乡》的最后一句话:"其实地上本没有路,走的人多了,也便成了路。"老先生脑洞门轰然大开,终于写出了"敢问路在何方,路在脚下"

这段寓意深刻而又充满哲理的传世金句。

"路在脚下?"我房东思忖阎肃老先生的金句。

他低头目不转睛地盯着自己的那双大脚——套在一双擦得油光锃亮的皮鞋里,脑海中却仿佛有一只燕子在盘旋。燕子抖动翅膀绕过来、绕过去,前后左右、忽起忽落、忽远忽近,像是一架在空中来回盘旋的飞机,等待机场调度中心的指令,一边盘旋一边急不可待地问:敢问路在何方?路在哪?

"其实地上本没有路,走的人多了,也便成了路。"

鲁迅先生在提醒他。和艺术界前辈阎肃先生,以及我们这代人一样,我房东也熟读鲁迅的《故乡》,除了音乐、艺术界逸闻趣事和上海租界的传说,他特别爱聊鲁迅。不奇怪的,曾经,中国作家排行榜上,最受众人追捧的,甚至可以说独领风骚的,非鲁迅先生莫属。那时候,仿佛只有鲁迅先生作为孤独的存在,他的名言,"横眉冷对千夫指,俯首甘为孺子牛。"几乎成为全中国人民的座右铭,前不见古人,后不见来者,"念天地之悠悠,独怆然而涕下。"

从故乡绍兴摇着乌篷船出来,鲁迅东渡日本先是学医的,后来因为对国人"哀其不幸,怒其不争",愤而弃医从文。同时期,地球上弃医从文、且成文学大家的,要数那位被英国女王授予"荣誉侍从"的毛姆先生,以小说《月亮和六便士》《人性枷锁》而闻名于世。毛姆在文字的讥讽中潜藏对人性的怜悯与同情,而鲁迅则用文字做匕首、做刀枪，一路征战。

鲁迅生命的最后十年是在上海虹口度过的。先是横滨路35弄，没有卫生设施，也没有煤气。然后搬到多伦路拉莫斯公寓，一幢钢筋水泥的四层公寓，算是当时的高级住宅。最后才搬至山阴路132弄，那种独门独户的三层新式里弄住宅，煤气、卫生、冰箱一应俱全，这已经是当时上海滩中上等人家的配置了。房东如数家珍讲述他的偶像像是领着我游览后来被打造成旅游文化景点的虹口"鲁迅小道"，比官方版本介绍更为详致，吃五谷杂粮散发人间烟火气的鲁迅在我眼前一下子鲜活了，有脉象有温度，有月亮也有便士。

"去过虹口吧？"房东问我。

去过。岂止是去过，相当熟。小时候，到上海，都住虹口海军宿舍——我母亲儿时的闺蜜"华姨"家。记得"华姨"指向她家附近的一处房子，说，鲁迅在这里住过，语气轻松随意如同在说一位熟人故友。

1843年，中国被迫执行中英《南京条约》，上海口岸对外开放，第一批洋人看准了苏州河北岸地价低廉且远离城中心，在那里租赁土地，建造住宅和教堂，虹口逐渐成为英美来华人员的既定居留地。《马关条约》后，日本取得在华特权，1883年，日领馆和日本东本愿寺别院先后在虹口建立和迁入，大名路、塘沽路、武昌路、吴淞路一带，四处可见穿和服、蹬木屐的日本人，随着道路拓展，日侨在多伦路、山阴路、溧阳路一带建造了大批日式房屋，形成日本人在虹口最大的聚居区。仿佛是冥冥之中自有安排，早年在日本留学的鲁迅，和孙中山先生同期赴日的"崔老爷"的二小姐"华姨"，先后住在这里，成了跨时代的"街坊"邻居。

楼里海军转业的党委书记也住虹口。

而且，没想到，他是"华姨父"的老部下！不仅熟悉"华姨"夫妇，连同他们的几儿几女都说得清清楚楚无一遗漏，再次感觉这个世界啊——有时很大，有时又很小！党委书记执意要请我礼拜天去他家吃饭：必须的！盛情难却。我房东说过，请到家里吃饭，是上海人待客的最高礼遇。

书记家是一幢日式别墅，砖木结构假三层，清水砖墙，坡顶红瓦，庭院以竹篱笆相隔，恍惚间，让人有一种置身日本长崎街市一角的错觉。当穿着米色毛衣、系着藏青围裙的书记来开门，我着实吃了一惊，因为已经见惯他在办公楼里西装革履、正儿八经的装束。再有，京城生活十余年，也习惯了北方"男主外女主内"的习俗，即使平日里是男主内，来了客人，还是要假装成"男主外"吆来喝去，你懂的，面子嘛！上海人不同，男人做饭理直气壮，天经地义，没什么见不得人的，用不着藏着掖着。

这幢别墅住有两户人家，书记家的客厅兼餐厅在一楼，他太太陪我在一楼喝茶吃茶点吃水果聊天，透过宽大明亮的窗户可以欣赏花园景色，虽然早已入冬，北方漫天飞雪萧萧瑟瑟,他们家的花园依旧花红叶绿。细看,与其说花园,不如说是鲁迅笔下微型版的"百草园"。红红的、密密的"火把果",又叫做"吉祥果"的,在暗褐色老枝上争相簇拥,宛若一把把春来发枝的相思红豆,我知道,"火把果"的果实、根、叶均可入药,在清热解毒上有很好的效果。红红的还有"冬珊瑚",不似"火把果"那么密集,那么"闹忙",颗颗像樱桃,色泽艳红,又像一个个小灯笼,散散淡淡地立在绿叶间,"冬珊瑚"也是一味药,常用来治腰肌劳损。

和我房东太太的"小巧玲珑"两样,书记太太身材高挑,有着西方人崇尚的那种小麦肤色,一头波浪式长发看似随意地披着,细看是精心收拾过的。她说,原先她也是海军,转业前失眠头发掉了好多,我看了看,头发依然乌黑浓密。发愁,从部队到地方,不知道往后的路该怎么走?我的目光移向客厅木地板上的一块羊毛手工地毯,以为书记太太会像阎肃老先生那样在地毯上来回踱步;又或者,像我房东那样,对着自己的脚思忖阎肃先生的金句:敢问路在何方?路在脚下。

还好!她到了一个中外合资企业,通信行业有名的,工资翻了几番,又随团去过好几个国家,惹得那些留在部队的战友羡慕嫉妒恨啊!她笑起来显得更加的唇红齿白,一看就知道有着北方人的快人快语热心肠。她说"公司"正在给"重要客户"特制一批新年"笔记本",不是现如今的电脑笔记本,是那种高档皮封,上等纸张,大开本的纸质笔记本。好的,把小潘添到名单里!她朝书记欢快地说。那以后,好多年,她给我特制笔记本,皮封面上都印有我的名字。

厨房由二楼的楼梯间改装而成,系着藏青色围裙的书记忙着做鱼做虾做鸡汤,大概有过军舰训练经历,他麻利地蹬着木楼梯跑上跑下,还不时地进到客厅来和我们聊几句,衔接得恰到好处,基本不会"断片"。仿佛是突然想起了什么,书记指向窗外的一处房子,说,鲁迅在那里住过。和当年的"华姨"一样,语气轻松随意如同在说一位熟人故友。

房东问我对虹口的印象,我沉思片刻,索性学书记太太快人快语,直截了当地说,"从前的法租界,雍容高贵的老洋房,寂静优雅的高级弄堂,欣赏感慨之余不免有层距离感。虹口则不然,她既是极力吸收西方文化的时尚摩登女郎,也是从吵闹纷杂的弄堂里出来的带点小市民气息的小姑娘,外来的和内生的相互糅合,最后生长成独特的样子:带点草根文化、让人感到亲近的上海。"

房东换了一身行头。

原先修理工的夹克、便装裤、轻便鞋不见了,他又穿回搞古典音乐普遍配置的黑白经典色,黑羊绒套头衫露出一点白衬衣的领子,黑裤子,配黑皮鞋。每天皮鞋擦得锃亮,恐怕都可以当镜子照照用来刮胡子了。出门时,黑羊绒衫外面再罩一件黑色羊毛大衣,像电影《间谍桥》里汤姆·汉克斯扮演的男主角将衣领竖起。准时出门,显得很忙。他父母或小娘子问他忙什么?他回答,要么是排练,要么是演出,要么是谈什么项目,总之一个字:忙。房东告诉我实情,其实,乐团没什么演出了。

那是一个"全民经商"的年代。下海!下海!去创业!去外企!到能挣钱的地方去!十亿人民九亿商,还有一亿在发展。借用民间丈母娘择"婿"风向标的说法,最抢手的,七七年以前在部队,七七年以后在大学,到了八九十年代,便在商界了。时间就是金钱。时间就是生命。谁有时间,谁有心思,谁有闲工夫坐下来,聆听欣赏什么斯基,什么降B、降F大调的古典音乐?!

眼看上海滩的演出场馆都改卖羊毛衫、放录像带自救了,房东所在的乐团也急了,分成若干支"轻骑兵"送音乐下乡讨生活、谋发展。该乐团配置了得,弦乐组有小提琴、中提琴、大提琴、倍大提琴(低音提琴),木管组短笛、长笛、双簧管、单簧管、大管(巴松),铜管组小号、长号、法国号(圆号)、大号,打击乐组定音鼓、军鼓、大鼓、大镲、锣、管钟、三角铁等,还有竖琴、木琴、钢琴等。所谓文艺"轻骑兵",从一个人单挑起一支乐队,到十个八个人的组合都行,总之,使不上房东的定音鼓这样的大家伙了。

乐团通知一干人"自谋出路"。换句话说,我房东属于

"准失业"人员,即,暂时有单位,而工资如天女散花落到他手里的零零星星。如此之"巨变",房东愣是在他父母和小娘子面前守口如瓶只字未提,照常准时出门,显得很忙,晚上回家还带点酒气。我的一位北京同事被派到日本工作,他说,日本男人下班后喜欢去居酒屋喝酒聊天,带着一身酒气回家,妻子乖乖地拿着拖鞋给男人更换,调好热水,忙前忙后服侍得好好的。如果丈夫下班即回家,且没有一身酒气,妻子便认为丈夫"没出息",所以许多日本男人宁愿自掏腰包在居酒屋喝酒,谎称是公司有"应酬"。

有回出差去"交易会",北京同事和我一个车厢上下铺,他妻子来送行,把已经铺得整整齐齐的被子、枕头、床单,抓起来抖抖拍拍,里里外外来来回回三遍,然后拿出一个水杯,一个饭盒放到小桌上,直到开车铃打最后一遍,她的花格子大裙才飘落到站台上。车到石家庄,同事打开那饭盒,原来是半盒卤鸡蛋,半盒香喷喷花生米和几截碧绿碧绿的黄瓜,羡煞我们这些吃瓜群众。那位同事后来和他留在国内的妻子离婚,找了一位日本妻子,听闻后不胜唏嘘,不知道他是不是因为经常去居酒屋喝酒,回家后有人拿拖鞋调好洗澡水把他服侍得如同皇上。

有事没事,房东喜欢在淮海路溜达。

想必你听说过上海法租界有条"霞飞路"。"霞飞",一个听上去颇具文学韵味的词语,在这里,不是用来形容长江入海口霞光万丈百鸟竞飞的景色,而是一位赫赫有名法国元帅的中文名字约瑟夫·雅克·塞泽尔·霞飞。第一次世界大战，霞飞将军重组溃败中的法军，于巴黎附近的马恩河集结，一举击退了差点要占领法国首都巴黎的德军，随后被晋升为元帅，被誉为一战中巴黎的拯救者，就像是二战中的朱可夫元帅之于莫斯科保卫战。1922年霞飞元帅来到中国上海，引起巨大轰动，在以他名字命名的马路"霞飞路"，欣然种下了一棵树，在殖民地的租界美其名曰"和平树"，多少有点讽刺。

　　如果70多年后的上世纪末，霞飞元帅再次莅临霞飞路，发现它早已改名淮海路，不管是从空中、海上，还是陆地过来，沧桑巨变，恐怕都有可能神情恍惚，以为是他自己年事已高，老眼昏花，时空错觉，这繁华的街道究竟是上海的霞飞路？还是法国巴黎香榭丽舍大街？淮海中路两旁高大的法国梧桐树俨然成了两队蜿蜒向前的圣诞树阵列，一律披挂上五颜六色的圣诞彩灯，在"铃儿响叮当"的乐曲声中，争先恐后地欢呼跳跃闪闪烁烁。圣诞树阵列背后，西餐、西点、西服、名店、名品、影院鳞次栉比一个挨一个，朝街的玻璃橱窗和玻璃门上，都用油漆喷上了雪白的圣诞树，戴红帽子穿红衣服的圣诞爷爷，还有中英文对照的祝福语：Merry Christmas！圣诞节快乐！

　　圣诞节快到了。之前我在欧洲一些国家过圣诞节，商场圣诞节促销大减价活动，各家各户装饰圣诞树，教堂唱诗班圣诞颂歌天籁般的合唱，礼物不管大小轻重贵贱，包装都十分用心讲究，或华美或素雅。在北京参加圣诞节活动，多是工作缘故，有时在某驻华大使官邸，有时在某高档饭店，都是中小型规模。有一次，在北京饭店参加圣诞晚宴活动，规模之盛大完全超出预想，后来知道，除了邀请的嘉宾，有不少是下海后"先富起来"的，高价买的圣诞晚宴入场券来"显摆"嘚瑟一下，来"混个脸熟"。当时北京大部分人对圣诞节普遍还没啥感觉，认为这个"洋节"跟他没啥干系。

上海就不同了。

西洋之风登陆中国，数十里洋场上海滩风头最盛。就说房东喜欢溜达的淮海路，曾经的宝昌路、霞飞路，这条1901年辟筑的时尚商业街，带着法兰西格调的欧陆风情。二三十年代一批俄侨迁入，圣彼得堡贵族们在这里开设了崇尚法国文化、精致而又高雅的商铺，营造了淮海路区域独具魅力的异国情调。宋美龄在上海唯一的房产，宋家陪嫁的一幢英式花园别墅，蒋介石在南京执政时期的行宫"爱庐"也在淮海路（霞飞路）。我房东对宋美龄的"陪嫁"别墅很熟，因为宋美龄的花园别墅后来属于房东的母校——上海音乐学院附中。

"巡视"完从前的霞飞路、现在的淮海中路，房东习惯性地拐向衡山路，就是从前法租界那条著名的贝当路。20世纪90年代起，可以说，衡山路是上海最大的酒吧街，和北京三里屯酒吧街齐名。我1982年到北京，1983年三里屯第一家酒吧开张，随后逐步演变成了酒吧街。职业缘故，我也时常光顾三里屯，因为三里屯酒吧街的名气大，有的地处附近的外国使馆索性将门牌号码由三里屯路改为"三里屯酒吧街"。

夜晚灯火辉煌的酒吧，同样为衡山路营造出一种朦胧的、多情调的、暧昧的，世界的，也是上海的独特韵味。这种精心雕琢的浪漫，吸引怀揣各种梦想来到上海的国际人士，他们在烛光摇曳、浅唱低吟的音乐声中寻觅自己故乡的回忆，寄放他们对家乡的怀想。有人以为外国人泡酒吧就是去"寻欢作乐"，其实未必。就跟我们80年代去往人生地不熟的异国工作或学习，那时没有手机，没有现在无时不在的互联网，孤独，想家了，便去"唐人街"走一趟，吃点已经洋化了的中餐，要点萝卜干、酱豆腐下饭，便心满意足，寄托一下乡愁。

衡山路的某个酒吧，老板自豪地和老外比画，这里的钢琴师原先都是国内著名乐团的"大腕"，获过什么大奖！许多钢琴师和我房东一样，从音乐附中到音乐学院再到乐团，从小到大只跟音乐打交道。唉！喝得已有几分醉的房东又聊到鲁迅，说鲁迅先生有所不知，路，因为走的人多了，羊肠小道成了柏油马路，柏油马路又成了高速公路，高速路上前拥后堵，成了乌泱泱望不到头的停车场，反而没路了！

眼看没路的房东和他老家叔叔在电话里闲聊，叔叔说他肉联厂需要帮手，说者无心，听者有意。在"上只角"兜了一圈又一圈,在咖啡厅酒吧蹲了一晚又一晚,思来想去,终于下了一个决心,房东宣布:起身上路,去老家!去中原!话音刚落,房东的父亲立马血压升高、心律不齐,自古有"衣锦还乡"之说,有"叶落归根"之俗,对照下来,儿子既不属"衣锦还乡",更没到"叶落归根",这不是胡闹嘛,啊?!

房东的小娘子也开腔了,做啥去外地?!

大家可能都知道,上海人是极其留恋大上海的,有些熟人提拔调往京城,如果不是因为服从命令,恐怕更愿意留在上海。小娘子又说,"关系就挂在乐团好了嘛!房子租租么又不是没铜钱,在屋里厢教教考级小朋友弹钢琴,日子不要太舒服哦!"音乐世界里,当贝多芬用重拳叩响《命运交响曲》,也有人在跳着欢快的华尔兹舞曲《蓝色多瑙河》,和房东的命运截然不同,财务科班毕业的小娘子赶上了好辰光,先是进了一家大国企,后被某合资企业"高薪"挖去,听说"猎头"又在动员她"跳槽"到某著名外商独资企业,前程似锦一片光明。

从小到大,房东一直按父母设定的程序在走,几条路径,选最短的,偶尔翻下毛腔,很快就被拨乱反正了。婚后,在大事上基本听枕头边小娘子的吹风。可是,这回不行。

房东很平静,平静得让人心里发毛。

房东很坚定,坚定得如同父亲当年报名去参军。

我发现，上海生、上海长，喝咖啡、泡酒吧、搞定音鼓的房东，胸膛里居然还能涌动起中原汉子的豪情——敢走天下。在古代，中国就是指中原，中原就是现在的河南。战乱连绵、黄河泛滥，形成了河南男人独特的性格：生在河南，长在四方。不信，随便问个中国人，贵州话怎么说？他不一定知道。可是，要问问河南话怎么讲，保证都能说几句"中不中"之类的。跟随时代浪潮，跟随前辈朱逢博、童祥苓、黄宗英们，自愿也好，被迫也罢，总之，房东下海了，房东去中原了！敢问路在何方？路在脚下！

风尘仆仆。

来不及把皮鞋擦得雪亮，他就径直走进肉联厂车间。一排排挂在钩子上的牛，赤裸裸、白花花的，忽忽悠悠地顺着流水线流过，撞击敲定音鼓的房东眼球，那双一直被五线谱照耀和滋润的眼球。工人们，有的顺着牛尾给牛剥皮，有的给牛分成二分体，有的分离牛内脏，刚刚还有律动的内脏器官，一下子离开了它的原体……房东实在是hold不住了，他一头冲进厕所大吐起来，吐到胃里空空如也只剩酸水。第二天，出乎所有人预料，他准时出现在车间，两眼布满血丝。

几个月后，我房东开始适应肉联厂的工作场景，开始适应肉联厂的特殊气味，开始用他敏感、灵活、白皙、敲定音鼓的手，指挥工人干活。有时，用他小黑包里给我修过热水器的精美改锥，拧拧这里，弄弄那里。他介绍自己时,一会儿说是上海的,一会儿是河南的。和精致细腻的上海人不同,河南人不拘小节,不管有钱没钱,都一样装束,河南出的民国第一任大总统袁世凯,就是以生活随便、不拘小节而闻名,常常从他身上就能看出他中午吃了哪些饭菜。

闲下来,房东喜欢到黄河边走走,到少林寺看看。星光迷离,暗夜里的独自散步容易让人变得困惑与脆弱,徘徊在四十年前父亲出发的黄河边,想起军人出身的父亲,想起父亲像一片叶子漂过的那些河。晨钟暮鼓,让他想起黄浦江畔的霓虹闪烁,想起新华路两旁的各色小洋楼,想起衡山路上空的皎洁月色,想起敲击定音鼓一锤定音后的如潮掌声,他眼睛有些湿湿的。

陪客户去城里酒吧。

这是一家舒适的酒吧,温暖、干净、亲切,他把风衣挂到衣架上。一个女孩走进来,独自坐到靠窗的座位,脸庞光滑而粉嫩,头发像柔软的绸缎一样黑,被修剪得层次分明,斜斜地掠过她的脸颊。他看着女孩,扰乱了心神,情不自禁地坐到钢琴凳上,一曲贝多芬的《致爱丽斯》从指尖滑落。闭上眼睛,沐浴在落地窗洒下的月光中,贝多芬描绘的田园与风光,斯特劳斯圆舞曲的森林与河流,肖邦钢琴曲的茫茫夜色,都在他心中流淌。

和北京三里屯、上海衡山路酒吧街的那些"大腕"殊途同归,房东也成了酒吧钢琴师,只是不在黄浦江畔,而是在中华母亲河——黄河岸边。也许,对我房东而言,那条从肉联厂通往酒吧的路,就是属于他的"鲁迅小道"。走自己的路,让别人去说吧!这是但丁的名言,是哲人的教导。走自己的路,看自己的风景,行自己的人生,做最好的自己,窃以为,同样是人生的智慧。

这位神秘的钢琴师,只在周末出现,为"月亮",为艺术。平日里忙肉联厂,为生意,为"便士",他说他读懂了毛姆先生的小说《月亮和六便士》。他的保留曲目,有贝多芬的《致爱丽斯》,保罗·莫里哀的《蓝色的爱》,还有把河南豫剧名段改编的钢琴曲。

四

2005年元旦前后。

上海许久没见这样的大雪。漫天雪花纷纷扬扬,从天空中潇洒悠闲地飘落下来,仿佛是一群煽动着欢快轻盈翅膀的白色小精灵。扑向苏州河,苏州河便成了一条舞动的雪花绸带;扑向黄浦江,黄浦江虽然没有顿失滔滔,雪花与浪花却齐奏出或缠绵或大气磅礴的乐曲交响;扑向一个个或典雅或现代的楼宇,这些小洋楼大高楼好像都戴上了洁白的帽子;扑向广阔的大地,大地皑皑银装素裹好像盖上了雪白的羊毛被,做着春天里透明纯净的梦。

平移后重新开张的上海音乐厅北广场。员工们正头顶漫天雪花欢快地扫雪。正是新年音乐会演出月，蜂拥而至的爱乐人和演奏者，上帝保佑，可千万别在雪地上滑倒跌伤弄出意外。隔一道玻璃旋转门，音乐厅"欧式"门厅里温暖如春——大理石柱，汉白玉石阶，罗马式吊灯，几把小提琴的破裂与重组，世界著名雕塑大师阿曼的作品"弦乐的律动"……

我和从前的房东在音乐厅不期而遇。

相遇在这白雪皑皑的冬天，掐指一算，认识已有十年。

他，还是10年前初次见面时的那身音乐人的行头色调——白衣黑裤，还是那样的发型，松松的，看似随意的往后，只是发间掺了几根白丝，前额不再一马平川。你好！你好！微笑。点头。点头。微笑。没有久别重逢的惊喜，也没有多年不见的陌生，更没有西洋式的热烈拥抱，好像昨天还见过面，还在聊音乐，聊鲁迅，聊上海滩的那些趣闻轶事。他随乐团来音乐厅演出。不晓得他是怎样告别他叔叔的那个肉联厂，又是怎样告别黄河岸边的音乐酒吧，但我真真切切地看到从前的房东，眼前的音乐人，在漫天飞雪的冬天，又迎来了春回大地，又回到了乐团，又敲起了他那个定音鼓。

而我，已然不是十年前，西藏路桥边办公楼里那位京城小芝麻官，身为音乐厅整体"平移"后的首任"总监"之一，现在每天依旧踩着黑色高跟鞋，"哒哒哒"地行走在"魔都"的中心地带——人民广场之南、淮海东路之北，看上去亲切平和多了。说来也挺有意思，我父母来上海，巡视了一番我的新工作场所和周边环境，父亲说，人民广场这里，就是从前的"上海跑马厅"。哦，想起来了，我房东和我聊过"跑马厅"。

1862年，有个叫霍格的英国人，勾结英国驻沪领事，要在上海开一个更大的跑马场，当时上海已有两个跑马场，即俗称的老公园和新公园，霍格他们还要建一个更大的。在清朝官吏的默许下，那个霍格策马扬鞭，从现今南京路第一百货商店起，向西转到南，兜了一个大圈子，然后按马蹄的痕迹圈起来，用低价强征马道圈内农田466亩，无数农民离开家园。这样，跑马"圈地"划出了一个"跑马厅"的区域，就是后来闻名世界、号称远东第一的上海跑马厅。

1949年以前，跑马厅是上海东区的娱乐休闲中心。假如你从国际饭店出来穿过黄河路，便到了1928年开业的大光明电影院，大光明的右边是创办于1937年的"五味斋"菜社，斜对面是跑马厅的主楼，一幢古典主义风格的八层高钟楼。周围还有长江剧院、大上海、和平、沪光、音乐厅、天蟾舞台、共舞台等等影院戏院书院，以及电影里经常出现的灯红酒绿、纸醉金迷、"嘭嚓嚓"的"仙乐斯舞厅"。

以"哈哈镜"闻名的"大世界"为分界，形成上海东区娱乐的上下游。上游，娱乐场所一家连着一家，洋人买办、绅士名媛、大佬阔少进进出出，有着强大的气场；下游，虽然也可称之为娱乐业，却交杂市井生活烟火气的热闹，以"弱"的姿态，和上游的"强"互为补充，并驾齐驱，倒也相安无事。就像老上海人口中，南京路是老大，叫做大马路，依次便是二马路九江路、三马路汉口路、四马路福州路、五马路广东路，虽然五马路已经是小马路了，毕竟还是和大马路呼应着。

解放后，人民政府收回"跑马厅"逐步改建。

到了1996年，人民广场中轴线南侧，上海博物馆新馆全面竣工，外观是方体基座与圆形出挑相结合的建筑造型，具有中国"天圆地方"的寓意。天与圆象征着运动，地与方象征着静止，两者的结合则是阴阳平衡，动静互补。"天圆地方"的设计理念，在中国古代建筑、货币的设计方面有无数案例，比如北京的天坛和地坛，四合院，方孔圆钱等等，当然，也是象征着政治上的"外儒内法"和为人处世的"外圆内方"。

我女儿小雨，小学四年级和五年级那两年，每周会出现在上海博物馆南门广场，身上背一个桃红色的"中福会少年宫艺术团"双肩包，既不是去博物馆看青铜器陶瓷器，也不是去描摹书法绘画作品，那时她在实验小学寄宿，每到周五，傍晚时分，学校班车将学生送到博物馆南门广场，家长等在那里接孩子，周日傍晚再送上学校班车。遇我出差，而出差又是何其多也，我父母，小雨的外公外婆，便

我父亲和小雨在上海博物馆南门广场

成了接孩子的家长，比较多的，是我父亲小雨外公充当这个接孩子的家长角色。

那时我父亲75岁左右，已经拿了"红卡"离休，依旧是当年革命队伍里的那位"小标品"模样，眉清目秀，身板笔挺。小雨老远就在一堆家长里发现她外公，因为无论冬夏寒暑，外公头上总是戴一顶帽子，凉帽，法国贝雷帽，或者藏青呢子鸭舌帽，防晒、挡风、保暖，嘿嘿，也许是想遮盖住白发显得年轻嘛！

接到小雨，返家，走哪条路，爷孙俩必有一番争执。小雨确定走南边的宽马路距离短，外公坚称走北边的窄马路路程近，争执最后，小雨不得不嘟着嘴，跟着外公走北边的窄马路。后来我发现，是因为北边路上有一个公共厕所，父亲已经到了关注厕所的年龄，但是他不想明说。父亲和母亲说，跟着毛主席干革命打江山，没想到有一天，会在从前的"跑马厅"接孩子放学，哈！

到了1998年，原先"跑马厅"的看台位置，是新建成的上海大剧院。按照中国古典建筑亭子的外形设计，屋顶采用两边反翘和天空拥抱的白色弧形，与对面的上海博物馆相呼应，也是寓意"天圆地方"之说。这让我想到有段时间，北京新建建筑，不管建筑主体是什么风格，什么样式，一律加盖一个大屋顶的"帽子"，据说这是为了突显华夏文明的特色，又据说这样才能顺利通过验收。还记得10年前在大剧院建设工地，那位请我和佩雷斯先生蹲在地上吃了一大碗"阳春面"，喜欢"吃咖啡"的总指挥L总吗？他后来担任上海大剧院总裁，也是轰动上海滩的上海音乐厅"平移"工程总指挥。

涉及市政改造，2002年，上海决定"平移"有着70多年历史的建筑文物——上海音乐厅。担任这项轰动上海滩的"平移"工程总指挥的L总，抗战胜利那年在上海出生，第二年，即1946年4—5月，梅兰芳先生率团来上海，在南京大戏院（后改名为上海音乐厅）连演13天，盛况空前、一票难求。建于1930年的南京大戏院，最初主要是放电影，放映上海滩最新最时髦的电影，同时还有杂技马戏、音乐类表演，比如始于1932年的租界工部局夏季音乐会。众多像L总，以及我房东这样的影迷戏迷和音乐人爱乐人，

上海小伙伴合唱团在老音乐厅（前左一小雨）

将上海音乐厅视为心中的艺术"圣地"。

平移工程前夕，向艺术"圣地"——上海音乐厅告别音乐会不间断地连演数月。众多影迷、戏迷和音乐人、爱乐人，各路人马，只要与音乐沾边的，无论是本埠的、外地的，专业的、业余的，成人的、少儿的，纷纷登台到场。这么大的音乐盛事，这么长时间的演出，这么多人观看，我想，我那位敲定音鼓的房东，那位热爱音乐的圈里人，一定会来"朝圣"的，一定不会缺席的。那时，我还没到音乐厅工作，还在忙老行当，忙中偷闲去了几次音乐会。

有一回，是中福会少年宫小伙伴艺术团合唱团的告别音乐会。小伙伴艺术团是由国家名誉主席宋庆龄女士1955年亲手创办的，被誉为"上海的城市名片"和"中国的小大使"，我女儿小雨小学四年级起，便在艺术团合唱团唱中音,所以进来出去,总是背着那个中福会少年宫艺术团的桃红色双肩包。

那时小雨已念初中,两套校服,米色和灰色,所以,她有时像个米老鼠,有时像个灰老鼠,宽宽大大,显不了身型。班主任是个数学老师,一直不明白小雨同学干嘛把宝贵的时间花在既不能当饭吃、又不能当衣穿的唱歌上,哼,如果花在"奥数"上,说不定能拿个奖回来!小雨班上50个同学,48个同学报了班主任老师的"奥数"班,剩余两位,一位是小雨同学,还有一位脑子受过伤。48位同学分两批,挤在班主任老师的"一居室"里上"奥数",连厕所的马桶盖都是两位同学的座位。

担心班主任老师给小雨脸色看,我让小雨给老师交了"奥数"补习费,但是从来不去,把"奥数"时间用来弥补去少年宫排练遗漏的课程。2001年APEC峰会在中国上海举行,世界瞩目,小雨同学随合唱团将在上海大剧院参加开幕演出,直至少年宫给学校写了一份"公函",班主任老师才准予放行。

五年后,小雨同学参加高考,单科满分150分,她语文考130多,那年上海语文超过130的没几个,没人觉得惊讶,说是"遗传";外语130多,也没人赞叹,说小雨国外出生的还有潜力没发挥;可是,从未上过"奥数"班和任何数学补习班的小雨数学考130多!惊奇!专注于课外补习的班主任老师,五年里,从"一居室"换到"二居室",后来又换到"三居室",其更换速度赶上"浦东开发"速度,准确说,是齐头并进,一年一个样,五年大变样!

舞台正中央,合唱团团长G指导身着黑色长裙,手执指挥棒,站姿稳直、泰然,目光温暖、自信,动作干净、流畅,"好一朵美丽的茉莉花,好一朵美丽的茉莉花,芬芳美丽满枝桠,又香又白人人夸……"唱着唱着,穿白衬衣黑丝绒短裙的小雨同学,和几个女孩子自然而然地走出合唱队列,到舞台前面边唱边舞,将气氛推向高潮,台上台下一片欢腾。

想起第一次携小雨到G指导家里面试。G指导的家在法华镇路。记得吗?我房东,曾经领着我和我母亲游览法华镇路,"先有法华、后有上海"。那天,我们一起在杨子荣扮演者童祥林先生开的"童祥林面馆"吃过面。所以,轻而易举,没费什么周折我和小雨就找到G指导的家,一处临街的五层楼公房。

穿过水泥地过道跨入门里,立刻进入一个温馨优雅的小天地。一间小小的起居室,大概10个平方,靠窗放一张双人碎花布艺沙发,加上一对同花型的单人沙发组成围合式,沙发背后是米色落地窗帘加白色纱帘,正方形沙发桌,一盆绿茵茵的植物上挂着亮晶晶的水珠,一看就是刚浇过水。小起居室的另一半,给一台黑色闪亮的钢琴占着,钢琴上有一盏铜质台灯,几个相架,有三代人的合照,也有一家三口的合影,还有她女儿YD的单人照。

"我是山村小阿妹……"10岁的小雨,穿一件白底桃红碎花小短衫,俨然是个山村小阿妹的装扮,一展歌喉放出声来,既有南方小调的柔和婉约,又有北方山歌的粗犷豪放。还行!G指导的评语简短而干脆。白白净净的G指导看上去比实际年龄要年轻得多,我以为是从事少儿声乐教育的缘故,后来知道也有遗传因素,她父母均高寿,一个年近百岁,一个已经过了百岁,父亲是革命队伍里上过战场的摄影师,也是中国著名战争片《南征北战》的摄影。

G指导的丈夫W教授在一旁听小雨"面试"演唱,忍不住笑了起来,没想到在欧洲出生的小雨同学,是个山村小阿妹的扮相!上世纪80年代W教授在西德(德国统一前)留学,是中国在西德获得行政法学博士学位第一人。学成回国,本有机会去京城发展,因为留恋上海,不舍妻女,选择留在上海高校任教。有一回,我和W教授聊起我南大老校长匡亚明前辈,小时候,听我父亲讲过一个匡亚明校长的神奇故事。上世纪20年代,匡亚明的公开身份是上海沪江大学的学生,其实在闹革命,1929年他被中共特科红队误认为叛徒而遭枪击,那颗射向他的子弹从口中射入,穿过脖颈险而未死!惊诧!这是什么人啦?!

没等我讲完,W教授一反平日里的沉稳,啪地一下站了起来,神情无比激动,说,我也听我父亲讲过这个神奇的故事!原来W教授的父亲也是沪江大学的,是匡亚明前辈的学弟,我们都不约而同地引用斯大林在《悼列宁》中说的:"共产党人是用特殊材料制成的"。

果然不出所料,我房东也参加了那场向音乐厅告别的盛大"朝圣"活动,可惜,我们不在同一场次。2002年8月31号晚上,音乐厅举行最后一场告别音乐会,上海广播交响乐团演奏了海顿《告别交响曲》,然后——熄灭剧场灯光,许多音乐人爱乐人护送古稀之年的音乐厅踏上了充满风险的"平移之旅"。

"平移"这么宏大且古老的建筑,如果用一个字来形容,那就是"险"。敲开墙面看,老音乐厅是砖木混合结构,这种结构,最怕的就是摇晃,容易散架,于是整个建筑"打包",用大量钢架从里外把每一堵墙撑住,从建筑底部进行切割,用58台千斤顶升起来,用钢筋混凝土做一个新的底盘承托,并固定整个建筑物,一步步地往新址移动。每移动一米,就要进行一次检测,每次检测需两三天,就这样,一步又一步,一天又一天,历时将近一年,向东南方向艰难地平移了66.46米。

要将一座电影院改造成能承担顶级交响乐团豪华阵容演奏的古典音乐厅,建筑面积必须扩大。为此,设计师在建筑结构上大胆创新,地下增一层,地上加一层,周边扩一圈。这座重达5650吨的古稀音乐厅被升高了3.38米,音乐厅的面积则增加了4倍,外表保留西洋建筑的旧观,其实内部设施已经天翻地覆。欧式门厅、镜框式舞台、包厢外侧的浮雕装饰都"修旧如旧",而圆形穹顶贴上了800多块金箔，堪称上海的"维也纳金色大厅"。当然，这座"金色大厅"并不高高在上，上海音乐厅的"星期广播音乐会"以"低票价、普及型、高品质"的定价，成了陪伴在阿拉上海人身边的公益普及演出品牌。

音乐厅有百十来号职工，有的是"厅三代"，爷爷辈的见过许多造访的外国著名音乐家，比如 1933 年 6 月来访的世界著名钢琴家莫什维支，1937 年 6 月来访的著名钢琴家米罗维支、大提琴家皮亚斯特罗、低音提琴家约瑟苏斯特。有的曾经为江青放过电影，不是 30 年代她在上海做演员时，而是任中央"文革"第一副组长期间来上海，她喜欢到上海音乐厅，就是从前的南京大戏院看电影，当然是专场，江青选的都是进口片，比如好莱坞电影《飘》。

音乐厅的职工喜欢和我讲上海话，甚至商量事情或开会时也如此，说讲上海话感觉自如，这无妨，没上过沪语班，也没刻意地学，我听上海话不仅无障碍，而且也感觉挺自在的。奇怪的是，他们坚持让我讲普通话，说喜欢听我讲普通话，而且，他们说了一个让我无法动摇的理由，如果我这张脸不说字正腔圆的普通话而说上海话，感觉不谐调，甚至会影响音乐厅的对外形象。

2004 年秋，上海音乐厅"平移"后首场内部音乐会，开场铃响过，一束圆圆的追光，我和另一位主持人出现在舞台上，代表重组后的上海音乐厅和上海爱乐乐团向观众致谢。兼任音乐厅理事长的 L 总，和音乐厅职工一样，也喜欢听我讲普通话，说我是被"涉外工作"耽误了的主持人，所以，坚持不请专业人士来主持上海音乐厅"平移"后的首场内部音乐会，坚持让我这位音乐厅自己人——"总监"亲自上。

面对来自上海电视台、东方电视台、东方广播电台等沪上媒体的名角大腕，那些电视上的熟面孔，我对自己说：淡定！千万要淡定！当年在西藏路桥边的办公楼里，那位西班牙人佩雷斯先生讲过，1492年8月3日，哥伦布海上探险船队，带着主的庇佑和西班牙王室的任务起航，目标驶往东方印度群岛。海上航行两个月零九天，历尽劫难的哥伦布意外地一脚踩在巴哈马群岛水域陆地——美洲新大陆被发现了。

确实，人生有许多不可预知。

当我从北京被派到上海工作，以为，上海只是我人生旅程中的一个插曲，在这里待两三年，租住在敲定音鼓的音乐人房东公寓里，合作项目完成回北京，继续做我的"空中飞人"，到世界更多国家工作、学习和打卡。没想到，那时候，已在上海待了十年，且将继续待下去。

去音乐厅工作，好像是我房东预料之中早晚的事。他说我终究是个"文化人"，终究要归队。他说我身上"北京人"的成色越来越少，"上海人"的味道越来越浓。他说我以前是2/4拍，就是那个抗战名曲《到敌人后方去》的节奏，风风火火、节奏明快，现在切换成3/4拍，嗯，闭上眼睛享受一下，小施特劳斯的圆舞曲《蓝色多瑙河》，舒缓有致、富于弹性。他说政府出面"拉郎配"，媒体跟他们乐团搞"联姻"，就像音乐厅门厅墙壁上小提琴的破裂与重组，他被召回来，继续演奏他的定音鼓。他说眼看着他父母明显老了，他得尽孝。

房东拉我到他的定音鼓前，认识他这么些年，我终于见到他的定音鼓。神奇的定音鼓，源自古阿拉伯的呐嘎拉鼓，半球形，球体用铜铸造，末端留有小孔，一半置于支架上，支架底部有脚踏装置，提升或下降，通过调节鼓膜松紧来调节音高。为奏出准确时值的音符，他常用食指、中指、无名指，轻按鼓面，制止多余的声音。当演奏一系列短促音时，无法使用这办法，他就在鼓面上放一小块毛毡。房东讲得津津有味，配合动作演示，就像第一次见到他时，还记得吧？在他公寓的家庭视听室，有台日本宽屏电视，配黑桃木丹麦组合音响，他滔滔不绝地给我讲音乐和视听效果。

观众席里有不少熟面孔，西藏路桥边办公楼里从海军转业的党委书记夫妇，上海音乐学院黄白教授夫妇，中福会少年宫合唱团G指导和她丈夫W教授，我母亲儿时闺蜜"华姨"的女儿小敏姐姐……我的目光越过台上的弦乐区、木管乐区、铜管乐区，停留在打击乐区。

舞台最后一排，右侧，最不显眼位置，坐着我从前的房东——身穿黑色燕尾服，身前一组亮闪闪的定音鼓，淡定,自信。史铁生在《我与地坛》中写过,如果以乐器来对应四季,春天应该是小号,夏天是定音鼓,秋天是大提琴,冬天是圆号和长笛。我注视着被史铁生称作是"夏天"的定音鼓,和开始进入人生秋天的我房东。他的目光和身影,让我想起我的父亲,他的父亲,我们的父辈,沉稳中透出坚定,像远洋船上的船长,经历过困境和逆境,大起大落后的那种沉稳和坚定。

斯坦尼斯拉夫斯基在《我的艺术生活》里,谈演员表演时的"约束",你如何一步步约束你自己,直到最后,有一种东西在你内心爆发了,你便不能再约束自己了,这就叫做发展、增强——一种从弱音转到强音的过程。在你有能力约束自己的时候,约束你自己越持久越好,让那逐渐上升的过程持久些,最后的激昂的一击短促些,否则,最后的一击会失去效果的。平庸的演员却往往相反,他们忽略了那最有趣味的情绪的逐渐上升,却直接从弱音跳跃到最强音,在最强音上又停留很久。

我的房东,一个当代音乐人,应当熟知艺术的真谛和定音鼓的特色。大部分时间里,他只是默默地、静静地坐着,听着乐曲,数着章节,在乐曲需要,在非介入不可的当口,发出振聋发聩的一击,或一锤定音,或营造紧张度,或强调音乐中重要且壮观的部分,完成其他乐器不可替代的作用。其实,人生又何尝不是如此?大多数时间,我们看似默默地、静静地坐着,听着乐曲,数着章节,暗地里,都在养精蓄锐，时刻准备着。在时代乐曲需要你的时候，在社会章节召唤你非介入不可的当口，你应当毫不犹豫地抓住时机，发出振聋发聩的一击，奏响属于你自己的华丽乐章。

2012 年原稿

2021 年 8 月重写

上海印象之漫画

一

春日午后。温暖阳光照拂着一片白墙红瓦绿茵，空气里仿佛飘荡着丰老先生特有的气息和韵味。这片位于上海陕西南路、新乐路口，旧时上海滩法租界小有名气的西式洋房小区便是"长乐邨"，又名凡尔登花园，建成于1929年。常言道，建筑可以供历史学家考证历史的细节，可以让建筑学家研究建筑的发展，可以让居住在这里的人们回望过去的岁月，可以让经过这里的人们寻访先人留下的脚印。

1842年，第一次鸦片战争后，上海作为"通商五口"正式对外开放，"迢迢申浦，商贾云集，各色人等，相率来到沪滨"。1870年后，上海出现一种用中国传统"立帖式"木结构加砖墙承重方式建造起来的新式住宅——石库门。它虽然无法跟过去传统民居的大户人家几间几进、庭院深深相比，无法让官宦墨客凿池叠石、赏花折柳，但，石库门住宅，依旧保持每套房子正中规整的客堂、楼上安静内室的格局，还有习惯中常见的两厢（两边的厢房），这样，虽身居闹市，但关起门来可以自成一统。大家熟知的兴业里"中共一大会址"就是一幢典型的旧式石库门建筑：砖木结构、一底一楼、坐北朝南，门框有一圈石头，门扇为乌漆实心厚木，门上有铜环一副。

到 20 世纪初，上海石库门弄堂的规模比以前扩大了，但单元占地面积小了，平面更紧凑，建筑结构也多以砖墙承重代替老式石库门住宅中常用的传统"立帖式"，墙面多为清水的青砖或红砖，石库门本身的装饰性更强，受西式建筑影响的装饰风格越来越多，这种弄堂被称为"新式石库门里弄"或"后期石库门里弄"。原先石库门封闭的天井变成了敞开、或半敞开的绿化庭院，各种装饰、设备较为齐全，是民国时期上海中上层富裕人群的居家首选。

我面前，春日照拂的"长乐邨"便是典型的上海新式石库门里弄。2008 年前后，丰子恺后人花钱购回旧居的 2、3 楼（因为财力有限一楼未购回），在上海有关部门牵头下将故居修葺如旧，作为"上海丰子恺旧居陈列室"向公众免费开放。穿过堆满杂物略显晦暗的底楼，登上一人半宽、逼仄狭窄的老式木楼梯到了二楼，眼前景象一下子就敞亮了。这个居家式、充满温情，虽然不完美但也不做作，别具特色的小型故居陈列室，和某些司空见惯、千篇一律、同质化的大型或超豪华陈列馆截然不同。

上海自开埠以来一直是名人荟萃的地方。

大批经典的历史故事在这里留下烙印，很多历史人物在这里驻足，由此产生了一大批名人故居。曾多次探访上海的孙中山故居、宋庆龄故居、巴金故居等伟人大师故居，如果说，伟人大师是一本深邃的书，要读懂这些奇妙、神秘如凡尔纳《海底两万里》的书，感悟其真谛，我想，若有机会，不妨去恭恭敬敬地探访故居，也许能捕捉、感受伟人大师的气息和灵感。

　　所以，人在旅途中要看的东西太多，而时间却有限，非得让我在美妙的自然景观和看似枯燥的人文景观中做二选一的话，我会毫不犹豫地选择包括伟人大师故居在内的人文景观。不然，我担心，等我下回想起再去看时，不管故人或故人的后人愿意不愿意，有些故居可能会变得面目全非。或改造成豪华的纪念馆纪念园，或被拆迁移往他处，成了类似于影视基地里那些用于拍片子、缺失文化历史价值、只是名人住过的"房子"，而不是真正意义上的故居。置身这类"房子"里，很遗憾，你无法嗅到伟人大师的脉动气息，无法捕捉排列各异的生命密码和摒除杂质后的生

上海孙中山故居（2021）

命底色。所幸，2013年当我走进丰子恺先生居住过20多年的寓所"日月楼"时，这位文化大师人生最后岁月的辉煌和沧桑仿佛伸手可触。

丰子恺在这里翻译了日本古典小说《源氏物语》，与幼女丰一吟合译俄国作家柯罗连科的《我的同时代人的故事》一至四卷；创作了《缘缘堂新笔》等散文，出版了《丰子恺儿童漫画》《子恺漫画选》；完成了《护生画集》四至六卷等。旧居陈列室详实的资料、充满童趣的漫画、真实的老照片，向我们展示了一位学者、艺术家的丰硕成果。到了参观日，观众络绎不绝，可任意拍照。丰子恺后人和志愿者轮班照料，向客人做介绍，时常会说："这里有茶水，请随意"，一切都很自然。留言簿上有参观者留下感言："谢谢丰氏后人，为我们在这尘嚣中创造了一个灵魂生活的居所。"

有一幅儿童漫画和子女对应关系的照片很有趣。

丰子恺与夫人徐力民生有七个孩子，领养一个，这八个孩子按年龄顺序分别是：丰陈宝、丰宛音、丰宁馨、丰三宝（两岁时早夭）、丰华瞻、丰元草、丰一吟、丰新枚。丰宁馨虽非亲生，但丰子恺视同己出。丰子恺天性率真，有一双发现快乐的眼睛，常怀赤子之心，温情细致地捕捉世间万物的瞬间情态，尤其对孩子情有独钟。他的许多漫画作品就直接以他的子女为描绘对象，寥寥数笔、神态立现，虽多为平凡小事，但由于真实和生动，充满童真童趣，意味隽永。

丰子恺最广为流传的一张画《瞻瞻的自行车》,主人公就是他的长子丰华瞻。幼年时的瞻瞻表现出惊人的想象力,用两把大蒲扇比画出一辆飞速行驶的小自行车,在这种自由的环境中,幼承家学,长大后成了《汉语大辞典》主编、著名教授。成名后的丰华瞻教授到国外演讲,礼堂里就挂着这张《瞻瞻的自行车》照片。另一幅《阿宝赤膊》,画的是丰子恺长女丰陈宝四岁时的模样,寥寥数笔,只一簇头发和双臂抱在胸前的身躯,连五官都空着,甚至连脸的轮廓线也不画一条,只是从披散下来的头发看得出脸型,可是,怕难为情的神态已跃然纸上。

到如今,丰子恺先生逝世已有47年,但丰子恺漫画依旧出现在语文课本里,影响着一代又一代人。如果你问"漫迷"们最早看的漫画是什么?可能说法不一、答案各异,有说国漫,如《葫芦娃》《阿凡提》等;有说日漫,如《七龙珠》《新世纪福音战士》等。但是,如果你问"漫迷"们最早在课本上看到的漫画是什么呢?我想,很多人的答案和我一样,那就是丰子恺漫画。

丰子恺漫画看似简单,或是孩子在玩耍《蚂蚁搬家》;或是孩子在跟大人互动《儿童不知春,问草何故绿》;又或是藏着需要琢磨才能悟出深意的《红了樱桃,绿了芭蕉》;可无论画面如何简单,画的是什么,只要看到丰先生的漫画,那种透过画面表现出来的天真童趣、幽默机智一定会让你心生欢喜。我做小学生时，印象最深的丰子恺漫画是那幅《蚂蚁搬家》——几个孩子，用几张凳子煞有介事地护卫蚂蚁搬家队伍。尽管，那时的我还不能理解《护生画集》中蕴藏着的深刻哲理——向爱、向善、珍爱生灵。

接待我们的是丰先生的外孙宋君，丰子恺次女丰婉音的次子。也许你看过丰老先生60大寿时与众亲在"日月楼"前的大合影，共计39人，典型中国式大家庭其乐融融的场面，家长丰老先生立于第二排正中位置，而那位立于第一排C位、臂上有两道中队长红杠的红领巾少年正是这位宋君。大部分人长大后，脸型和身材都膨胀起来，多半和儿时的自己大相径庭，甚至有的人还长"残"了，只有少部分人能不改初"相"，许久不见，也能一眼认出，怎么跟小时候一模一样！某大学计算机系教授宋君恐怕是少部分人之一，依旧和照片上的那位少年一样清瘦冷峻。恰好，2013年，照片上的少年已经到了大合影里他外公的年龄，眉眼间，竟然有几分丰老先生的影子。再细看，寻不到佛缘极深的丰老先生目光里的慈悲。

二楼朝南的室内阳台是丰子恺当年的书房。

这个小书房，白天能坐拥阳光，夜晚可穿窗望月，所以丰子恺给书房取名"日月楼"，并顺手写下一句"日月楼中日月长"。第二年，定居杭州的国学大师马一浮用"日月楼中日月长"作为下联，配上一句上联："星河界里星河转"赠给丰子恺。这位马一浮，便是引进马克思《资本论》德文版、英文版的中华第一人，与梁漱溟、熊十力合称"现代三圣"，或"新儒家三圣"，在古代哲学、文学、佛学等方面造诣精深，又擅于书法，合狂草、汉隶于一体，自成一家。丰子恺把对联挂在小书房中，并自书"日月楼"匾额，朝夕相对。

20世纪六七十年代那个特殊时期，丰子恺全家被逼只能住在楼上，挤在一起。于是，在二楼阳台的一角摆放着一张小床，一个小书桌和一把藤椅，丰子恺就睡在这张伸不直腿的小床上。他需要一个小小的清静环境。更重要的他心底还有一个愿望、一件未完成的大事：早在1928年，丰子恺与恩师弘一法师约定，在法师整寿生日时合作《护生画集》，画数如寿数，子恺作画，弘一法师题字。

弘一法师原名李叔同。

2022年北京冬奥会闭幕式，在"缅怀环节"，张艺谋导演团队选择了"折柳寄情"的寓意。柳，在中国古代文化中，谐音"留"，依依不舍；柳，又代表着春天，富有朝气，象征希望。演员们拿着一个个发光的"柳条"，在弘一法师李叔同填词的《送别》中缓缓地走向中间，无数道绿色的光汇聚在一起，射向天空，形成如纪念碑一样的光雕，意味着生命、希望和永恒。这首《送别》的曲调，取自19世纪美国作曲家约翰·庞德·奥特威的歌曲《梦见家和母亲》，百余年前，李叔同填词："长亭外，古道边，芳草碧连天；晚风拂柳笛声残，夕阳山外山；天之涯，地之角，知交半零落,一壶浊酒尽余欢,今宵别梦寒……"清新、忧伤、空灵、惆怅、简洁、含蓄,在极简的字句里,尽显中国诗词特有的格调、意境和韵味,可称绝唱。

关于李叔同何以如此"有才",一直都是后来人津津乐道的话题。按照他得意弟子丰子恺的说法,是因为他"认真","他对于一件事,不做则已,要做就非做得彻底不可。"20世纪初,李叔同在浙江省立第一师范学校任教音乐课,每天早早在教室里坐定,讲桌上放着点名簿、讲义,以及他的教课笔记簿、粉笔,钢琴衣解开,琴盖开着,谱表摆好,琴头上放一只时表,黑板上早已清楚地写好本课内所应写的东西。端坐到上课铃一响,李先生就站起身来,深深地一鞠躬,开始上课。在这个学校,李叔同教出了漫画家丰子恺、国画大师潘天寿、音乐教育家吴梦非、音乐家刘质平等,都是后来赫赫有名的艺术大咖。

即便做和尚,李叔同做的也是"第一流"的和尚:让失传多年的南山律宗再度兴起;被尊为南山律宗的第十一代祖师;与虚云、太虚、印光大师并称为"民国四大高僧"。诗、词、书画、篆刻、音乐、戏剧、佛学,他几乎涉足了文化艺术的所有领域,用丰子恺的话说就是,"文化艺术的园地,差不多都被他走遍了"。所以,梁实秋、林语堂说他"值得所有人慢慢阅读,慢慢体味,用一生的时间静静领悟"。所以,从来目下无尘的张爱玲说,"不要认为我是个高傲的人,我从来不是的——至少,在弘一法师寺院围墙的外面，我是如此的谦卑。"

　　弘一法师在世时，《护生画集》完成了第1、2集（分别为50和60幅字画）。弘一法师提出70岁时完成70幅，80岁时80幅，90岁时90幅，直至百岁时作第六集共百幅，"护生画"功德于此圆满。丰子恺发愿"世寿所许，定当遵嘱"。1942年，弘一法师在福建泉州开元寺圆寂，临终绝笔仅四个字：悲欣交集。我曾数次拜谒创于唐初的福建泉州开元寺，站在弘一法师寺院围墙的里面，谦卑的我，想静静阅读、体味、领悟弘一法师悲的是什么，欣的又是什么？天知地知，可惜我不知。如大师们所言，大概需要一生的时间去慢慢领悟。

　　弘一法师圆寂后，丰子恺遵师嘱继续画下去，祝师阴寿。到1973年，也许丰老先生预感自己来日不多，在恶劣环境中，他与病魔抢时间，以朱幼兰提供的《动物鉴》一书为创作素材，作画100幅，并由朱幼兰题字。每天鸡未鸣，即从小床起身，在黑夜昏灯下伏案作画，既不影响家人，又能避开政治风暴的突然袭击。终于，他艰难地提前完成旷世巨作《护生画集》共450幅，这时距弘一大师百年冥诞还有5年，"画护生"6集的夙愿历经近半个世纪风云变幻，终于圆满为慰。2年后的1975年，丰子恺在上海驾鹤西去，带着恩师已完成的夙愿去追寻弘一法师。1978年，弘一大师百年冥诞，丰子恺幼女丰一吟携老母亲搬离长乐邨。

观画，聊天，议事，不知不觉夕阳已经西下。

站在丰老先生曾经既是卧室又是画室的小小阳台间，心想，无数个傍晚，丰老先生或许也是这样，从阳台窗户向外眺望。太阳渐渐西沉，似乎舍不得离开，在最后的时刻释放出夺目的光彩，天边如火烧云般金光璀璨。一道道霞光从云中射出，几缕流云在它的映衬下，形成了一道赤红、一道金黄、一道绛紫、一道湛蓝。夜幕缓缓地降下来，晚霞渐渐变淡、变薄，终于褪去了彩衣，消失在天边。

二

人生中，有时一件看似平常简单的事，却引发了之后片片涟漪。比如说，2013年我之所以走进丰子恺的"日月楼"，缘于北京的一个电话，有关丰子恺，请上海配合提供相关信息。电话打到值班室，按照工作流程将电话记录呈报领导签字，或交办，或归档，如果这位领导没有多想一个为什么，没有脑筋急转弯，没有拿起桌上的座机亲自给北京打电话，恐怕就没有之后的一连串事了。

事情原委是这样的，相关部门邀请部分省市从中国传统文化艺术名家中，选送一些适合公益广告传播的代表性作品参加"全国公益广告宣传素材"定向遴选。中国传统艺术主要有书法、音乐、剪纸、绘画和戏曲等，中国传统艺术极其丰富且辉煌，以浓郁的乡土气息、淳厚的思想内涵和生动的艺术形象，越来越受到世界人民的喜爱和欣赏，成为人类共同的文化遗产。以2008年北京奥运会会徽"中国印·舞动的北京"为例：会徽由两部分组成，上部分一个近似椭圆形的中国传统印章，刻着一个运动员向前奔跑、迎接胜利的图案，又像中国文字的"文"，取意中国悠久的传统文化；下部分用毛笔书写的"Beijing 2008"和奥运五环的标志，将奥林匹克精神与中国传统文化完美结合，同时也表明了奥运会的时间和地点，记载着中国北京向世界做出的承诺和盛情期盼，堪称2008北京奥运会形象创意的点睛之作。

上海不在那"部分省市"邀请名单中。

乍看，这不难理解。在古老灿烂的中国传统艺术历史长河中，仅有百余年"开埠"史的上海明摆着是后来者，青瓜秧子小苗苗或许排不上号，单说邀请名单里诸如杨柳青年画、泥人张彩塑、剪纸、木偶等等中国古代民间工艺大师传人，仿佛都是从历史深处被打捞出来的。但，仔细想想，如果要从中国传统绘画艺术里挑选一个雅俗共赏、适宜公众传播、可以用于公益广告的画种，漫画可谓首选。

据说"漫画"一词来自李时珍《本草纲目》集解，指一种鸟类的别名，与今天的漫画并无瓜葛。1771年，日本的铃木焕乡出版《漫画随笔》，40年后的浮世绘大师葛饰北斋也出版了《北斋漫画》，这些均与今天的"漫画"无关。直至1902年，被特指为绘画形式的"漫画"称法才在日本正式出现。1904年3月17日，上海《警钟日报》以"时事漫画"

栏目刊出漫画,这是"漫画"名称第一次在中国报刊上出现,只可惜是昙花一现。直到1925年,郑振铎先生主编的《文学周报》,在丰子恺画下方注明"漫画"二字,这一称法才得以重见天日。接着,《子恺漫画》于1926年出版,两年后上海漫画会编辑的《上海漫画》周刊也正式发行,从此"漫画"这一画种的名称得到统一,并很快在社会上普及沿用。

据查,《中国大百科全书·美术》如此定义漫画:以简练的手法直接表露事物本质、特征的绘画。它不受时间、空间等条件的限制,习惯采用夸张、比喻、象征等表现手法和形式。有较强的讽刺、歌颂、抒情、娱乐等方面的功能,并善于表达作者对世事人情的看法,尤以讽刺与幽默见长。漫画不同于一般绘画,在刻画形象时,强调"以形写神"和笔墨的简练,不计较摹写的绝对真实和繁复华丽的风格,讲求以寥寥数笔勾勒人生百态。丰子恺先生在《漫画的描法》中就认为,"漫画是简笔而注重意义的一种绘画"。漫画的作用是多方面的,而关心社会进步、国家发展和人民安康则被漫画家视为义不容辞的责任。因此,面对时政和生活的种种现象,漫画家总以画笔代言语,抒写自己的共鸣或不平。当然,无论是什么观点,漫画都首先以幽默为特征,力求使人在笑中有所感悟。鉴于内容题材各异,漫画又分为:新闻漫画、讽刺漫画、消闲漫画、家庭漫画、肖像漫画、抒情漫画、科学漫画、幽默漫画、儿童漫画等类型。

既然漫画进入"全国公益广告宣传素材"的遴选视线，作为近代中国漫画诞生地的上海为什么不能进入"部分省市"邀请名单呢？于是，给北京打电话，试一试总是无妨嘛。近代上海因其丰富、多元、开放、包容而拥有诸多亮闪闪的名衔，其中一个就是——近代中国漫画的诞生地，这里不妨一一道来。

其一，最早的漫画选集。1909年（即宣统元年），上海的《时事报》报馆编辑出版了一套《戊申全年画报》，共计36册。其中的第20册叫做《寓意画》，就是今天所说的漫画。这本《寓意画》，是截至目前最早的漫画专集，书内作品的创作和发表时间约集中在1907至1908年之间，共80多幅，著名的有《对内对外两种面孔》《今之所谓良臣》《考察宪政》等，积极宣传爱国思想，间接宣传了民主自由思想。

其二，最早的漫画刊物。1918年9月，中国最早的漫画刊物《上海泼克》在十里洋场上海诞生。"泼克"一词来自英文字punch，意为"诙谐善谑"，因其创办者为漫画先驱沈泊尘，刊物又名《泊尘滑稽画报》。此刊作风严肃、内容精炼、编排新颖，从内容到形式都十分讲究，刊发的许多作品不但将矛头对准帝国主义和封建军阀，还大声疾呼严禁鸦片烟，抨击官僚主义和资本主义的勾结危害国家及人民。这一漫画专刊的问世，对于启发中国民众的觉醒、普及漫画艺术、发挥漫画威力，皆有重大意义。

其三，最早的漫画团体。1927年秋，上海的漫画爱好者自发成立了一个漫画会,以丁悚和张光宇为主要组织者,是中国第一个民间漫画团体,协会招牌就挂在丁家门口。漫画会的最大贡献是团结和培养了一批上海的漫画人才,如鲁少飞、叶浅予等,他们在其后三四十年代的漫画界,都是响当当的大咖。漫画会集结成员作品,出版丛书。1927年《文农讽刺画集》出版,成为中国漫画史上的珍贵资料;1928年出版的《上海漫画》周刊,成为20世纪20年代深受普罗大众欢迎的漫画刊物。

其四,最早的漫画展览会。1936年11月4日,上海南京路大新公司的四楼举办了第一届全国漫画展览会。展览会的发起者是《时代漫画》和《上海漫画》的编辑,展览得到全国各地和侨居海外众多漫画家的热烈响应,原定五天实际展出三周,且"观众自朝至暮,络绎不绝"。参展的六百多幅漫画反映了社会现实生活,与当时的社会政治形势结合极为紧密。对于中国漫画史来说,第一届全国漫画展览会是一次总结,也是一个开端,它为漫画事业组织、团结了更多的漫画作者,也为日后漫画在中国传统艺术花园里占有一席之地,扩大社会影响,特别是作为短枪匕首参加中华民族的战斗,奠定了坚实基础。同时,全国漫画家协会也由此得以成立。

其五,最早的漫画理论专著。

1938年,刘枕青的《漫画概论》问世,成为中国第一部专门探讨漫画理论的专著。该书就漫画的起源、种类、功能、特点、发展概况等方面作了专述,并且,对漫像(即漫画塑像创作)和画法进行了示范讲解。

近代中国漫画先驱中,于我而言,最为熟知的,是和张光宇一起创办了中国第一个民间漫画团体——漫画会的丁悚先生。或许,你不知道这个名字,但你可能听说过他的儿子——丁聪。在漫画界,丁悚和丁聪号称"漫画父子",其美誉度一如文学界《基督山伯爵》的作者大仲马和《茶花女》的作者小仲马,音乐界奥地利维也纳圆舞曲之王——大小斯特劳斯。

"漫画父子"里的儿子丁聪有个别致的笔名:小丁。据他自己介绍,其中有两个意思。其一,在父亲面前,他永远是小丁;其二,"丁"的中文别解是"人"的意思,小丁即"小人物"。他的一生经历很好地诠释了这个"丁"字,尽管成名很早,但他始终没有忘记自己是"小人物",常以小人物的平常心对待自己,常以小人物的视角看待时事社会、描绘世态炎凉。因而,他的笔下常常流露出真诚浓厚的百姓情怀,我想,这正是他的艺术创作源泉叮咚悦耳、永不干涸,他的作品几十年来始终受到人民喜爱的真正原因。

自幼受父亲影响,20世纪30年代初,小丁在上海清心中学读书时就开始发表漫画;抗战期间,在重庆、桂林、成都、昆明等地担任《雾重庆》《钦差大臣》《正气歌》《北京人》等话剧的舞台美术设计,同时举办个人画展。新中国成立后,担任《人民画报》副总编辑、《装饰》杂志主编、全国漫画艺术委员会主任等，为我们留下了几十本画集，以及为《阿Q正传》《四世同堂》《骆驼祥子》等文学名著所作的珍贵插图。著名作家王蒙说，"小丁"永远表现出天真、诚恳、善良，而且不管哪一类作品，都给读者带来一种愉快。即使是形象辛辣、讽刺性强的作品，在犀利之中也有人性本身的厚朴，漫画家有讽刺的锋芒，但他又不失圆润、可爱之处。深以为然。

2014年，在全国"讲文明树新风"公益广告宣传活动中，我曾有幸牵头组织编辑出版《丁聪漫画——公民道德篇》。因为这本书，让我有机会走进丁聪的漫画，走进丁聪的家人。丁聪一向尊称夫人沈峻为家长，可能你看过画家高莽为丁聪夫妇所画的《返老还童》图，小丁坐在小推车上，一手拿着画笔，一手拿着纸，悠然自得地跷着二郎腿，而推小车的"家长"就是沈峻，"家长"和小丁的脸上掩饰不住的就俩字：幸福。出书那年，沈峻先生应允做该画册的副主编，在北京医院病房为画册作序。仅四个月后，2014年12月11日沈峻先生逝世，享年87岁。

前"北大女生"沈峻先生是我十分崇敬的一位了不起的中国女性。丁聪和夫人沈峻唯一的儿子丁小一跟我讲过，他母亲将他父亲的画作、书籍、书信、收藏品、衣物用具等等，分门别类一一清点，仔细包好捆好装入纸板箱，再将纸箱装入结结实实的大木箱，运至丁聪先生在枫泾古镇的祖宅。数年后，当丁小一从大洋彼岸来到枫泾古镇专心修缮布

画册《丁聪漫画——公民道德篇》

置丁聪祖宅时,打开他母亲生前整理的几十个大木箱,每个箱子里都有一份详细的物品清单,套在塑料密封袋里,考虑到南方气候湿度大且有梅雨季,箱里还放着干燥剂。

《丁聪漫画——公民道德篇》从丁聪的几十本画集里遴选出 97 幅作品,重新编辑归类,分为《诚实守信》《规范言行》《净化市场》《反腐拒贪》《爱护环境》等五个类别。配有 10 幅整版珍贵照片,其中有丁聪与父母兄弟姐妹的合影,有宋庆龄和丁聪的合影,1939 年,宋庆龄在香港举办抗日画展,选中丁聪的作品《逃亡》作为保卫中国同盟的宣传画,她在画前与年轻的丁聪合影。画册"附录"部分有《夫人沈峻装在丁聪遗体怀里的一封信》。

木南漫记

小丁老头：

　　我推了你一辈子，就像高莽画的那样，也算尽到我的职责了。现在我已不能再往前推你了，只能靠你自己了，希望你一路走好。

　　我给你带上两个孙子给你画的画和一支毛笔、几张纸，我想你会喜欢的。

　　另外，还给你准备了一袋花生、几块巧克力和咖啡，供你路上慢慢享用。巧克力和咖啡都是真糖的，现在你已不必顾虑什么糖尿病了，放开胆子吃吧。

　　这朵小花是我献给你的。有首流行歌曲叫《月亮代表我的心》，这朵小花则代表我的魂。你不会寂寞的，那边已有很多好朋友在等着你呢；我也不会寂寞的，因为这里也有很多你的好朋友和热爱你的读者在陪伴着我。

　　再说，我们也会很快见面的。请一定等着我。

　　永远永远惦记着你的凶老伴。

沈峻

2009年5月26日

　　图册"附录"还特意选有丁聪父亲丁悚先生的6幅作品：《都是为了它》《不进则退》《雷同的宏愿》《民国风情百美图》(1～3)。出版前，是否将丁悚先生作品收录于本画册，编委会看法略有分歧，如今回想，真要感谢丁聪亲属的坚持，我们才得以在一本画册里见识欣赏这对"漫画父子"的才情和技艺,也得以认识、领悟父子两代漫画家的传承。

"漫画父子"的父亲丁悚,字慕琴,1891年出生于上海枫泾镇南栅。从小喜欢挤在庙会人堆里看京剧,看马戏,看庙王爷"开光"、出巡,还有摇船、放烟火、踩高跷。左街上的那些枫泾丁蹄、枫泾黄酒、枫泾状元糕都是孩子们的最爱。要说这状元糕名字不是随便可以封的,自唐代以来枫泾出了3名状元、56名进士、125名举人、639名有记载的文化名人。

20世纪上半叶,丁悚在上海各大报刊发表过大量讽刺社会现象的漫画,影响很大。只说两件事,你就知道他当时在上海文艺界的地位,刘海粟创办上海美专时,专门请丁悚担任第一任教务长。另一件事,丁悚与张光宇在法租界的桓庆里31号创办了中国第一个漫画协会——漫画会。

我多次到访丁聪漫画陈列馆。

位于上海金山区枫泾镇北大街415号,独门独院,古银杏和紫薇、芭蕉、桂花、蜡梅把庭院装点得十分清新雅致。主楼辟成七个厅两个室,其中就有丁聪父亲"丁悚作品厅"。丁悚在艺术上的活跃时期,可说与民国时期相始终,大凡民国时期的各种纸媒、视觉表达样式,他无不与事。

老上海的美女月份牌广告见过吧?电视剧《上海滩》《海上孟氏》里,那些脂粉嫣红、摩登精致的上海女郎灯箱广告大多出自月份牌，又称"擦笔水彩年画"，大明星胡蝶、阮玲玉都作为模特上过月份牌。丁悚可谓是月份牌大拿，他创作的月份牌时装美女《百美图》曾广为流行，被后人竞相收藏。月份牌年画融中国传统年画与日历表、商品广告于一体，在年终岁尾时随商品免费赠送客户进行促销，作为传统年画的一个分支，在20世纪20至40年代，风靡上海以致全国。如今，月份牌年画已被列为上海非物质文化遗产。

《人物肖像》展室，沈从文、秦怡、萧乾、巴金、冰心、方成、冯骥才、新凤霞、老舍、鲁迅、茅盾、黄苗子、钱钟书、聂绀弩、夏衍、王蒙等名人大师，在读者心目中的一个个名家圣人，在丁聪的笔下却形态各异，惟妙惟肖，让你看了会心一笑，乐不可支。《名著插图》展室，可以看到丁聪为鲁迅、老舍、叶圣陶、沈从文、许地山等名家作品绘过的插图。茅盾在1980年6月与丁聪重新见面时，情不自禁地挥笔写下了一首《五绝》："不见小丁久，相逢倍相亲。童颜犹如昔，奋笔斗猛人。"此诗手迹也在展室内。《影像室》则展出了丁聪创作和生活用过的"小丁实物"，墙上，有丁聪在十三陵水库劳动期间，为京剧界名家梅兰芳、荀慧生、马连良、盖叫天、周信芳、侯喜瑞、李少春、萧长华等人画的肖像，以及丁聪自画像，丁聪儿子、孙子等漫画像。

历史上，枫泾古镇一半属江苏一半属浙江。古镇内的界河是春秋时期吴国和越国的分界之河,东边界牌坊旧址后来建了一座高大的仿古牌坊,上方"枫泾"二字,出自枫泾名人、已故国画大师程十发之手。枫泾镇成市于宋、建镇于元,典型的江南水乡集镇,"三步两座桥,一望十条港",林木荫翳、庐舍鳞次、清流雅望,且遍植荷花、清雅秀美,故又称"清风泾""枫溪""芙蓉镇"。我平生发布的第一条抖音短视频,就是在古镇建于元代的"致和桥"上用手机拍摄的枫溪景色,配以笛子乐曲和潺潺流水音效,有好友点评说,"倒是蛮应景的。"

《丁聪漫画——公民道德篇》成书之后,首发式于2014年9月13日在上海金山"城市沙滩"隆重举行。那天,正是第十二个全国"公民道德宣传日",现场聚集了上万名中外"丁粉",紧随首发式,更有精彩的国际音乐烟花节表演。"城市沙滩"距枫泾古镇大约50公里,作为这本画册和这场盛大活动的策划者和组织者之一,窃以为,丁悚和丁聪这对"漫画父子",九泉之下,一定会心花怒放,情不自禁地提笔一同作画。画的是什么,你可以去想象,笃定是一幅妙趣横生的漫画,无疑。

三

2012年"新中国漫画回眸展"在上海举办,这是自1936年11月4日在上海南京路大新公司四楼举办的第一届全国漫画展览会以来,中国漫画界76年后的又一盛事,也是中华人民共和国成立61年来(作品截止于2010年)中国漫画的首次集中展出,汇集了182位漫画家的258幅作品,均为新中国时期的创作。

其中,有漫画大家丰子恺、张光宇、叶浅予、鲁少飞、华君武、米谷、张乐平、丁聪、廖冰兄、特伟、方成、蔡振华、陶谋基、乐小英、阿达、王树忱、鲁同等人的作品;还有万籁鸣、李可染、艾中信、沈柔坚、程十发、贺友直、顾炳鑫、杨可扬、赵延年等著名国画家、油画家、版画家、动画家、连环画家的漫画作品,他们以漫画表达自己的感悟,以漫画抒发自己的情怀。更为欣喜的是,徐鹏飞、黎青、孙以增、张耀宁、杜建国、徐克仁、沈天呈、郑辛遥、潘其顺、孙绍波、夏大川、侯晓强等一大批在国际漫画展、报刊上活跃的中青年漫画家,也在这个"回眸展"上展示了自己的力作。

这些中青年漫画家中,上海的孙绍波,这个名字你未见得听说过,也难怪,孙老师低调。著名体育记者阎小娴讲过,孙老师话不多,人儒雅,一头中长发,站在人群中,很是特别,也很有些艺术家的气质。虽然孙老师为人低调,但他的漫画作品"阳光三毛"当年在上海可是家喻户晓。

2007年10月,有一场首次在发展中国家举办的世界特殊奥运会,规模为"历届之最"的上海世界夏季特殊奥运会,160多个国家和地区的1万多名运动员、教练员,2

万多名运动员家长、专业工作者和嘉宾来到上海,当时我在特奥会组委会指挥部媒体与宣传组亲历这场盛事。国际特奥会的创始人是美国前总统约翰·肯尼迪的妹妹尤尼斯·肯尼迪·施莱佛(Eunice Kennedy Shriver)女士。1968年,在美国芝加哥举办了第一届特殊奥林匹克运动会。特奥运动员参赛资格规定,所有8岁以上,具有相关的机构或医师证明智商(IQ)在70分以下的智障人士,经过普查登记即可参加特奥运动。无智力障碍的肢体残疾者没有参赛资格。

2007年5月20日,上海世界特殊奥运会吉祥物、招贴画揭晓仪式在上海虹桥机场东航机库举行,本届特奥组委会主席、市委副书记、市长韩正(现任国务院副总理)与全球特奥领袖乔美丽、奥运冠军刘翔、漫画家张乐平之子张慰军共同按下吉祥物"阳光三毛"的启动按钮。发布会上,吉祥物设计者孙绍波成为"焦点"之一,但他很少谈及自己、谈及创作,更多讲述的是通过这次经历,他读懂了多少智障孩子的内心,了解了还有多少这样的孩子需要关爱。

之前一年里,向全球公开征集2007上海世界特殊奥运会吉祥物,虽来稿如潮涌,但连续两轮都未能选出如意作品。有评委建议,可否借鉴具有上海本土特色的现有形象?不约而同地,几乎所有评委都想到了借鉴"三毛",那个诞生在20世纪30年代上海的漫画人物,那个张乐平笔下圆鼻子、大眼睛、光头顶上三根毛的小囡：20世纪30年代顽皮，40年代从军、流浪，后来获得"新生"，学雷锋、爱科学、参加体育运动。他努力改善自己处境、乐观向上、永不言败的特质，恰恰体现出本届特奥会"你行我也行"的自尊、自强、自立精神。

从小看三毛漫画长大的孙绍波，有着独特而深厚的三毛情结：在虹口区少年宫学画时，得到一本张乐平签名的《三毛流浪记》；结婚时，又获赠一张曾是报社同事张乐平先生画的《三毛放鞭炮》。从最早的雏形"阳阳"，孙绍波五易其稿，最后一稿"阳光三毛"从525件吉祥物征集作品中脱颖而出。这个三毛还真阳光：嫩黄背心、朱红短裤，脚上蹬一双蓝色的大头跑鞋，左手叉腰，右手竖起大拇指，微笑着向人们展示自己的快乐。

孙绍波设计的吉祥物"阳光三毛"还有一个好听的英文名字——SUNSHINEBABY（阳光宝贝），阳光宝贝幽默、率真的天性，给特奥选手和参与者们带来欢乐，不愧出自中国近代漫画的诞生地。现在有些电影，善用埋"彩蛋"来致敬经典电影的场景和片段，依我看，某种意义上，"阳光三毛"正是"后浪"漫画家向"前浪"漫画大师致敬的成功之作。当然，"后浪"不是一个固定称谓，当时的"后浪"早已经成了"前浪"，"前浪后浪"只是一个相对概念，永远在流动着。

另几位上海漫画家，我和天呈老师打交道多些。

第一次见天呈老师在乌鲁木齐南路，如今已成网红打卡地的乌鲁木齐南路，南北走向，全长1195米。1918年由上海法租界公董局修筑，名为巨福路。1954年改名乌鲁木齐南路。有段时间，中午休息辰光，得空在乌鲁木齐南路做消食溜达，顺便欣赏道路两旁梧桐掩映下的美丽花园建筑。

办公楼对面就是美国驻上海总领事馆，可惜路人无法欣赏里面的景致。美领馆重新装修后，本来朝向乌鲁木齐南路的大门变成了一堵高墙。这栋花园建筑，建于1921年，假三层砖混结构，主立面三段式构图，中间底层凸出门廊，有爱奥尼克式双柱。二层后退为阳台，顶层开老虎窗，红瓦四坡屋顶，出檐处以支架承托。拱形或方形窗户，白色水泥外墙，转角有壁柱。建筑南面有宽广的草坪，绿荫草坪与旁侧的假山、池塘、温室相映成趣，周围绿树环抱，于幽静中透出浓浓绿意。历史上，这栋建筑最初属于当时亚洲最大的英国贸易公司——怡和洋行。二战期间，一位日本商人携家属入住，其后，又租给瑞士驻沪领事馆使用。抗日战争胜利后，瑞士驻沪领事馆迁往威海路，该宅由纺织业巨贾荣宗敬的长子荣鸿元买下，但是不久以后他便离开了上海。中华人民共和国成立后，归上海市妇联使用，后又成为政府迎宾馆，直至1979年中美建交后美国驻沪领事馆入驻。

另一栋英式花园住宅建于1932年。

主建筑为砖木结构，南面有开阔的花园。深棕色装饰木架，简洁几何装饰的腰线元素，都体现了英式建筑风格；入口尖券门洞，绿色釉面漏窗，高耸的烟囱，则融合了西班牙的风格元素。1949年上海解放后，时任上海军管会文教委员会副主任的夏衍迁居这里，直到1955年离开上海前往北京担任文化部副部长。2018年12月，乌鲁木齐南路夏衍旧居修复完工对外开放，夏衍一生有近三十年的光阴在上海度过，他在上海加入中国共产党，投身革命工作；筹建左联，创刊《救亡日报》，参与我党隐蔽战线工作；翻译《妇女与社会主义》《母亲》等著作，创办左翼剧社，筹办《光明》刊物。他在上海创作的话剧《上海屋檐下》、电影《风云儿女》、报告文学《包身工》等名作，我在南京大学中文系做学生时曾反复阅读过。

　　乌鲁木齐南路见到天呈老师的真容前，我已见过天呈的作品，准确地说，是由天呈漫画制作的抗击"非典"公益宣传招贴画。2002年11月至2003年，全球发生传染性非典型肺炎，面对突如其来的重大灾害，如同现在全球抗击"新冠肺炎"疫情，沪上媒体人和文化名家踊跃投身公益宣传第一线。

　　抗击"非典"电视公益广告片《这双手》和《上海严阵以待》曾在上海11个电视频道滚动播出，我问导演朱弘强，有没有当年拍片的工作照？他说他们连续五天通宵达旦，每天睡三四个小时，哪有时间拍照片！向来低调谨慎几乎从不"触电"的小说家王安忆,欣然执笔创作公益电视片脚本;著名演员潘虹担纲出演主角医生;戏剧大师黄佐临的女儿、著名导演黄蜀芹应邀执导;清一色女性班底阵容,简直是现代版的"杨家将"啊!题为《智者不乱,仁者无惧》的公益广告片,则由画家陈逸飞和作家余秋雨"黄金搭档",陈逸飞担纲导演,余秋雨亲自操刀撰写脚本。出自余秋雨之手的"智者不乱 仁者无惧"八个字,可谓公益宣传语的经典之作,至今人们谈起无不赞叹。

在2003抗击"非典"公益宣传中,天呈与郑辛遥共同构思创作了四幅招贴画《不随地吐痰》《打喷嚏捂嘴》《勤洗手》《勤开窗》,全市统一制作公益广告宣传漫画,在社区居委会张贴、在车站灯箱播放。因其传播甚广,上海档案局将这套招贴画"收藏归档",这在上海漫画界着实少见。

近代上海,伴随这座城市的更迭演变发展扩容,用漫画制作招贴画,一直是一种简约、鲜明、凸显主题的公益广告艺术形式。1919年至1946年,上海先后有六次霍乱大流行,死者无数。公共租界工部局卫生处联合法租界公董局以及上海市卫生局,每一季都要印制数种宣传霍乱危害及防止霍乱传染的大幅宣传海报,张贴于街道和住宅区的醒目处,将医学知识通过通俗易懂的广告语言进行传播。1931年6月6日反霍乱大游行,人们组成扛举反霍乱旗队,吹奏反霍乱歌曲的器乐队,呼喊反霍乱的口号队,散发反霍乱的传单组,展示无霍乱的健康队,一齐浩浩荡荡走上街头，他们甚至抬出了患着霍乱奄奄一息的病人和霍乱致死者的棺木来警醒市民，参加者多是曾经受过霍乱之苦的康复者、医务工作者和学生。

进入21世纪，上海已经发展为流动人口数量巨大的城市，2003年抗击"非典"，要将流动人口及时登记，有病症的人员及时隔离，那时没有大数据，没有健康码和行程码，实属难事。天呈应邀又创作了四幅漫画招贴，不仅在《文汇报》整版刊登，而且在全市人员密集处广泛张贴。他运用新的艺术手段，将漫画、照片、电脑技术有机结合，不失漫画招贴的功能——醒目、简要、让人得到启示，同时，使画面生动新颖、细腻传神，具有很强的视觉艺术冲击力。二十年后再看这组漫画招贴，依然是同类题材漫画中的精品。

早在1997年，天呈代表中国漫画家参加在东京举办的第三届亚洲漫画展，由来自日本、中国、印度、菲律宾、马来西亚、印尼、泰国、越南、缅甸九个国家的十位漫画家参与，每位画家参展十幅作品。第三届亚洲漫画展主题为"粮食"。天呈作品《国徽的构成》反映了中国农民肩挑人扛、马拉车载踊跃交售公粮的画面，作品的细腻和精致让印度漫画家以为出自计算机。漫画展开幕当天，日本许多报纸登载了天呈的另一幅作品《无题》，画面上一位中国农民在收割麦子，高高的太阳下，麦浪滚滚。不同寻常的是，麦穗上的光芒却是一条条的条形码，日本报纸说，这反映中国的农民已经将粮食视为商品。幽默无国界,虽然语言、文化、风俗各异,但人类的情感是息息相通的。

天呈生在上海、长在上海、读书在上海、工作在上海,如今退休在上海,可以说是个老上海。可是,2005年,在乌鲁木齐南路办公楼第一次见到天呈这位地地道道的"老上海"时,我竟吃了一惊——体格健硕身型魁梧,这哪里是什么十里洋场海派画家,分明就是一位从梁山泊下来的山东"好汉"啊!有这种感觉的大概不止我一个。

2008年岁末年尾,我应邀到延安西路上海文艺界熟知的"文联老楼"参加上海美术家协会漫画家委员会年度会议。"文联老楼"又称"文艺家之家",这幢具有意大利文艺复兴风格特征和巴洛克装饰的花园住宅,建于1920年代中期,曾被误传是"意大利总会"。其实,只是"意大利总会"的邻居而已。谈及各国侨民在上海兴建总会的历史,要追溯至1864年,上海最早的西方俱乐部——英国总会始建,地址就在今天的延安东路、广东路外滩之间。1926年,位于茂名南路、淮海路的新法国总会落成,同一时期还有美国花旗总会、美国哥伦比亚乡村俱乐部,后者就是如今的文创打卡地——"上生新所"。

文联老楼是砖木混合结构,主楼三层,灰白色水刷石饰面外墙,红色平瓦屋面。中部外廊装饰有爱奥尼廊柱,柱式设计规整古朴,细部装饰精致。1995年到1996年,延安高架路修建道路拓宽,几乎占用掉原先的整片花园草坪，文联老楼也因此成了距离延安高架路最近的历史建筑之一。

按照漫画家委员会会议议程，我在会上做"关于开展上海社区学校漫画采风活动"的动员讲话。职业缘故，曾在大大小小的场合做过类似的讲话，按理说不是什么难事，何况慎重起见，办公室已经备了三大页讲稿。可是，当我置身于满会场的漫画家当中，竟情不自禁地想起小时候美术作业，基本都是我大姐或我二姐做"枪手"，让我可以腾出时间去跳跳蹦蹦，以至于后来追悔莫及"老大徒伤悲"。

面对满会场的漫画家，那个貌似一向从容淡定的我消失了，代之以一个心里没底、紧张慌乱的我，硬着头皮，强撑着将三大页讲稿从头到尾一字不漏地"念"了一遍，就差念出标点符号了。会场鸦雀无声，可能是出于听众的同情心：谁都不容易呀！也可能是出于漫画家的职业习惯，权当是仔细观察生活中的人物原型吧！

虽然我的"动员讲话"令我非常不满意，我自己给予史上最差评，但是这个活动搞得很成功。采风，这种由古到今的艺术创作活动已经持续了几千年，大家熟知的中国最古老的诗歌总集《诗经》就是三千年前周朝组织"采风"的顶级硕果。公元前1000年左右，周朝的采诗官，每年春天，摇着木铎，一种木舌铜铃，到民间"采风"收集歌谣，整理后交给太师谱曲，演唱给周天子听。欢乐疾苦,民风民情,既可休闲娱乐,又可作为施政的参考,这就是《诗经》里的《风》。公元 2009 年,上海漫画家们兵分几路到社区学校采风,虽然,他们没有头戴官帽、手摇木铎。

话说,社区学校最早可追溯到 20 世纪 50 年代初的"扫盲"运动,上海建起的一批成人学校。到 70 年代末 80 年代初,为满足老年人的精神需求,应运而生的老年学校成为广大中老年朋友再学习的乐园。进入 90 年代以后,市民学校成为又一支社区文化教育的生力军。1997 年 6 月 23 日,静安区静安寺街道社区学校在市西中学正式挂牌成立,这是上海第一家挂牌成立的社区学校。此后,根据上海市相关要求,全市街镇社区学校陆续建立。到 2009 年漫画采风活动时,上海共有 220 所社区学校、近 5000 个分校及教学点,覆盖全市 18 个区县、220 个街镇、4500 多个居村委,95% 以上为整建制。开设社科、语言、科技、技能、养生保健、表演艺术、视觉艺术、手工艺术等八大类一千多门课程,在校学员超过 30 万。

中国是广场舞大国,在任何一个城市乡村你都可以看到广场舞。就连 2022 年北京冬奥会开幕式"暖场表演",也是"中国式行进广场舞",追根溯源,广场舞,其实就是社区学校艺术类课程延伸,或者说,是课程的拓展活动,永不落幕的社区学校才艺展示。当时,上海有个专门机构指导统筹全市社区学校工作,身为这个机构的负责人,有

画册《漫画采风上海社区学校》

时我被唤作"潘校长"。

2009年漫画采风活动集合生成画册《漫画采风上海社区学校》,收录了沪上四十多位知名漫画家创作的社区学校主题漫画,共119幅。其中,有杜建国作品《又一道风景》《亲上加亲》;有天呈作品《快乐学习的大课堂》《新鸟巢》;有郑辛遥作品《何谓孝》《"臂"之力》;有孙绍波作品《共度好时光》。参加采风活动的漫画家们用灵动的画笔,以特有的诙谐幽默,通过写实、比喻、象征、夸张等艺术手法,"复活"了上海社区学校一个个生动场景。

为迎接2010年上海世博会,画册《漫画采风上海社区学校》文字部分均采用中英文对照,从最接地气的社区学校一角，让中外宾客读者窥见欣赏上海国际文化大都市的多彩斑斓。本人有幸和陈振民先生、天呈先生一同担纲画册的副主编，2009年12月由上海人民美术出版社出版发行。倏然回首，已经十三个年头过去，我、漫画、社区学校，恍若昨日，历久弥新。

四

1982年大学毕业后，我在中国两座最大的城市——北京和上海居住生活，至今正好满四十年。我喜欢北京，不仅因为京城景色壮阔人文厚重，更重要的，那是一个我肆意挥洒青春岁月，带有玫瑰色滤光镜的地方。从那里，我走出国门、走向更辽阔更丰富多元的世界。从北京来上海，说实话，我未曾预设会在上海居住生活这么久。而且，随着时间轴线一寸寸向前移动，年岁渐长，说真的，我是越来越喜欢上海。

喜欢上海有什么理由？

从地理到历史人文，从宏观到细枝末节，归拢起来喜欢上海的理由少则几十个、多则上百个。这些理由，如果摆上从前苏浙沪一带请人在家吃饭常用的"圆台面"，定会杯盘碗碟层层叠叠小山似的。戏剧大师莎士比亚说过，一千个人眼中有一千个哈姆雷特，喜欢上海的理由也是——仁者见仁智者见智，如果张贴"征集令"、摆开"龙门阵",大概率,这题目三五天聊不完的。进一步设想,如果有人"脑洞大开"用漫画作品来摆这个"龙门阵"聊聊喜欢上海的理由,那是怎样一幅光景呢?

此言绝非天方夜谭、痴人说梦。这不,2021年岁末,上海市美术家协会和动漫行业协会联手举办了"喜欢上海的理由——漫画艺术大展",三百多件来自35个国家和地区96位画家的漫画作品,用夸张的手法、幽默的语言讲述他们各自"喜欢上海的理由"。街坊邻里百年变迁的人间烟火,小溪田园旷野的日月星辰,奔波忙碌的生活节奏,时尚小资的闲情午后,从乡村到城市,从历史到现实,从人文到艺术,从过去到未来,与我们分享别具一格的诙谐记录,呈现一种独到的"龙门阵"。

这个展览的"海上经典"板块,有丰子恺、万籁鸣、丁悚、张乐平、张光宇、叶浅予、张文元、蔡振华、华君武、特伟、丁聪、乐小英、米谷、贺友直、阿达等海派漫画家前辈的代表作品,率性、真情、艺术地回答"喜欢上海的理由"。市美协主席郑辛遥直言:老一代漫画家构思、构图、色彩、造型、技巧样样都好,最可贵是每个人都有很强的标识,他们以真感情、真本事赢得真名声,流芳至今。深以为然。

说来,之所以知道这个展览,是因为漫画家后人乐胜利。去年12月23日,乐总给我发来《新民晚报》当日一篇文章:"漫画家及后人参观漫画艺术大展",版面上刊有市美协主席郑辛遥和四位漫画家后人的合影,其文字说明是:美协主席郑辛遥(左二)向乐小英之子乐胜利(左一)讲述当年故事。郑辛遥讲述的当年故事这里暂且不表,先来听听乐小英之子乐胜利记忆里的故事。

漫画家乐小英,原名乐汉英,笔名守松、锹嘉。中学读书时开始漫画习作,后自学创作漫画,民国31年(1942年)曾将鲁迅翻译的苏联儿童文学名著《表》画成连环画发表。从民国时期的《表》,到新中国成立以后的《刘胡兰》,乐小英的漫画,特别是儿童连环漫画别具一格,以孩子般的纯真情感,给人清新悦目、真切自然的欢愉。

周末,乐小英总在家作画,儿子乐胜利就是第一位观赏者,每次儿子说不太行,父亲就会把稿子撕掉重新画。20世纪六七十年代那些特殊年月里,乐小英一家住在棚户区里,生炉子、倒马桶,到给水站拎水。满身伤病的乐小英安慰乐胜利:当年爸爸从宁波来上海学做生意,一无所有,睡的是亭子间,现在不过是重新开始。虽然,乐总没有子承父业成为漫画家,但他遗传了父亲乐小英的精益求精和坚韧自强,这些海派漫画家前辈们所拥有的优秀品质和性格,在漫画家后代身上镌刻闪耀。有句话,虎父无犬子,其实不单单适用于沙场,也适用于漫画家和他们的后人。

乐总1967年毕业于上海财经大学,做过副厂长和报社总经理,后来主持了上海大剧院、音乐厅、舞蹈中心、文化广场、九棵树未来艺术中心等上海地标建筑的建设,这些他人生中最重要"作品"的照片一直贴在他办公室的墙上。乐总说,为上海文化留下永恒,是我报答社会的责任!做总指挥事无巨细,压力很大,但我习惯了。毕竟,我们是从苦难中走过来的。毕竟,我的名字胜利,就是因1945年抗战胜利而来。生于1945年的乐总不显老也不服老,他喜欢在便笺纸上书写曹操的《龟虽寿》,贴在办公桌一角:"老骥伏枥,志在千里。烈士暮年,壮心不已。"

现在切回到美协主席郑辛遥向乐胜利讲述的当年故事。《新民晚报》1982年复刊之前,郑辛遥在电报局工作,听说晚报招美术编辑,就把自己的画交给了美术摄影部主任乐小英。让他没想到的是,几个月后,他接到了乐小英的电话,说要把作品还给他,尽管美术编辑的岗位不再空缺,还是欢迎他来晚报投稿。于是,隔三岔五,郑辛遥从电报局走两条马路到当时晚报所在的九江路,把作品交给乐小英。

"乐老师对我很客气的,基本上我投稿三四张里会刊登一张,还另外想办法补贴我,比如找我去画当时的专栏《蔷薇花下》。"那时候,郑辛遥的月工资大约80块,每月稿费却能有300块,于是,他向电报局的领导提出停薪留职,专心画漫画。1985年初夏,《新民晚报》主办的《漫画世界》筹备,阿达听说有个小青年喜欢漫画,画得连单位也没了,就把他推荐给特伟和张乐平,郑辛遥终于有机会进入梦寐以求的《新民晚报》。从张乐平、华君武、特伟、丁聪、乐小英、周月泉，到贺友直、阿达、王树忱、詹同、杜建国，乃至徐克仁、史美诚、董之一、郑辛遥和孙绍波……上海漫画家绝大多数都是《新民晚报》美术工作的相关负责人和长期作者。

郑辛遥，这位当年上海漫画界的"小凡尔"（小阿弟），生性聪慧，擅长画幽默漫画，在简约中讲繁复的哲理。在创作道路上，在选择发展的路上，也常有惊人之举。在人们向往"铁饭碗"的时代，他毅然辞去了邮电这个人们趋之若鹜的"银饭碗"，端起"纸饭碗"，做起了专职漫画作者。1987年，上海《漫画世界》出刊，郑辛遥担任杂志的编委，成为令人羡慕的专业作家。然而，1988年，他又有惊人之举，东渡日本"读书去了"。

早年间，准确地说，上世纪初清末和民国早期，东渡日本曾经是中国许多有志有识青年的追求向往和求学之地，政界领袖孙中山、陈独秀、李大钊，文化界名人鲁迅、李叔同（弘一法师）、丰子恺，都曾负笈东渡日本。20世纪80年代末，东渡日本的风潮又一次兴起。一大批上海人去日本，目标明确直奔主题去打工去挣钱，当时日本工资水平是上海的三十倍以上，三五年后带着几十万巨款回国，用第一桶金买房、开店、炒股、炒外汇、做生意，或者进日企。

据说，有的在日本背死人，日本习俗尸体乘电梯不吉利，所以都是靠人从高层住宅往下背尸体，初听有些惊悚。

后来看日本电影《入殓师》,我非常喜欢的一部片子看过N回,美国人类学家本尼迪克特曾用"菊与刀"来形容日本,极度暴力又极度温柔,黩武好战的日本人却偏偏对死亡充满敬意,这种奇特的民族文化造就了《入殓师》非同寻常的宁静美,这部讲述死亡的电影,用最安静的方式告诉我们如何面对生命的消逝。入殓师这个被人忌讳的职业,他们理解却很崇高神圣,因为可以"帮助死亡的人安心走上旅程。"

天呈设家宴为郑辛遥东渡日本送行。

天呈小辰光住在"小世界"旁边的障川路,也就是今天的丽水路,天天背着书包在城隍庙里穿来穿去。他有一组漫画记录小时候对家的记忆,画风让我想起第三届亚洲漫画展时他的参展作品《国徽的构成》,细腻和精致竟让印度漫画家以为是用电脑绘图软件画出来的。"家的记忆"同样细腻和精致,《店堂》画面上有玻璃店柜,有招牌"常州吴源兴号";收银的账台、店堂里的饭桌、铜的痰盂、客堂里的佛龛、板壁上的祖先画像、吊在横梁上的"凤鸡"、漫步张望的白猫,丰富而生动。

另一幅《记忆中我的小房间》不仅精细还很有趣。小房间在二楼,一个绿色铁床挂着白色帐子,两口大柜,一个方桌,几把椅子。板门后放着上阁楼的木扶梯,铁床后放着如厕的马桶箱,方桌上有茶缸、茶杯和"洋风炉"。天呈回忆道:小时候,一清早在小钢盅锅放点隔夜饭,倒点开水，点了"洋风炉"热一下成为泡饭，吃了去上学。

1988年，天呈的家已搬到安澜路。那时他家住房很局促，一共十平方米，放了圆台面，就放不下沙发。于是，把床单翻了，沙发堆放到床上，把借来的圆台面放在方桌上，端出一桌菜——苔条花生、油爆虾、皮蛋白肉三黄鸡，吃得也蛮开心。饭后，把圆台拆了，沙发再放下来，泡几杯咖啡，坐定了聊天，也挺惬意。如今，中国全面实现小康，上海人均住房面积已经超过35平方米，重温这个上世纪80年代的上海故事，从心底里涌起一股温暖的情愫。

那天，天呈问郑辛遥：侬刚刚在《漫画世界》杂志，做了《新民晚报》的记者，怎么又都放下了？郑辛遥说，漫画他是不会丢掉的，日本是个漫画大国，肯定是有它的道理的，他要趁年轻的时候，去闯荡，去摸索漫画的真谛。相对于2021年岁末举办"喜欢上海的理由——漫画艺术大展"时，那时的郑辛遥确实年轻。至于有没有在日本探索到漫画的真谛，如今或许对他来说已经不重要。重要的是，一个人在年轻的时候，敢于舍弃舒适圈，漂洋过海去闯荡，去开阔更大的视野。这种可贵的探索精神，在"喜欢上海的理由——漫画艺术大展"中得以体现，主办者将传统漫画、动画、动漫、绘本、插画、连环画、当代艺术等方面的艺术家们凝聚在一起，在"大漫画"的范畴里全方位地呈现了漫画创作的多元融合和探索。

安澜路天呈家聚会，留下了一张他们六人和圆台面的

安澜路天呈家聚会（1988）

合影，从左到右依次是：史美诚、潘其顺、王益生、郑辛遥、杨维邦、天呈。六人年龄相差三十岁。有20世纪的20后王益生，有30后史美诚，有40后潘其顺和天呈，有50后郑辛遥和杨维邦。天呈老师告诉我，有一本香港漫画百科全书——《香港漫画图鉴1867—1997》，书作者之一便是合影里的这个杨维邦。

香港漫画接受并吸取了日本漫画和欧美漫画的双重影响，在制作过程上采纳了欧美漫画的工业化制作流程，带有典型的流水线制作特点，分工细致，由主编统筹主笔，团队协力制作。草图、圈稿、勾头、驳身、上色、风位、衫花、头发、实景、气氛、补线、执稿，创造了不少职位，养活了不少人。画风以欧式为主，兼及水墨，在内容及人物设定上受中国文化传统中的武侠风格的影响，情节曲折细腻，题材广泛，大多数作品商业色彩浓厚，兼及科幻、社会、娱乐、励志、黑帮、搞笑等等。随着电脑和互联网的普及，民间独立创作的漫画开始在网络上出现，这可能是渐趋萧条的香港漫画的另一类延伸。

除来自香港的杨维邦，照片上另五位：史美诚、潘其顺、王益生、郑辛遥、天呈，都是上海人，在上海居住生活至少三十年。他们都在报社或杂志社从事漫画工作，王益生在《劳动报》，史美诚和郑辛遥在《新民晚报》，潘其顺在《现代杂志》，天呈在《文汇报》。在进入报社杂志社成为专业漫画工作者之前，王益生在商店当过学徒，郑辛遥在邮局工作过，而史美诚、潘其顺、天呈，则曾经是上海产业大军中的一员。这让我联想到另一张照片——1982年上海市工人文化宫漫画组活动留影，照片前排是授课老师乐小英、施明德和周敬泰，后排是听课学员顾世鸿、沈天呈（天呈）、史美诚、郑辛遥、潘文辉、陆汝浩。

史美诚在他的《画事忆往》中写道："乐小英老师是位杰出的漫画家、儿童画家，也是一位愿把自己成才之路的艰辛和感悟教授于我们的师长。"新中国成立后，海派漫画家前辈到市工人文化宫漫画小组辅导，到船厂钢厂指导职工美术活动，组织业余漫画作者到工厂采风和参加全国美术作品展，将报纸杂志专栏插图创作安排给业余作者，介绍业余作者加入上海美术家协会……为上海漫画活动繁荣和业余漫画人才培养倾注了毕生心血。我想，这样的薪火传承生生不息，应该也是人们"喜欢上海的理由"。

据我所知，前辈漫画家的后人们很少子承父业从事漫画创作的，就连养育了八个子女（一位不幸早夭）的漫画家丰子恺，长子丰华瞻，上海复旦大学教授；次子丰元草，北京人民音乐出版社编辑；幼子丰新枚，精通数国语言海外专利代表；长女丰陈宝，上海译文出版社编辑；次女丰宛音，从事教育工作；幼女丰一吟，上海社会科学院副研究员，文学书画翻译兼通；女儿丰宁欣，杭州大学教授。尽管如此，在各种漫画活动，特别是公益广告宣传活动中，经常能够见到前辈漫画家后人活跃的身影。

还记得，2013 年的那个春日，我第一次走进丰子恺先生的寓所"日月楼"。两天后，我"受命"领队与丰老先生外孙宋君、外孙女杨君一起飞北京，参加"全国公益广告宣传素材"定向遴选会。宋君退休前系沪上某高校计算机专业教授，将丰老先生的几千幅作品电子化；杨君从乐团资料室退休，用其所长负责丰老作品的查找、编目、展示。他俩各带一只红、黑旅行箱，里面装满民国以来各种版本丰子恺画册和著作，以至登机超重。一路上，宋教授不让我做"搬运工"搬他们的旅行箱，说他 80 年代东渡日本留学时操练过"没问题！"杨君和人们想象中的上海娇小姐没有丝毫关系，她"举重若轻"拎起大箱子像是拿着一个小玩具，说六七十年代那些特殊年月里她开过卡车，装货卸货都自己来"笃定!"

飞机上我临时抱佛脚快速浏览丰一吟所作《丰子恺传》,抵京后入住长安街某部招待所,连夜商议"彩排",明显感觉到宋君杨君有些紧张慌乱,尽管他们是丰老后人见过世面的,尽管他们做过搬运工和卡车司机经过风雨的,但定向遴选会在中南海举行,他们的紧张慌乱可以理解。"彩排"到零点,他俩还是不肯离开领队的房间,还要再来一遍!起早赶飞机的我眼睛快要睁不开了,断然一字一句地宣布:会议就到这里,明早七点集合,宋教授、杨老师晚安。

第二天,原定会议一小时,结果开了两个多小时。与其说遴选商谈,不如说是丰子恺先生作品研讨会暨追思会。丰老先生早有嘱咐:只要用于学生教材,用于公益宣传,他们都无偿提供作品。

最终,在邀请部分省市从中国传统文化艺术名家中选送适合公益广告传播的代表性作品定向遴选中,选取丰子恺先生画作制作成中央公益宣传画面通稿137幅,漫画得以成为"通稿"的艺术种类,且选取数量上居全国之首。其中,制成平面类通稿14幅、网络和手机类通稿65幅、展板类通稿21幅、电子显示屏类通稿32幅、围挡类通稿5幅。《人民日报》《光明日报》《经济日报》《参考消息》《中国妇女报》,人民网、新华网、中国网络电视台等中央和地方媒体,都刊播了以丰子恺先生漫画作品为画面元素的公益宣传画，覆盖了机场、地铁、公交、广场、绿地、小区等公众区域。拂去历史尘埃的"子恺漫画"再次置于聚光灯下，显示出丰子恺作品超越时空、弥久留香的艺术生命力。

《人散后一钩新月天如水》是丰子恺公开发表的第一幅漫画作品，1924年，丰子恺正在浙江白马湖春晖中学教书，与朱自清、夏丏尊等同事好友成立了一个"五斤会"——能喝五斤黄酒的人才能入会。这幅画，描绘了一次聚会后的场景，画中的留白给人想象的余地——曾有几个人志同道合地在这儿谈天说地。《文学周报》主编郑振铎曾评价："一道卷上的芦帘、廊上一个小桌，桌上一把壶，天上一钩新月……虽是疏朗的几笔墨痕，我的情思却被带到一个诗

"讲文明　树新风"丰子恺漫画作品纪念卡

的仙境,我的心上有种说不出的美感。"1925年,郑振铎向丰子恺索画,并冠以"漫画"题头,陆续发表在《文学周报》上,从此,中国"漫画"这一名称得到统一,并很快普及使用。

2012年是弘一法师圆寂70周年,是《护生画集》创作缘起85周年,也是护生画诞生95周年(始于1927年),为此,上海译文出版社推出新版《护生画集》。

首先映入眼帘的,是封面上"莲花沸腾状"的绿荷红花,让人想起1929年《护生画集》第一集出版时的封面"莲花沸腾状"。翻开内文,漫画与题字共放一页,图文相映,这是弘一法师界定的护生画集款式——一幅画配一首诗。450幅作品讲述了450则爱与善的小故事,一花一草、小猫小狗、小孩老人,寥寥数笔勾勒出悠然意趣或深切悲悯。护生者,护心也。去除残忍心,长养慈悲心,以此心待人处世。《护生画集》以平实、大"拙"之笔,超越时空界限,挖掘深藏于人们心底的善良与爱,也因此而打动读者,引起读者的共鸣共情。2013年12月,应上海译文出版社之邀,我撰写了拙文《护心诚品〈护生画集〉》刊于译文《荐书》栏目。

之后,在一次丰子恺先生纪念活动上,丰老先生外孙宋君郑重地向我介绍弘一法师的孙女,她专程从天津来上海参加这次活动。一瞬间,我仿佛是在徐徐展开的历史长卷里漫步,她的五官神情,让我似乎看到那个将话剧带到中国、在上海扮演话剧《茶花女》女主玛格丽特的李叔同

新版《护生画集》

（那时候还不叫弘一法师）的身影，让我不由得想起那首百年绝唱《送别》：长亭外，古道边，芳草碧连天。晚风拂柳笛声残，夕阳山外山……

百年前，漫画从画室走向社会，在上海掀起现代艺术浪潮，用漫画来描摹发生过、关注过、期盼过的种种奇妙事，用漫画丰富上海这座城市的形象和品相，用漫画记录人生点滴、折射时代风云。从那时起，一个世纪以来，曾经或者依旧生活工作于上海的漫画家，灿若夜空里闪亮的群星，用作品和形象一遍又一遍地擦亮了上海——近代中国漫画诞生地的名衔。赞同海派漫画家前辈张文元儿子张伟德所言：历史选择了漫画，漫画选择了上海。

完稿于 2022 年 2 月 26 日

后　记

　　这是本人的一部散文集。

　　所辑长篇散文七篇，每篇都在两三万字左右。上辑三篇《粞子里拣出的一粒米》《小雨的童年》《女人如花》，写我生命中的几个重要人物，我高祖母、我外婆、我二姨，还有我哥和我女儿，不是为她（他）们树碑立传，只是记叙她（他）们生活的点点滴滴，一些轶闻趣事。也许，读者从我家族五代人的命运和故事中，能读出时代的变迁和世间人生百态，仿佛能听到几个声部的咏叹，与源远流长和生生不息的中华民族精神共鸣。下辑四篇《我的英语启蒙老师》《南大"陪读"记》《上海印象之房东》《上海印象之漫画》，截取我人生经历的几个片段——小学、大学、职场，几个有意思的故事，我印象很深的几个人，讲述我在国内外多地居住的生活体验和感悟，希望以一滴水，折射人性的光芒，记录时代的烙印。

　　呈现在读者面前的这本散文集，尽管写作、修改时间持续了11年，2011年至2022年，断断续续，改了又改，本人依然忐忑不安，多处不甚满意。但愿，你在茶余饭后，随手拿来，读上几页，想起你熟悉的人，忆起有趣的事，你掩卷一笑，我深感欣慰。在此，一并感谢读者的厚爱，感谢亲友的支持，感谢出版社的努力。

也以此书，告慰含笑九泉之下我的父亲母亲。

潘晓楠
2022 年 8 月 1 日